O RECRUTA

Clash of Kings
Série Alliance
Livro 1

Stephen Leaton

ANDROID APP ON
Google play
Download on the
App Store

Registre-se aqui para receber notícias sobre os próximos romances da 'Alliance Series' ou outros títulos e promoções de 'Clash of Kings':

ClashofKingsBooks.com/11Po

By Stephen Leaton

O RECRUTA

A Philippa, Morgan, Hillary e os Bons Meninos.

By Stephen Leaton

CONTENTS

Ponta nordeste do Reino

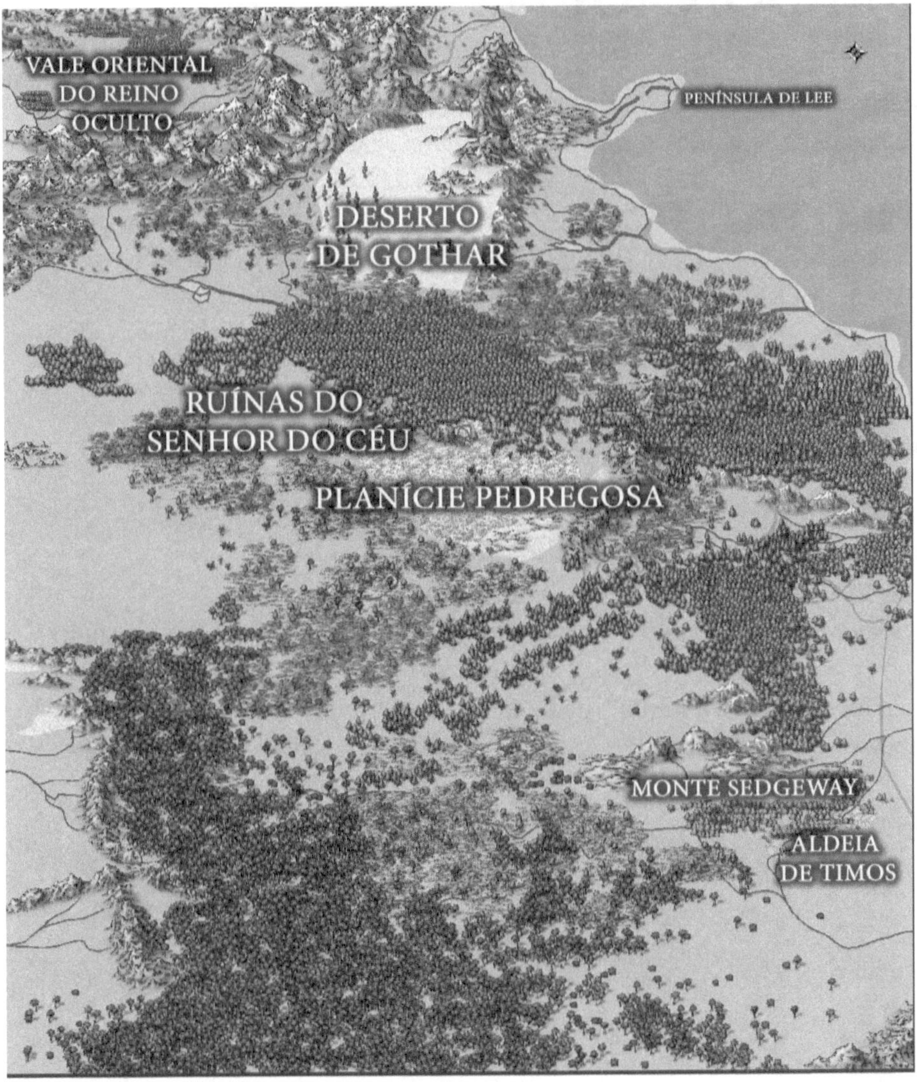

PERSONAGENS

Aesir	um Deus da Civilização Viking
Alexander	Cavaleiro Real
Altur	soldado
Angela	habitante do vilarejo de ferreiros do leste, perto do vilarejo de Timos
Arden	Professor da Faculdade
Athena	Filha e herdeira de Lorde Calaisy (Calaisy City)
Baldur	filho de Terry Del
Bernard	Herói
Beth	uma chefe na Fundição
Daffyd	Comandante dos Cavaleiros Reais
Dalaneous	Sargento encarregado
Daniel	soldado e amigo de Timos
Cavaleiros das Trevas	força de guerra da Legião dos Cavaleiros das Trevas
Legião dos Cavaleiros das Trevas	força contra todas as Civilizações e o Rei formada pelos Cavaleiros das Trevas e pela Águia da Noite
Dragon Born	a civilização que dizem ter sido os habitantes originais dessa terra e descendentes dos Deuses do Céu e dos Dragões
Duncan	irmão mais novo de Timos
Durant	Mestre da Fundição
Frank	Cientista da Faculdade
Huaxia	uma Civilização que dizem se relacionar a Dragon Born
Holder	filho de Terry Del

Jasper	habitante do vilarejo de Timos
Joseph	Herói
Joy	costureira da cidade e amiga de Timos
Juiz de Remes	juiz na cidade de Remes
Rei	a posição de Rei da ilha (de qualquer das Civilizações)
Lauren	Cientista na Faculdade
Levix	Cavaleiro Real
Lorde Calaisy	Lorde da cidade de Calaisy
Lorde (Alfred) Culverden	Lorde da cidade de Culverden
Lorde Kollsvik	Lorde da cidade de Kollsvik
Águia da Noite	a força assassina da Legião dos Cavaleiros das Trevas
Novia	Heroína e filha de Terry Del
Oblar	Grande médica
Velha Mary	Mestre da Faculdade
Petros	tio de Timos
Robert	habitante do vilarejo de Timos
Rufus	Mestre dos Mercadores
Ryan	Herói
Selma	Herói
Shaun	sobrinho e aprendiz de Durant
Simeon	habitante do vilarejo de Timos
Sir Randolph	um Cavaleiro Real
Terry Del	o primeiro ex-Rei da Civilização Dragon Born
Timos	um jovem agricultor do vilarejo agrícola mais próximo de Monte Sedgeway
Vikings	uma Civilização governada por um Imperador que se estabeleceu nessa terra
Zax	Professor da Faculdade
Zetkje	Sábio da Faculdade

By Stephen Leaton

FORASTEIROS

Timos estava na cozinha com seu irmão Duncan, esperando que o pai terminasse o café da manhã e saísse para os campos para que pudessem se alimentar. A mãe mexia um mingau borbulhante no caldeirão. Ela e o pai brincavam de irritar um ao outro por algum motivo bobo; a mãe com os cabelos caindo em frente aos olhos, que ela afastava com frequência, o pai fumando seu cachimbo preferido e soprando anéis de fumaça que o irmão de Timos, Duncan, tentava desfazer com o cabo de sua colher de pau. O sol ainda não tinha nascido, e o brilho do fogo lançava sombras em movimento que dançavam de modo brincalhão nas paredes e no rosto deles.

De repente, gritaria, batidas e, em seguida, berros foram ouvidos do lado de fora. O pai olhou para a mãe e depressa foi até a porta. Antes que conseguisse abri-la, ela foi arrombada e bateu com força na parede de pedra do lado de dentro, e a barra da tranca e a maçaneta voaram para fora, soltando-se da madeira velha.

No momento seguinte, dois homens vestidos com roupas estranhas de metal e couro, usando capacetes, como Timos tinha visto desenhados em um livro de história na casa dos avós, estavam entrando na casa. O cachimbo escorregou pelo chão e parou perto do forno, rachado e derramando cinzas quando o pai caiu no chão com a mão no peito. Era visível a alegria no rosto do homem enorme que arrancou a espada do peito do pai de Timos, urrou e partiu para cima de Timos. O soldado girou a espada em um movimento largo, espirrando o sangue quente do pai em Timos e na mãe dele. Timos abaixou-se, e a espada bateu na panela, não nele, e saiu voando, derrubando o pão e a jarra de água da mesa. Havia uma cadeira entre eles. Timos, chocado, só conseguiu erguer os braços quando o homem se inclinou para perfurá-lo. De alguma forma, o golpe não foi certeiro de novo, e a ponta da espada se enroscou na túnica de Timos. Enquanto o invasor procurava livrar a espada, Timos foi puxado para a frente, e o soldado, irado, virou a mão na manopla de metal e o acertou com tudo na têmpora. Timos caiu como seu pai. O homem abaixou-se e tentou agarrar Timos por cima da cadeira, mas foi acertado por um pequeno tornado, quando Duncan correu até ele, gritando. O soldado pegou-o por baixo dos braços e o jogou por cima do ombro, ignorando os punhos que batiam em sua proteção das costas. Deu um chute forte na barriga de Timos quando ele se virou, deixando-o sem fôlego, e saiu com Duncan, desaparecendo.

Timos não conseguia respirar, os ouvidos zuniam, a visão estava dobrada, e o sangue escorria da boca e do nariz. Do chão embaixo da cadeira, conseguia ver o outro invasor, com a mão sem luva segurando a mãe de Timos pelos belos cabelos pretos compridos, mantendo a espada contra sua garganta, arrastando-a até a mesa e forçando-a a se sentar.

A mãe dele gritou e mordeu com força a mão que segurava a espada. Com um berro, o soldado livrou a mão e se afastou dela. Ela partiu em direção ao rosto dele com as unhas, e ele voltou a se movimentar. Seu braço descreveu arco curto, e a espada rapidamente correu pelo pescoço da mulher. O grito dela foi interrompido de modo assustador, e ela foi ao chão. O homem limpou a espada na saia da mãe de Timos e afastou-se, saindo pela porta em direção a um bando de invasores, tornando-se indistinguível na multidão quando Timos já havia se recuperado o suficiente para ficar de pé e correr até a porta, escorregando no sangue do pai e também no da mãe.

Do lado dentro, só caos e horror. Ele verificou os dois corpos inertes, e seus pais estavam mortos mesmo. Timos vomitou sobre o fogareiro, mantendo-se de pé segurando as pernas de ferro do tripé no qual a panela ainda estava pendúrada pela alça. O fogo chiou e avivou-se de novo.

Chorando, foi para a rua, recostando-se na parede da casa em frente. Não se lembrava de como tinha chegado ali. De todos os pontos do vilarejo vinham gritos e berros, além de sons metálicos e barulho forte de cavalos galopando entre as casas e barracas, onde agricultores, ferreiros e açougueiros vendiam seus produtos, e sapateiros, alfaiates e boticários faziam negociações.

Não havia sinal de Duncan em nenhum lugar. Quanto aos homens que tinham atacado a casa deles, ele não tinha a menor condição de identificá-los entre os grupos de soldados.

Seus avós! Tio Petros!

Timos correu pelas ruas escuras, evitando as vias principais, lágrimas borrando sua visão.

Parou na esquina onde as duas ruas principais se encontravam, e viu uma fogueira na praça onde só a Deusa sabia o que estava ardendo e causando um fedor que mais parecia vindo do inferno. Forasteiros com armaduras podiam ser vistos em todos os lugares, cavalos usando peças de metal, peitorais de couro forrado e capas, tochas acesas, poeira, objetos domésticos podiam ser vistos espalhados. E também corpos. Muitos corpos. Homens, mulheres e crianças, amontoados de humanidade silenciosos e inertes, com manchas vermelhas e sangrentos, ignorados pelos homens responsáveis.

Muitas crianças e mulheres encolhiam-se e choraram enquanto eram forçadas pelos soldados a pegar os pertences e colocá-los em pilhas. Uma mulher foi derrubada com um golpe de espada na lateral do corpo quando gritou com os agressores. Foi deixada se contorcendo e gritando até outro invasor se compadecer dela e empalá-la no peito duas vezes enquanto ela permanecia ali, e, então, ela deixou de se mexer, com o sangue brilhando no chão de poeira. Havia fumaça por toda parte. Carroças estavam sendo carregadas com os itens das pilhas ou retirados diretamente das barracas e casas por homens a pé, instruídos por outros montados em cavalos.

Mais longe, ele conseguiu ver à luz do início da aurora, os campos ao sul e a oeste com seus estoques de grãos, feno e legumes pontilhados por figuras parecidas. Os armazéns estavam com as portas abertas, e tochas os iluminavam, e iluminavam também o restolho seco dos campos.

Ele chegou à casa grande, onde seu avô e duas avós moravam. Ou tinham morado: eles também estavam caídos no chão e nas camas da casa com uma inércia que o deixou totalmente sem chão.

Só naquele momento ele se lembrou que tio Petros tinha partido cedo na noite anterior para ir ao vilarejo da serraria pela estrada principal, onde teria montado a mesa de trabalho assim que clareasse.

Ele fechou os olhos.

Deusa, peço para que tenhas mantido Duncan e Petros em segurança.

Havia homens virando a esquina. Timos correu o mais rápido que pôde pela rua sinuosa que ficava atrás da casa de seus pais, torcendo para não ter sido visto. Na pressa, tomou o caminho errado e apareceu na praça, onde homens e cavalos estavam por todos os lados.

Quando o sol irrompeu no horizonte, refletiu-se na lâmina de uma espada, e apenas por instinto ele conseguiu se jogar para o lado. Um casco com ferradura passou por sua cabeça. Ele deslizou na lama e cambaleou até ficar atrás da roda de uma carroça grande. Espiando, conseguiu ver que o cavalo e seu cavaleiro aos berros tinham continuado e estavam cinquenta galopes à frente na rua, do outro lado da quadra, quase indistinguível dos outros cavalos e cavaleiros vestidos com peças de metal e couro. Talvez o cavaleiro estivesse alheio a ele, talvez tivesse decidido que não valia a pena esforçar-se para matar um jovem camponês.

Ao redor, havia homens a pé, erguendo os punhos e brandindo espadas e lanças. Alguns com arcos atiravam flechas para cima, jubilosos, aparentemente sem se importarem em saber se elas acertariam moradores dos vilarejos ou até mesmo seus próprios homens.

O som era ensurdecedor. Os gritos misturaram-se ao bater de cascos de cavalo e ao ranger de carroças e rodas. Ele observou enquanto os invasores, usando túnicas listradas azuis e roxas sob cotas de malha e couro, sistematicamente saqueavam corpos, casas, e enchiam grandes carroças que traziam consigo. Também amarravam os poucos cavalos, burros e bois do local a algumas das carroças e carruagens do vilarejo.

Timos inspirava e expirava com dificuldade, ofegante. Estava todo sujo de lama e esterco, caído no chão, tremendo e assustado, olhando meio atordoado para a fumaça e para as ruínas de casa e campos até onde a vista alcançava.

Suas mãos encheram-se com a lama embaixo dele, que escorria fria entre os dedos. Isso e as batidas fortes de seu coração eram as únicas coisas que o impediam de entrar em pânico.

A fumaça passou por baixo da carroça e logo subiu vinda dos campos, fazendo seus olhos, garganta e narinas arderem.

— Tem um aqui! — ouviu-se uma voz.

— Um grandão aqui também — ouviu-se uma segunda voz áspera com o mesmo sotaque estranho.

Ele tinha sido encontrado! Não conseguia vê-los, mas deveriam estar ao lado dele, prestes a acabar com sua vida.

CEGUEIRA

Timos estava prestes a ser morto. Por um lado, ele não se importava. Até queria. Acabar com aquele sofrimento e incômodo insuportáveis de uma vez.

Mas outra voz alta foi ouvida:

— Deixem para lá, homens.

— Milorde! Eu não o vi! Veja, esta carroça é grande. Poderíamos pelo menos pegar ...

— Eu mandei deixar para lá, pelo amor de Aesir. Não temos tempo a perder. Precisamos bater em retirada com o que temos agora. O castelo no monte enviará forças. Eriksson! Antes de apagar aquele fogo mágico horroroso, queime essa carroça. Não faz sentido que a deixemos para o inimigo.

Então, não se referiam a ele.

Um brilho verde esquisito surgiu acima da carroça. Quase imediatamente, ele assumiu um tom laranja forte quando o feno que restava na carroça pegou fogo.

Apesar dos soldados, das luzes esquisitas, Timos precisava sair. Ele rolou para o lado oposto da carroça, de onde as vozes estavam vindo. Havia uma fumaça densa, branca e preta densa, em todos os lugares, e ele quase não conseguia parar de tossir. A luz das labaredas da carroça, que já chegavam à altura do cavalo ou mais, à medida que a madeira seca do veículo ia sendo consumida, com sombras confusas em movimento aparecendo na fumaça.

Ele ficou de pé e já estava se afastando da carroça quando tropeçou em uma tigela de cerâmica e caiu de cara no traseiro firme e fétido de um enorme cavalo de guerra ali parado. Tinha armadura de metal em alguns pontos e forro de couro e tecido em outros, e, sobre a sela, estava a perna de um homem usando armadura. Não opaca como aquela dos homens que tinham matado seus pais, ou como aquela que ele tinha visto comemorando a vitória terrível. Aquela armadura brilhava e cintilava à luz da chama e dos raios do sol da tarde que, por um momento, conseguiram atravessar a fumaça e reluzir no bonito aço polido. Por baixo da sela forrada com muitos detalhes, havia um cobertor retangular de pelos e, por baixo dele, um tecido brilhoso fino, mais leve que qualquer coisa que ele já tivesse visto, bordado com desenhos verdes intrincados em um fundo de listras azuis e roxas.

O capacete do cavaleiro estava amarrado ao pescoço com uma tira de couro, batendo contra a armadura do corpo a cada movimento. Em seus cabelos curtos e grisalhos, havia um pequeno arco prateado com pedras vermelhas reluzentes. Sua barba de poucos fios brancos ostentava uma única trança fina que se acomodava no meio dos cabelos desgrenhados e volumosos. Havia um anel dourado com uma pedra vermelha brilhante preso à trança.

O cavalo assustou-se ao ser atingido e a pata de trás destruiu a tigela de cerâmica, passando perto dos dedos de Timos. O homem ficou momentaneamente em choque ao ver Timos aparecer de repente, vindo aparentemente por trás de seu cavalo. Então, enquanto o cavaleiro ficou de pé apoiado nos estribos, empunhando uma espada enorme decorada com joias, Timos se começou a se erguer e, quando pousou as mãos no chão, sentiu algo na lama e, instintivamente, pegou o que encontrou antes de se levantar. Era um caco grande da tigela. Ele lançou a peça com toda a força e se esquivou para a esquerda. O objeto girou no ar e acertou o olho esquerdo do cavaleiro. A espada comprida, que um momento antes tinha sido erguida para matar Timos, caiu atrás do flanco do cavalo quando o cavaleiro levou as duas mãos ao olho, gritando, e o cavalo saiu em disparada.

O cavaleiro soltou um palavrão e se inclinou para trás, puxando as rédeas com a mão esquerda enquanto mantinha a direita sobre o olho esquerdo, de modo desajeitado, tentando, ao mesmo tempo, controlar o cavalo assustado.

— Olhem para mim! — ele gritou.

Timos notou levemente uma mudança de atenção em alguns dos soldados mais próximos. Aquele cavaleiro era o líder dos invasores! Sua imagem – o rosto e a armadura, os desenhos roxos, azuis com detalhes verdes – ficou gravada no cérebro de Timos enquanto o cavalo e seu cavaleiro se esforçavam para se reposicionar.

— Alguém pegue minha espada, inferno!

Quando as sombras da fumaça se movimentaram para obedecer, Timos partiu, não em direção às casas ou aos campos, mas na direção da floresta, ao sul. Gritos foram ouvidos atrás dele, e ele ouviu o raspar da armadura e da cota de malha quando os soldados a pé, que tinham encontrado a carroça, partiram atrás dele.

Mas ele era jovem, não tinha o peso da armadura de metal e das armas e sabia que podia ultrapassá-los por tempo suficiente até conseguir chegar às margens da floresta, onde poderia despistá-los nas árvores, na vegetação densa e nos canais cheios de pedras.

No entanto, enquanto ele corria, uma rajada de vento soprou, e a fumaça de repente desapareceu ao redor dele, permitindo que o sol passasse. Ele olhou para trás e viu não apenas os dois homens da infantaria se esforçando para alcançá-lo, mas a assustadora visão do homem que ele havia ferido montando no cavalo e se acomodando na sela, enquanto os dois saídos de trás da carroça em chamas aceleravam. Timos viu uma mancha escura de sangue no feltro que cobria o olho do líder.

Felizmente, os soldados que estavam a pé, o cavaleiro e Timos estavam todos seguindo em direções um pouco diferentes. O vento havia passado, e aquela fumaça que causava confusão tomou o ar de novo, escondendo todos eles. Ele mudou de ângulo diversas vezes e girou em círculo em vez de seguir para onde tinha visto os homens partirem correndo, imaginando que estariam se afastando dali e torcendo para que o som de cascos e gritos dos homens, além da destruição dos pertences dos moradores na partida dos invasores, encobririam o som de seus passos. À esquerda, uma forma que ele mal conseguiu ver passou a cinco metros dele, enquanto o cavalo de guerra e seu cavaleiro irado passavam por ele em direção à beira da floresta.

Timos continuou correndo quando chegou ao vilarejo, passou por homens e armaduras e por cima de corpos jogados na rua. Percorreu o caminho em meio a dezenas de casas que encontrou e, na última, na casa dos tecelões, ele se lançou porta adentro, derrubando cestos, bandejas e um berço de bebê quase pronto, e empurrou para o lado um tapete para segurar uma grande argola de ferro no chão.

Anne, a tecelã do vilarejo, havia aprendido o ofício com seu pai, que, por sua vez, tinha aprendido o ofício com seu pai, John Adams. John era tecelão e vinicultor. Apesar de ninguém no vilarejo fazer vinho naquele momento (que era obtido no vilarejo da serraria), a adega que John Adams tinha construído muitas décadas antes para guardar barris de vinho era um lugar muito procurando pelas crianças para suas brincadeiras enquanto Anne trabalhava. Agora, a adega tinha outro propósito, pois Timos desceu correndo a escadinha e fechou o alçapão, ficando na escuridão onde costumavam se divertir. Um segundo depois, ele abriu o alçapão de novo e puxou o tapete, de modo a cobri-lo quando fosse fechado. Felizmente, ninguém, nem mesmo alguém que olhasse superficialmente porta adentro, desconfiaria que ali havia uma adega subterrânea.

Lá, no escuro, tentando controlar o medo, ele podia cumprir um propósito maior: a sobrevivência para que pudesse encontrar o irmão e o tio e, na mais cruel das circunstâncias, ele rapidamente começou a amadurecer.

Sentiu muita ira em relação a quem tinha feito aquilo com ele, com os amigos de sua família, seus vizinhos e todo o futuro deles. E por quê? Qual era o propósito? Tinham feito aquilo motivados por uma vingança em relação a feitos passados e esquecidos de gerações antigas? Seria pura ganância e sede de guerra? Ou seria, como parecia, uma selvageria à toa, insensata? Ele se concentrou totalmente em reordenar sua compreensão do mundo gentil, a dissolução do que poderia ter sido seu futuro: trabalho duro, mas agradável nos campos ao lado do pai e dos amigos e, talvez, um dia, de seus filhos. Ele não sabia que tal poder, tais homens existiam. Mas soube naquele momento, e também que já tinham feito isso antes e voltariam a fazer. Descobriu que tinha formado em sua essência uma nova semente de desejo e determinação. Ele se vingaria.

Saiu do alçapão e para entrar em um mundo alterado. O céu era azul, o sol brilhava. Os grilos cantavam como se fosse mais uma tarde quente e preguiçosa de verão. Não havia sinal dos invasores. Apesar de as nuvens de fumaça terem se dissipado quase totalmente, o cheiro ainda permanecia em tudo. Ainda havia focos ardendo nos campos. Ouvia-se o zunido de moscas enquanto ele caminhava entre as casas em direção à praça. Mas aquele som simples, normalmente ignorado e até mesmo reconfortante quando ouvido, ficou mais alto e mais pesado, e ele viu grandes moscas pretas que vinham de algum ponto desconhecido. Sentindo o estômago embrulhado, sabia que elas sentiam o mesmo cheiro que ele. Sob a fumaça, além da terra que cobria os grãos recém-debulhados, conseguia sentir o cheiro de fezes e o odor metálico de sangue.

Seu coração se acelerou no peito quando viu um homem pequeno deitado no chão. Era o corpo de um garoto mais novo, Jed, filho do meio de Tantina e Jakob, o açougueiro, cujos corpos talvez estivessem na carcaça chamuscada que já tinha sido a casa deles. Jakob era um bêbado barulhento e agressivo, mas Timos só conseguiu sentir pena quando viu a madeira e as pedras arruinadas e chamuscadas no quintal. Esperava que Jakob e Tantina não tivessem visto Jed morrer, nem que Jed tivesse visto os dois morrerem.

O que queria fazer era encontrar uma maneira de sair do vilarejo com rapidez para encontrar Duncan e o tio Petros. Então, encontrou um corpo muito maior perto da esquina mais próxima. Era um fazendeiro, assim como o pai dele. Trabalhador, normal, bronzeado, com a pele curtida pelo vento, o chapéu de aba larga ainda na cabeça. De pernas abertas, estava caído de bruços com um braço esticado, o outro sob o corpo. Quando Timos, com os olhos ardendo e marejados, se aproximou dele, o homem mexeu uma mão.

O pesar de Timos recuou para dentro dele quando virou o corpo do agricultor. Tinha muito trabalho a fazer antes que pudesse obedecer ao seu coração e encontrar o resto da família. Aquele homem precisava dele. E haveria outros. Com o coração dolorido, sabia que se Duncan e tio Petros estivessem em segurança, então correr até eles de nada adiantaria. Se não estivessem em segurança, então só podia torcer para que alguém ali, naquele vilarejo, estivesse cuidando deles como ele estava cuidando daquele homem. Seu vilarejo precisava dele no momento.

O homem não parecia ter nenhum ferimento grave além do corte profundo em sua cabeça. Ele gemeu baixo, mas permaneceu inconsciente. Suas pálpebras tremiam, e quando Timos as puxou para cima, um dos olhos estava mais alto do que o outro. Timos vivia uma vida na qual as pessoas caía de cavalos, eram feridos com forcados e carrinhos de mão, e sofriam desastres de todos os tipos que podiam afetar os moradores do campo. Ele era um jovem que lia vorazmente, com uma mente analítica e uma memória fotográfica. Certa vez, ele estava no vilarejo dos ferreiros esperando com o pai enquanto um ferreiro montava um arado com uma lâmina adaptada que seu pai tinha inventado. Timos encontrou um livro de medicina na prefeitura do vilarejo que descrevia todos os tipos de problemas e tratamentos e o devorou.

Estava claro para ele que aquele homem, no mínimo, tinha sofrido uma grave concussão. Provavelmente tinha escapado da morte ao ser derrubado por um golpe não muito forte de uma espada ou lança, ou talvez tivesse levado um chute de uma bota com ponteira de aço ou de um cavalo. Ele ouviu um chamado baixo, assustado e estridente, e viu o vestido azul e branco de uma mulher que se aproximava. Era Barbella, que às vezes chegava vinda do vilarejo dos ferreiros para trocar joias por alimentos em um dia de feira como aquele. Juntos, eles levaram o agricultor para dentro da casa mais próxima e o deitaram em uma posição de recuperação, para o caso de ele vomitar. Barbella disse que ficaria com ele até que alguém aparecesse para rendê-la e começou a passar um pano úmido na testa do homem.

Nas horas seguintes, enquanto o sol avermelhava e a noite caía, ele e os outros, que saíram de casas ou de campos distantes para ver a matança pela primeira vez, ou de outros vilarejos, cuidaram dos feridos e dos mortos.

Devia ser meia-noite quando Timos reuniu a coragem de se aproximar de sua casa, com uma tocha acesa na mão. Dois homens dos campos cuidaram de seus avós enquanto Timos estava endireitando uma perna atingida por uma espada ou lança, com o menino gritando enquanto mexiam em sua perna. Quando voltou para a casa de seus avós, os dois homens estavam colocando os corpos, envolvidos em lençóis, em sua carroça.

— Terminamos. Mas não somos tão rudes a ponto de deixar você desse modo. Venha, vamos com você à casa de seus pais, e então você pode nos deixar lá enquanto fazemos a mesma coisa com seu pai e sua mãe. Eu me lembro bem de sua mãe, Timos. Ela ajudou a ensinarem as letras para mim quando tive dificuldade, muitos anos atrás. — O homem sério, Simeon, abaixou a cabeça de novo.

— Você viu o tio Petros ou meu irmão Duncan?

— Não, Timos — disse James.

— Não posso dizer ao certo, mas soube, pelo meu filho, que a velha avó Danton disse ter visto Petros caído em uma poça no topo do monte, ao lado da estrada a oeste do vilarejo, quando ela e sua sobrinha estavam vindo. Aparentemente, elas o cobriram com terra e folhas, mas não havia muito o que pudessem fazer sem ferramentas.

— Não. Ou melhor, obrigado, Simeon e James. E, em nome de meus avós, agradeço por sua atenção às últimas necessidades deles. Mas preciso cuidar de meus pais. Sozinho. É a responsabilidade de um filho — disse Timos, com a visão borrada pelas lágrimas.

Ele foi para casa. Desviou o olhar dos pais e buscou água do poço com um balde. Então, sentou-se no degrau por alguns minutos e respirou em silêncio, rezando para que a Deusa Terra lhe desse força. A força não veio, mas ele teve de agir mesmo assim.

Então, ele se levantou, se preparou e dispôs os corpos frios em um espaço vazio no chão. Limpou a sala da melhor maneira que conseguiu. Em seguida, limpou os dois e o que pôde do quarto antes de despi-los e vesti-los de novo com roupas limpas. Ficaram um pouco mais apresentáveis quando ele cobriu o pescoço da mãe com um cachecol, escovou seus cabelos e penteou a barba do pai.

As roupas sujas, ele jogou em uma das fogueiras acesas na praça, dando conforto àqueles reunidos. Ele se lavou três vezes no poço e vestiu roupas limpas. Perguntou a todos que encontrou a respeito de Duncan, pedindo que fosse avisado se soubessem de alguma coisa. Só então foi ao vilarejo e caminhou até chegar ao centro frio da floresta. Deitou-se nas samambaias e, por fim, caiu num sono exausto.

Três horas se passaram, e ele acordou. O novo dia estava cinzento e quente. As pessoas reuniam-se na praça para conversar, se abraçar e fazer planos, começando com um acordo para o enterro em massa dos mortos.

Ele ajudou a reunir os bodes e galinhas que tinham escapado dos cercados destruídos pelos invasores, ou que tinham saído das casas onde normalmente ficavam trancados. A maioria estava se alimentando nos canteiros ou na mata e logo foram cercados. Alguns podiam ter ido mais a fundo na floresta e, com o tempo, possivelmente seriam encontrados. A maioria dos cavalos e dos bois tinham sido levados, provavelmente como montaria e para puxar carroças e equipamentos. Nos campos, cerca de um quarto das vacas leiteiras e dos carneiros estava desaparecido ou morto. Felizmente, ainda havia muitos outros vivos no momento da contagem, certamente um número suficiente para fornecer leite, carne e lã durante o inverno, principalmente tendo em vista o número reduzido de moradores. Eles teriam que bastar.

Jasper, um pastor que cuidava dos rebanhos de carneiros, inesperadamente mostrou ser um líder sensato. Dava instruções delicadas a todos, e as pessoas assustadas e feridas faziam o que ele sugeria. Enquanto Timos limpava adequadamente a ferida causada por flecha na perna de uma jovem, que tinha recebido tratamento rápido na noite anterior com a aplicação de compressa de folhas de margarida sob uma bandagem limpa, Jasper subiu em um barril virado e pediu atenção.

— Angela, a comerciante no vilarejo de ferreiros ao leste que está aqui, chegou há meia hora. Ela tinha o único cavalo que havia sobrado e foi ajudar na serraria. Sinto muito por dizer que a mesma história vem dos dois vilarejos. Ela foi o mais longe que pôde. Graças à Deusa Terra há muitas fazendas e minas menores que de fato foram poupadas. Aparentemente, os invasores estavam com pressa, e simplesmente atacaram os vilarejos enquanto percorriam a estrada, principalmente em direção ao leste. Ela diz que os rumores por lá diziam que nosso vilarejo tinha escapado da tragédia. Eles acham que temos reservas de alimentos, apesar de a Deusa saber que não é mais o caso, então parece que todo mundo está vindo até nós hoje, a pé na maior parte dos casos. Então, devemos nos preparar para receber nossos vizinhos de todas as partes, de perto e de longe.

Duncan!

— O que sei é que meu coração está congelado e, que quando for descongelado, será inundado com o estouro das barragens. Minha Rose e nosso filho mais novo foram assassinados, e minhas outras duas filhas foram levadas como escravas. Todos vocês têm histórias terríveis parecidas. Mas temos que nos manter fortes, pensar e trabalhar até que não possamos mais resistir a essa inundação. Precisamos ficar a salvos da natureza e dos animais selvagens, dos ladrões, e proteger nossa comida, cuidando daqueles que nos procuram esperando que possamos ajudá-los. Precisamos começar a reconstruir e erguer defesas.

"Mas não sabemos de onde esses saqueadores vieram nem para onde e como vão. Mas muitas pessoas que vieram aqui durante a noite disseram que corria a notícia de que os invasores estavam sendo perseguidos por soldados usando outras cores. Não havia muito o que pudéssemos fazer para entender o que estava acontecendo.

"Mas posso dizer a vocês que, graças a Angela, temos agora uma ideia mais clara de quem são esses outros soldados, por mais estranha que a história seja. Estão mesmo caçando invasores, e não interferindo na vida dos moradores da região. Estão até ajudando. Também sei de uma coisa: qualquer inimigo de um inimigo deve ser nosso amigo. E, povo bom, desde que Angela chegou, temos uma noção de quem é esse amigo.

Quando Angela deu um passo à frente ficou mais claro que apesar de as pessoas dos vilarejos e das fazendas mais próximas terem sido assassinadas cruelmente, havia muitas outras que todo mundo conhecia de feiras, negócios e reuniões, parentes entre elas, que estavam a salvo e já chegando ao vilarejo.

Naquele momento, um homem chegou à praça montado em um burro. Estava imundo, com vestígios de sangue misturados à terra e à lama que cobriam suas roupas. Estava tão mal que não pareceu notar que o vilarejo tinha sido dizimado. Gritou coisas sobre invasores, uma história de assassinato de um vilarejo distante, pela estrada do leste e além da região que pensavam ser local. Seus olhos estavam arregalados e a voz, desesperada.

— Outros, homens da cidade nova do monte, estão vindo! Escondam-se! Farão a mesma coisa feita pelos primeiros invasores. Depressa!

No pânico que se seguiu, o novo refugiado foi acalmado, consolado e depois levado à água, e Timos se viu entre apenas alguns moradores confusos que permaneciam perto de Angela e Jasper.

— Uma cidade, Jasper? Do que o homem está falando? — perguntou alguém, por fim.

— Acho que sim. Ele parece confiável, apesar de estar meio descontrolado. Mas combina com os relatos de luzes acesas no Monte Sedgeway antes de os ataques começarem.

— Tem certeza? Como pode ser? Não há nada no monte além de grama!

— Deve ser de onde os invasores vieram. Mas como é possível que tenha sido isso? — perguntou Timos.

— Não — disse Jasper. — O velho viu cores diferentes nas roupas e nos cartazes das pessoas da cidade. E disse que algumas delas estavam indo atrás de um soldado que se vestia como os invasores.

Ouviu-se um grito. Um grupo de pessoas, arrastando carrinhos de mãos e com sacos nas costas, homens, mulheres e crianças, além de muitos animais, foram para o meio da praça. Eram do vilarejo dos ferreiros. Ouviam-se gritos de alegria e de pesar enquanto as pessoas encontravam amigos e familiares e tomavam conhecimento das notícias horríveis.

A reunião terminou, e Timos foi de pessoa em pessoa pela praça, pedindo de novo para que dessem a ele notícias de Duncan. E foi quando encontrou Astrid, a professora.

— Sim, eu o vi. Sinto muito, Timos. Ele era... é... um dos meus preferidos, assim como você. Tão inteligente. Mas foi levado com muitos outros garotos da idade dele.

— Levado?

— Capturado pelos invasores. Algumas mulheres e alguns meninos e meninas com idade suficiente para terem serventia, mas não velhos demais para causar problema. E Duncan era um deles. Eu vi quando ele foi amarrado e colocado na parte de trás de uma carroça. Esperto. Conseguiu dar um belo chute no queixo de um dos bárbaros. Não, ele vai sobreviver. Foi assim no passado.

— No passado?

— Sim. A última vez que aconteceu foi há cem anos ou mais. Não aqui, mas ao longo da costa, até a vila de pescadores de Dorsalmite. Os livros de história registram tudo isso, apesar de não lecionarmos isso hoje em dia. Os invasores vieram para saquear, matar e levar escravos. Para eles, pessoas são produtos, como grãos, aves e ouro.

Naquele momento, ela foi interrompida por uma mulher com o rosto sujo de cinzas que abraçou Astrid gritando "Irmã!", e Timos não conseguiu tirar mais nada dela.

Pais, avós e tio Petros, todos mortos, e Duncan, escravizado.

Seu sangue ferveu, e a cabeça latejou. A imagem do soldado que matou seus pais e do cavaleiro no cavalo tomaram sua visão. Ele encontraria aqueles homens, salvaria o irmão pequeno e se vingaria.

Mas como? Como conseguiria encontrá-los e como ele, um jovem sem habilidades para a luta, chegaria e eles e mataria pessoas tão poderosas?

SOBREVIVENTES

Ele encontraria uma maneira. Um jeito. Mas, enquanto isso, tinha que fazer o que pudesse para ajudar quem havia restado.

Ajudou a preparar a refeição da comunidade buscando água, pegando legumes de despensas intactas, e até encontrou vidros de hidromel nas ruínas da casa; a família não estava ali. À praça, onde tudo era racionado com o que os outros encontravam, também levaram pão trazido do vilarejo dos ferreiros, e queijo da caverna fria onde maturavam queijos na floresta, e havia mais do que o suficiente para ser repartido entre os ocupantes do vilarejo, que só ficavam mais numerosos, entre antigos e novos.

A conversa alternava-se entre expressões de pesar e comiseração, medo do retorno dos invasores e, cada vez mais, assuntos práticos. Cuidar dos mortos e dos feridos. Coisas pequenas que precisavam ser feitas naquele mesmo dia ou no seguinte. A construção de um forno comunitário para fazer pão, melhor e maior (o antigo tinha sido destruído por uma carroça invasora presa a cavalos descontrolados), um fogareiro para assar carne, abrigos grandes temporários feitos com vigas ou árvores novas cobertas com qualquer placa de madeira, tecido ou juncos que podiam ser encontrados entre as ruínas chamuscadas ou descendo o rio. Uma nova construção, não apenas reconstruções, começar do zero.

Havia muitas pessoas reunidas, e entre elas estavam Jasper, Angela e vários outros sábios ou nervosos, homens e mulheres que também falavam da cidade misteriosa que tinha aparecido no Monte Sedgeway.

Timos estava sentado, ouvindo e comendo queijo, uma cenoura murcha, pão amanhecido e um jarro de água.

O homem exausto que havia passado em pânico e montado no burro estava errado. Mais notícias confirmavam que a cidade tinha enviado tropas para a costa, na direção tomada pelos invasores. Milhares de soldados, com todos os tipos de máquinas estranhas carregadas por animais grandes, armados com aço, couro, marchavam em filas e cadência perfeitas, não eram uma horda desordenada como os invasores aparentemente preferiam ser. Aquele exército tinha avançado muitos quilômetros ao norte, e parecia que os vilarejos, ou o que havia restado deles, não importavam, pelo menos no momento.

Mas o mais surpreendente foram os rumores de outra cidade que repentinamente apareceu. Ficava perto de uma vila de pescadores ao sul. Diziam que milhares de soldados tinham saído imediatamente e partido para o norte pelo mato e não pela estrada, acompanhados por enormes bestas aladas, grandes máquinas de madeira, corda e ferro, e muitas carroças. Tinham ignorado os moradores do vilarejo, e os portões tinham sido fechados assim que as últimas tropas saíram. A notícia foi passada indiretamente, mas já sabiam que tudo tinha começado alguns dias antes do ataque na cidade do Monte Sedgeway e nos vilarejos da região.

Ele passou a maior parte da noite escutando. Mais refugiados chegaram e muitos contaram outras histórias. Aqueles que não estavam sofrendo, adormecidos ou adoentados devido aos ferimentos ouviam sobre questões práticas e sobre o mistério das grandes construções que repentinamente apareciam no monte a oeste.

— Deve ser a cidade do invasor. Estão vindo lá detrás, mas sem a furtividade de antes, usando apenas a estrada principal. — disse Peter, o açougueiro, que teve murmúrios de concordância.

Todos tinham ouvido as antigas histórias de uma cidade no Monte Sedgeway muito tempo antes, com muros longos de pedra com fosso e até um castelo. Quase todo mundo ao redor tinha, como Timos, seu irmão e seu pai, ido lá muitas vezes, fosse para caçar, fazer piquenique ou levar o gado para pastar. Sempre foi apenas um monte. Grande, muito amplo, mas alto e plano no topo, com uma vista impressionante das planícies em todas as direções, mas não mais do que isso.

Na última vez em que Timos e Duncan tinham estado lá, o pai deles disse que o monte era inútil para qualquer coisa que não fosse caçar ou pegar cogumelos ao redor de seu sopé.

— Tem muita pedra para fazermos plantios, rapazes. Não faz sentido construir aqui apenas pela vista. Por que construir algo onde, durante todo o dia e toda a noite, é preciso subir e descer ladeiras para chegar à terra e à água boa para cultivo? Não, as histórias que meu avô me contou de uma cidade existir aqui eram tolas. Vocês podem olhar o quanto quiserem aqui, rapazes, mas não vão encontrar nenhum vestígio dela. Nenhuma ruína, nenhuma estrada antiga. Só mitos.

Timos e Duncan tinham passado muitas horas observando ao redor, mas, como todos antes deles, não encontraram nada além de terra, mato e afloramento rochosos entre as árvores que resistiam.

Mas havia uma cidade ali agora. Muitos sobreviventes a viram. Surgiu ali de um dia para o outro. Timos acreditava que o que podia vir de uma vez, podia sumir de uma vez, e isso talvez explicasse a ausência de qualquer vestígio de uma cidade do passado. Mágica, assustadora, inexplicável. Mas, apesar disso, tomada por humanos. Soldados como aqueles que tinham invadido o vilarejo, mas que usavam armadura e cores diferentes. Que pareciam mais disciplinados. Do lado de fora dos portões, as pessoas tinham ouvido falar de algumas meninas do vilarejo dos ferreiros perseguindo um bode em fuga. Disseram que não eram soldados, estavam vestidas como pessoas comuns, mas com roupas mais finas. Mais detalhes seriam dados por aquela fonte – as duas meninas tinham sido tiradas do vilarejo dos ferreiros, assim como Duncan.

Todo mundo concordou: as forças da cidade no Monte Sedgeway estavam lá agora, perseguindo invasores na direção da costa. É por isso que os invasores tinham tanta pressa e medo de se delongar.

Havia menos consenso a respeito dos principais motivos dos habitantes daquela cidade.

— Mas por que estão aqui? Certamente acham que podem tirar algo de nossa região, caso contrário, por que vieram aqui? O que os impede de se voltarem contra nós como os outros fizeram assim que cuidaram dos saqueadores? — Angela tinha razão.

— Não fizeram nada contra nós. Estavam ao ar livre quando aquelas garotas os viram, seja lá o que estivessem fazendo. Não estavam prestes a entrar em guerra conosco quando chegaram. São, como eu sempre digo a você, Robert — disse Jasper, erguendo a mão a um dos agricultores contrariados além do espinhaço a oeste, cuja família estava sã e salva e comendo perto da fogueira —,são inimigos dos invasores, e por isso, até demonstrarem o contrário, são nossos amigos. E, mesmo assim, temos que lidar com eles de um jeito ou de outro. Estamos impotentes na defesa contra diversas pessoas lutando. É por isso que precisamos pedir a ajuda deles. Caso contrário, talvez não consigamos sobreviver ao inverno.

A conversa e a discussão continuaram, e Timos adormeceu onde havia se sentado. Quando acordou no frio antes do amanhecer, o fogo ainda estava ardendo. Uma ou duas pessoas moviam-se em silêncio. Alguém bondoso tinha jogado uma jaqueta sobre o rapaz enquanto ele dormia, e ele a dobrou e a deixou em cima de uma rocha grande na ladeira, onde certamente seria vista, e foi fazer sua higiene matinal.

O sol levantou-se, o céu estava claro e azul, e os insetos zuniram e voaram quase imediatamente na claridade. A natureza parecia alheia ao desastre. Em pouco tempo, as pessoas estavam em movimento e cuidando daqueles que ainda não conseguiam se movimentar com a mesma facilidade, e houve chamados e conversas enquanto o café da manhã era retirado dos restos do jantar.

Sons de serra e martelo vinham do lado leste do vilarejo enquanto o trabalho começava em um celeiro grande feito com madeiras recuperadas de construções chamuscadas do vilarejo. Abrigaria muitos dos refugiados e dos sem teto de uma só vez e poderiam ser construídas muito mais depressa do que as casas individuais.

Timos recebeu uma pá para ajudar a cavar um buraco para o fogareiro de assar carnes. Então, se movimentou para ajudar a tirar pedras de carrinho e levá-las à plataforma onde ficava o novo forno de pão. Usaram o que puderam do forno antigo, mas para aquele muito maior, houve relutância para retirar pedras das bases queimadas das casas, a fonte mais próxima de pedras lisas. Uma discussão surgiu porque alguns queriam usá-las enquanto outros diziam que havia motivo para deixá-las onde estavam para que as casas simplesmente pudessem ser reconstruídas. Por outro lado, a pedreira era longe, e não carroças sobrando que pudessem ser reservados para pegar pedras dali, por mais que houvesse pedras espalhadas por ali. Por fim, a discussão foi resolvida por um grupo de jovens e moças que montaram uma grande carroça com peças de outros veículos quebrados ou queimados e prenderam duas vacas leiteiras a ele. Timos os viu e os chamou para descer até o rio e percorrer a Curva do Andarilho e enchê-lo com pedras, pedregulhos e cascalho que havia em quantidade suficiente ali.

Enquanto Timos e outros trabalhavam na nova construção, muitos estavam fazendo longas trincheiras a oeste, além dos pomares arruinados. Os corpos tinham recebido cuidados e estavam dispostos lado a lado na parte de baixo. No topo das trincheiras, tábuas de madeira tinham sido pintadas com os nomes dos mortos e fincadas no chão acima da cabeça deles. Lápides permanentes seriam feitas quando desse tempo. Um quadro grande pregado ao carvalho na lateral da praça e os nomes dos mortos e desaparecidos estavam pintados nele. Alguns dos nomes dos desaparecidos foram acrescentados à coluna dos mortos.

No fim da tarde, todo mundo se reuniu nas trincheiras. Foram feitas orações (aos Ancestrais de alguns e à Deusa Terra de outros) e cerimônias de diversos tipos foram realizadas.

Normalmente, depois de um funeral, havia um banquete para comemorar a vida dos que tinham partido. Mas não dessa vez. Ainda que tivessem intenção de fazer isso, os suprimentos eram poucos. Então, as pessoas se reuniram ao redor de fogueiras na praça e cantaram muitas canções.

Jasper e outros membros do que tinha se tornado o conselho regional interino criaram um plano e designaram diversas pessoas para levar a cabo a execução de suas partes. No início desse processo, equipes de escavação para os outros vilarejos foram escolhidas e despachadas ao comando de Robert. Chegariam às pessoas que estavam sofrendo e, nesse meio-tempo, reuniriam e trariam de volta o máximo de recursos úteis que pudessem encontrar. O vilarejo de Timos tinha, de certo modo, se tornado o centro ao qual todos se dirigiam e queriam ficar, ao menos por um tempo.

Todos concordaram que deveriam construir uma cerca. A discussão que surgiu foi a respeito de que tipo. Alguns diziam que o necessário era uma paliçada ao redor de todo o vilarejo; um trabalho enorme, mas que tinha que ser feito. Outros achavam que, em vez de cercar o vilarejo todo com uma cerca, deveriam construir diversas partes menores. Ou seja, significava que áreas pequenas e protegidas poderiam ser estabelecidas rapidamente e que outras também seriam, pouco a pouco, com recursos mínimos. Então, pelo menos teriam várias ilhas cercadas nas quais todo mundo poderia entrar. Se uma cerca fosse invadida, as pessoas podiam correr para outra. Então, com o tempo, as ilhas poderiam ser unidas por cercas. Por fim, o vilarejo não teria apenas uma cerca toda em seu perímetro, haveria muitos setores de segurança ali dentro. Poderiam começar cercando em cima das fundações da casa arruinada e uni-las de um ponto a outro. Depois de muita conversa, essa plano foi adotado.

Mas Timos podia ver que simplesmente havia muito poucos recursos, material e humano, para construir qualquer coisa que trouxesse resultado. Confuso, procurou Jasper para contar sobre suas preocupações.

— Você viu aqueles cavalos e soldados segurando clavas. Angela disse que eles viram armas de cerco e fogo sendo usados contra a cidade. Uma cerca de madeira não conseguiu mantê-los afastados por um minuto.

Jasper olhou ao redor e logo puxou Timos de lado.

— Olha, Timos, sim, você tem razão. Eu sempre soube que você tinha o bom senso de seu pai e a inteligência de sua mãe. Nada menos do que barras de ferros, troncos grossos de árvore e montes de pedras grandes e pesadas dentro de trincheiras profundas dará certo se eles estiverem determinados a entrar. Mas talvez isso os desestimule. Mas éramos alvos fáceis... eles teriam se importado conosco se tivessem que parar e se esforçar para nos atingir? Principalmente se estivessem com pressa e sendo perseguidos, como estavam?

— Provavelmente.

— Talvez. Mas há outro motivo. Também vai ficar claro mais cedo ou mais tarde, mas, enquanto isso, precisamos mantê-los trabalhando como comunidade. Caso contrário, não conseguirão se acertar com seus mortos, com seus vivos ou as famílias que vão chegar. Olhe para eles — disse ele, apontando para os homens e às mulheres, às crianças e aos idosos. Todos estavam muito determinados, trabalhando com afinco. — Tudo agora está sendo feito pelo bem de todos. O forno está basicamente completo, o espaço para assar as carnes já está sendo usado, a ideia de um reservatório de água deu certo, e os tanoeiros já estão tomando medidas para transformar barris em grandes tanques. E dá para ver que os mineradores fortes e os agricultores deixaram os animais aos cuidados das crianças, e estão se reunindo para planejar e construir a primeira cerca. Ali, perto da antiga casa de Abigail e Walshe, há uma trincheira meio aberta na parte de dentro da fundação que atravessa até a base do celeiro de inverno. Moral e foco, Timos, a construção de novos elos, novas famílias, tudo isso são defesas reais no momento. Quando essa dedicação se desgastar, haverá aqueles que terão começado as novas rotinas que todos nós precisaremos para continuar a viver e que serão nossa base. As cercas... pode ser que funcionem ou não. Mas a luta, a formação de novos hábitos, de inovação para satisfazer nossas novas necessidades, é isso o que sua construção vai nos dar.

Timos tinha muito para pensar pelo resto do dia quando um homem e seu filho chegaram, o garoto adoentado por beber água contaminada de uma poça perto da estrada. Enquanto as pessoas cuidavam dele, seu pai, Edward, pegava alimentos e bebida e dava algumas notícias interessantes.

— Eles estão recrutando na cidade mágica no Monte Sedgeway. Um representante do Lorde da cidade chegou ao nosso vilarejo oferecendo um bom dinheiro para fazer exatamente isso quando fomos atacados. Ele e seus companheiros foram mortos na primeira onda. Mas a mensagem do Lorde já tinha sido entregue. Querem pessoas e tem que ser agora.

— Esse... Lorde. Para que ele quer recrutas? — perguntou Simeon, erguendo a sobrancelha esquerda.

— Não sei muito. O viajante disse que tinham acabado de fazer o primeiro anúncio quando a matança começou. Pelo que entendi, eram pessoas para trabalhar a terra, fazer mineração e todos os tipos de coisas que estamos fazendo nos vilarejos aqui. Estavam prometendo que as pessoas poderiam ficar e trabalhar nos vilarejos. A cidade pagaria um salário para todo mundo e então compraria tudo que pudessem produzir por um bom preço. Disseram que o Lorde tem todo o tipo de ciência e magia para ensinar a eles como aumentar a produção também.

— Magia? Que besteira — disse uma idosa usando uma bandagem no peito e nas costas.

— Bem, acredite no que quiser. Explique para mim de que outro modo uma cidade inteira, incluindo um castelo e dezenas de construções e todos os tipos de coisas de repente chega àquele monte da noite para o dia. Se não foi magia, pode ser qualquer coisa, então acredite no que for — disse Angela.

— Então, agricultores e mineradores?

— Não só eles. Jovens para treiná-los também, assim como serradores e outros profissionais também. E então \mencionaram que precisam de soldados. — Edgar cuspiu.

Timos se inclinou, aproximando-se.

— Soldados?

— Não fique aí pensando que você vai se unir a eles, rapazinho — disse Jasper. — Pelo que vimos nos últimos dias, os soldados são bem cruéis e ímpios. E com certeza estarão atrás de pessoas como as daquela turba que passou por aqui, uma perseguição perigosa. Não, fiquem em casa. E mantenham isso em segredo, pessoal — disse ele ao pequeno grupo. — A última coisa de que precisamos agora é de um monte de gente de cabeça quente partindo para se juntarem a nós e se vingarem. Já temos um número suficiente.

Timos assentiu com a cabeça, como o restante deles. Mas quando foi para a cama mais tarde, naquela noite, notou que já tinha tomado uma decisão, aparentemente sem pensar demais. Não ficaria ali. A devastação tinha sido forte demais, e ele precisava fazer alguma coisa, tomar uma atitude. Sentiria falta de muitas pessoas e sentia culpa por partir. Mas sabia que Jasper e outros como ele seriam mais fortes e o vilarejo seria reconstruído. Era necessário em outro lugar. Iria para a cidade para encontrar aquele Lorde. E se uniria a eles como soldado.

Então, encontraria aqueles assassinos e se vingaria, recuperando seu irmão.

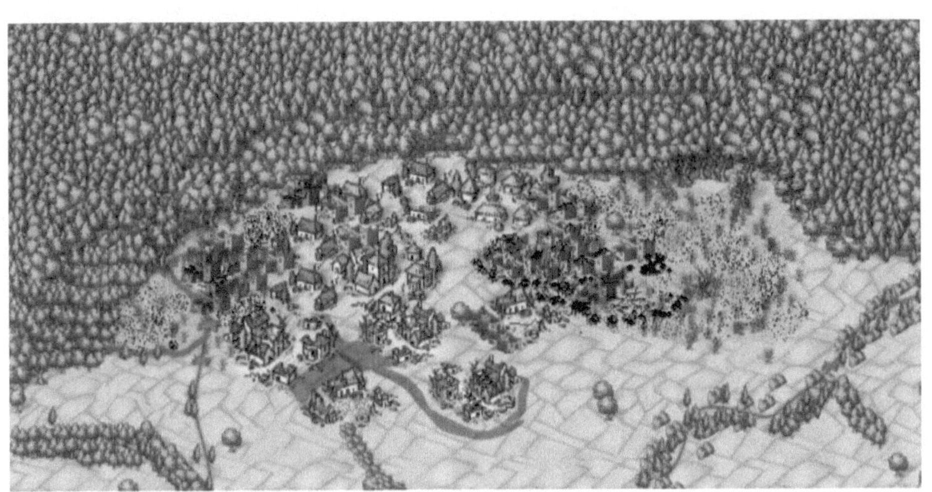

By Stephen Leaton

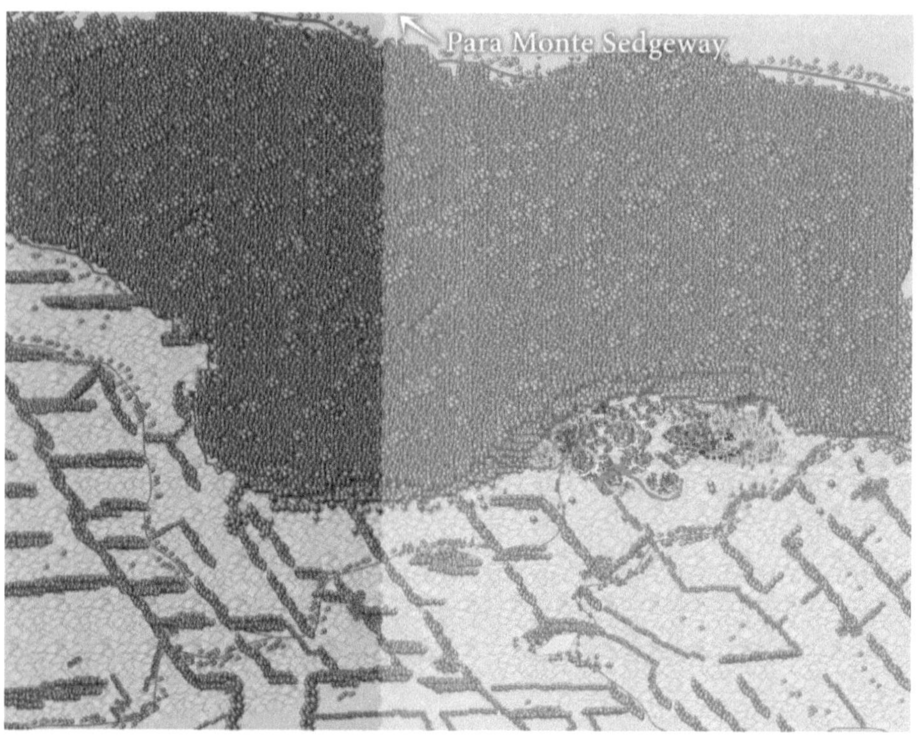

MONTE SEDGEWAY

Timos chegou à base do Monte Sedgeway um pouco antes do amanhecer. Tudo que tinha ou estava vestindo ou estava dentro da bolsa feita de lençol, pendurada em um de seus ombros agora cansado.

Tinha escrito cuidadosamente as instruções para Jasper a respeito do que fazer com as casas de seus pais e de seus avós; as casas dele e de Duncan, agora que todos estavam mortos. Assim como duas das construções restantes não danificadas, ele pediu para que as casas fossem usadas para abrigar temporariamente quem não tivesse para onde ir, para dar à pessoa tempo para encontrar um local ou construir um lar permanente. Escreveu que ninguém deveria ficar ali por muito tempo. Se chegasse ao ponto em que não fossem necessárias para pessoas sem casa, ele gostaria que a casa de seus avós se transformasse em uma escola e a casa de seus pais em uma biblioteca, algo que tinha visto e adorado em outros vilarejos e que não havia ali. Mas, segundo ele, a comunidade poderia usá-la como quisesse.

Tinha lido o bilhete muitas vezes e, satisfeito, enfiou o bilhete no bolso da jaqueta de Jasper, que estava largada por ali, e saiu do vilarejo.

Sentiu medo e um alívio estranho por estar deixando a cena. Mas não se sentia corajoso.

O monte em si era encoberto por montes menores por uma distância conforme a floresta rareava até se tornar pasto. Ele tirou as roupas e atravessou o rio numa parte ampla, mas rasa, pisando de pedra em pedra primeiro, e então avançando pela água que se movia lentamente na altura do peito, balançando a trouxa de roupas e a bolsa improvisada na cabeça. Atravessou e voltou a vestir as calças e as botas, tremendo ao luar. Caminhando depressa para se aquecer, deu a volta pela base dos último dos montes e parou, surpreso. Sabia que a cidade estava ali agora. Já havia ouvido a descrição dada por muitas pessoas. Mas vê-la foi algo totalmente diferente.

Onde antes as ladeiras e o grande monte subiam a partir da beira da floresta, coberta por infinitos acres de grama verde e crescente, chegando ao céu azul e ao horizonte ao redor, um lugar incrível e solitário, mas maravilhoso, aparentemente intocado por seres humanos, agora havia algo enorme deitado em seu topo e encostas.

A princípio, ele simplesmente não conseguiu ver tudo. Tinha passado a vida toda em ambientes naturais pontuados por pastagens cercadas e construções pequenas e térreas. O moinho de trigo, apenas três vezes maior que uma casas de vilarejo, era a maior estrutura que ele já tinha visto até aquele momento.

À sua frente, havia algo extraordinário. Não uma estrutura grande, não duas nem dez, mas dezenas, todas conectadas por estradas, muros e só os Ancestrais o que mais havia. Espalhava-se e cobria o grande monte. Só depois de olhar para lá por muito tempo ele teve uma ideia da distribuição. Algumas partes eram fazendas do lado mais baixo do monte. Fazendas grandes, de aparência saudável, do tamanho do vilarejo todo dele e do território ao redor. E ele conseguia ver entre eles como era – sim –, minas, serrarias! À distância, entre eles havia cabanas grandes, que não conseguia ver para que serviam, mas via muitos soldados ao redor.

Mais para cima, um rio dava a volta pela encosta de um monte. Um riacho que nunca existira ali antes. E, além dele, um muro forte, muitas e muitas vezes mais alto e se estendendo ao redor do topo do monte. E ali, no topo, uma bandeirinha, e mais uma e outra, mas tão distantes que deviam ser enormes.

No muro havia várias torres que se estendiam muito, e perto do centro havia o que devia ser um portão enorme que levava a uma construção incorporada ao muro. Por cima do muro que envolvia o monte, ele viu o topo de construções maravilhosas e misteriosas.

Conseguiu ver o que pareciam ser estradas perto do muro, mas elas brilhavam de um jeito diferente, não como a terra e o cascalho daquelas dos vilarejos.

No céu, antes do amanhecer, ele viu tochas e luzes brilhando vindas das torres no muro, das fazendas e do que deviam ser as janelas de muitas construções à frente. A cidade brilhava.

Depois que Timos passou muitos minutos caminhando e parando para observar de vez em quando, o sol apareceu no horizonte, e a luz da cidade mudou. Por um breve instante, a cidade toda ficou inundada na luz vermelha e, depois, na luz amarela gloriosa. De repente, ele conseguiu ver enormes domos com telhados dourados, pináculos prateados e brilhosos, muralhas e o topo de castelos d'água; esferas e joias encrustadas na construções, reluzindo. Havia coisas das quais ele nem sabia o nome.

Sua determinação diminuiu. Como poderia querer ir ali e ser aceito? Era, como havia acabado de descobrir, um camponês pobre e ingênuo, ignorante em relação ao mundo. Mas não. Ele continuaria. Havia pessoas ali. Pessoas que tinham construído aquilo juntas, assim como seu vilarejo fazia no momento. E se houvesse magia envolvida, então que fosse. Que fizessem como quisessem. Ele precisava se tornar parte do exército daquela coisa. Aprender a lutar, a procurar e encontrar seu inimigo e soltar Duncan, que era sua única responsabilidade agora.

Então, jogou a trouxa por cima do outro ombro e começou a subir a longa ladeira. Chegou a uma estrada que, apesar de ser mais larga que qualquer uma que tivesse visto, e mais plana, tinha a mesma terra das outras daquele vilarejo. Ela o levou entre as fazendas. Ele se entregou à curiosidade e desceu uma das pistas secundárias para ver melhor. Os campos não tinham mato e eram tomados por grãos graúdos. Nos campos verdejantes, o gado parecia saudável e bem-alimentado. As cercas estavam em ótimas condições, assim como os anexos pelos quais ele passou ao se aproximar de uma serraria. As estradas dentro daquele local tinham cascalho branco, e não terra, eram elevadas em relação ao solo que as cercava para uma melhor drenagem e tinham muitos sulcos. Estava claro que carroças pesadas de fato eram usadas no moinho, e as estradas eram reforçadas para aguentar as temporadas mais úmidas. Estava cedo demais, na opinião dele, para que a maioria dos operários estivesse fora, mas passou por um homem com um lenço ao redor do pescoço, olhou e acenou. Timos acenou em resposta e correu, olhando de relance para muita lenha empilhada dentro de um depósito à beira da área do moinho.

O riacho era largo demais para um mergulho, mas não tão grande quanto o rio ao pé do monte. Em alguns pontos no meio dele, pilhas tinham sido acumuladas. As pontas de pranchas compridas e amplas que se estendiam dos dois lados tinham sido posicionadas neles. Ele viu que podiam ser retiradas rapidamente. À distância, viu uma menina correr e atravessar uma dessas estruturas temporárias do lado da cidade, e decidiu atravessar naquela mais próxima dele. Quando chegou ao meio, um homem carregando as ferramentas de um carpinteiro foi à barranca no lado da cidade e esperou que Timos atravessasse. Timos assentiu e disse bom dia quando saiu da prancha, e recebeu uma resposta parecida. Usou uma das pranchas dispostas ali. A linha da água ficava vários metros abaixo das barrancas, que eram quase verticais. Abaixo da água, as barrancas eram inclinadas, formando um "V" na base do rio mais alto que um homem abaixo da linha da água. Seria impossível atravessar e sair sem ajuda.

Uma estrada de cascalho estendia-se pela lateral da cidade, ampla e elevada como aquelas no monte. Mais à frente havia uma trincheira ampla e moderadamente profunda, escondida até ele se aproximar graças a uma barranca levemente mais alta no lado da descida. Era pontuada por rochas irregulares, peças quebradas de cerâmica e vidro. Lanças de ferro e ripas afiadas de madeira fincadas e apontadas para todos os ângulos em direção à face do monte. Considerando que superassem a água, qualquer tolo que subisse a encosta com rapidez se tornaria vítima de uma armadilha escondida. Homens que se aproximassem com mais cuidado e a pé demorariam muito mais tempo e teriam que atravessar, e a única maneira de cavalos, carroças e máquinas de guerra atravessarem era por pontes de pedra que se estendiam sobre a água, estradas e trincheiras.

Ainda sobravam as pontes de pedra. Eram muito reforçadas. Portões de ferro estavam abertos nas bases das torres, e ele conseguia ver o brilho do sol no metal mostrando que os soldados estavam bem-posicionados no topo das torres para lançar flechas em qualquer invasor que tentasse atravessar. Se os invasores conseguissem acesso à ponte, muros inclinados protegeriam seus caminhos, e torres se estendiam nas duas pontas de cada uma. Assim que os portões de ferro fossem fechados, os invasores ficariam presos. Os muros e torres criavam uma barreira clara, onde flechas e bombas de todos os tipos poderiam ser jogadas sobre eles a partir de qualquer torre.

No entanto, naquele momento, os portões estavam todos abertos, e o tráfego corria livremente pelos guardas. Homens, mulheres e crianças, caminhando ou em burros e cavalos, alguns puxando mercadorias em carrinhos e carroças. Havia um carrinho estranho e leve de duas rodas com laterais altas que estava sendo puxado por dois cavalos. Havia dois homens de pé dentro deles, um guiando os cavalos e o outro atento, empunhando uma espada à vista de todos.

Ele viu que os muros da cidade em si e as partes inferiores da torre e das pontes tinham enormes crateras. Muitas estavam reparadas, mas algumas pareciam recém-abertas. Ele não sabia que tipo de armas incríveis poderia ter feito aquilo.

Ele imaginou o que poderia acontecer quando o tipo de forças poderosas que causavam aquele prejuízo atacasse? Com certeza, as fazendas, moinhos e minas ficariam sem proteção? Ele se lembrou da preocupação sentida com os planos de Jasper de construir cercas e estremeceu. Talvez, no entanto, o principal objetivo fosse tomar a cidade primeiro. Se o inimigo fizesse isso, então as fazendas, os moinhos e as minas do lado de fora automaticamente estariam sob seu controle. Controlando a cidade, era possível controlar tudo ao redor.

Com nervosismo, ele escolheu uma das pontes de pedra para atravessar a trincheira e passou pela primeira saída depois da travessia, indisposto a enfrentar os guardas ao fim da muralha da cidade. Tentou parecer confortável, mas deve ter fracassado tanto quanto suspeitava, pois, no meio do caminho em direção à próxima ponte, uma jovem que tinha mais ou menos a idade dele parou e esperou até que ele a alcançasse.

— Você está perdido?

Ela era maravilhosa. Usava uma túnica branca simples presa à cintura com uma corrente prateada pendurada na altura do quadril. No lado esquerdo do peito, havia um pequeno broche prateado em formato de dragão, com uma bandeira vermelha na parte de trás. Os cabelos loiros estavam presos para trás em uma trança grossa. Acima de cada orelha havia uma pena comprida e branca presa a seus cabelos e encurvada para a frente em direção à linha dos cabelos, onde as duas se encontravam e suas pontas se cruzavam na testa da moça, como uma leve e minúscula coroa. Usava sandálias de couro amarradas até o joelhos com fitas trançadas, prateadas e vermelhas. Prata e vermelho, ele saberia mais tarde, eram as cores da senhora dela.

— Hum, é, não, sim... estou procurando uma maneira de entrar. — Ele corou e fez um gesto em direção ao muro.

— Você quer dizer até aos portões? Mas poderia ter entrado por aqui — disse ela, indicando a porta na parede da ponte de onde ele tinha acabado de sair. — Está à procura da entrada principal? Fica logo ali, dobrando aquela esquina, passando pela parede da torre, bem ali. — Ela apontou à frente. — Estou indo naquela direção, então você pode ir comigo.

Timos não conseguia pensar em nenhuma maneira educada de recusar e, além disso, precisava de ajuda.

— Sou Joy — disse ela e olhou para ele pelo canto do olho.

— Timos — disse ele, um pouco mais ríspido do que pretendia.

— Sou costureira.

Timos não sabia o que dizer.

— Certo.

— Então, você veio para ficar na cidade?

— Sim, como soube?

Ela riu.

— Primeiro, pelas suas roupas. E essa trouxa não é o tipo de coisa que normalmente carregamos aqui. Você é de uma mina, talvez, ou de uma de nossas fazendas...?

— De uma fazenda. Sim. Não daquelas — disse ele depressa, apontando com o polegar para trás. — Outra. Uma antiga que existia aqui antes... — Ele notou que não fazia ideia de como descrever seu passado, nem a repentina chegada daquela cidade, nem nada mais.

Ela olhou para ele com atenção.

— Você é de uma das fazendas nativas dessas partes? É a primeira vez que uma cidade é teletransportada para esta área?

Teletransportada? O que isso significava? Timos esforçou-se para entender por um momento e então decidiu simplesmente dizer:

— Esta é a primeira vez que estou em uma cidade, sim.

— Não se preocupe, pode ser bem chocante quando uma cidade te teletransporta. Eu mesma tive a mesma experiência, mas eu era muito mais nova, tinha só quatro anos. Jovem demais para me surpreender. Vim para cá com minha mãe quando os homens se ofereceram para pagar com ouro pelo trabalho dela de costureira — disse ela, franzindo o cenho e olhando para o chão. — Às vezes, eu tento imaginar como seria voltar. — Então, ela sorriu de novo e disse com animação: — Mas você está aqui! Vai aprender as coisas e logo estará adaptado. O Lorde fez alguns avanços científicos para acelerar a produção de grãos e precisa de mãos experientes nas fazendas no momento, então, há muito trabalho. Felizmente, nossas fazendas todas evitaram prejuízos no último ataque. Ah! Sinto muito — disse ela, com a mão cobrindo a boca e arregalando os olhos —, sua fazenda acabou...

— Não pretendo entrar numa fazenda.

Ele se atrapalhou com o que ia dizer. Pigarreou e começou de novo.

— Ou melhor, quero ser um...

— Soldado? É isso? — Ela retorceu o rosto com preocupação.

Parecia improvável que ele pudesse se tornar um dos homens fortes que viu na carruagem ou passando por elas. Era pequeno, jovem e inexperiente.

— Sim, é tolice, eu...

— Não, não é isso. Tenho certeza de que você será um ótimo soldado. Vai crescer, vai ficar forte e tudo o que for necessário. Mas é uma vida difícil, dura. Se você se casar, não verá sua esposa e seus filhos com frequência. Vai ter que entrar em batalhas terríveis e, às vezes, fazer coisas absurdas. E você corre o risco de ser ferido ou morto em toda batalha. O índice de baixa é muito alto. Meu pai era soldado quando chegamos. Mas foi mandado para a batalha mal preparado e acabou sendo morto na primeira semana depois do treinamento. Pode ser uma escolha muito ruim. Por que você desejaria isso?

— Tenho meus motivos — disse ele e virou a cabeça para olhar para a parede acima enquanto passavam.

Ela permaneceu em silêncio por cinquenta passadas de cavalo, durante as quais passaram pelo portão lateral de uma torre e saíram do outro lado, antes de seguirem em frente. Os guardas olharam para eles, mas não reagiram.

Timos começou a olhar além da glória das construções e a ver dos danos de muralhas, da torre e do que conseguia ver de algumas das construções do lado de dentro.

— A cidade também foi atacada, certo?

— Sim. A cidade foi o alvo principal. É sempre assim. Sua fazenda provavelmente foi atacada só por estar na rota deles, sem proteção. Foi apenas um efeito colateral. — Ela olhou para ele de canto de olho. — Desculpe, não quis subestimar sua perda. Só quis dizer que, bem, as guerras sempre envolvem as cidades e suas fazendas, moinhos e minas. Fazendas e vilarejos selvagens geralmente se envolvem nisso, ainda que a luta nunca seja deles.

Timos pensou na estranheza de ser um morador "nativo" ou "selvagem" do vilarejo. Então, notou algo esquisito. Por cima do muro, ele conseguia ver o topo de uma construção, mas ela não estava ali. Suas torres e o enorme parapeito circular eram transparentes!

— Ah, aquele é um dos Potenciais — disse Joy. — Quando o Lorde construir a cidade e o castelo com as forças corretas, ele ou ela pode transformar esses Potenciais em realidade. O Lorde sabe onde aplicar recursos e como rezar para que os Deuses do Céu e que, com trabalho árduo e graça, as construções possam ser construídas no Potencial como se fosse um modelo. Assim que é construído, um novo Potencial surge nele, mostrando o novo conjunto de melhorias que podem ser feitas se o Lorde e a cidade trabalharem com afinco.

— Quem faz o Potencial... o modelo?

— Não sei. Os Deuses do Céu, acho. Você teria que perguntar ao Professor na Faculdade. Todas as partes da cidade foram construídas assim, mas às vezes, como esta, são evidência de tragédia.

— Tragédia? — perguntou Timos.

— Quando a cidade for atacada e muitas pessoas morrerem, e se os recursos estiverem muito escassos, a construção não pode ser mantida ou, em alguns casos, pode ser destruída. A menos que tudo seja consertado e mantido pelo Lorde adequadamente com comida, madeira e outros recursos, as construções, e até mesmo os Potenciais, desaparecerão completamente; todos os padrões fantasmagóricos, os tijolos e madeiras de verdade desaparecerão. No momento, grande parte de nossa cidade está correndo perigo. E, se as tropas que estão no hospital não forem curadas, o que exige recursos extras, então morrerão, e a espiral descendente continua. A cidade fica cada vez mais vulnerável.

— Então, tudo está perdido? — perguntou Timos, abismado.

— Não, ainda não. Não faço ideia quais são os recursos da cidade no momento ou o que foi feito. Apenas o Lorde, seus consultores mais próximos e os Heróis sabem disso. No entanto, há trabalho de reparação a ser feito, dizem que a produção de moinhos e minas está alta porque não existe ataque direto a eles, e sei que muitos soldados receberam alta nos hospitais, por isso não há desesperança.

— Os Heróis?

— Só temos dois no momento; a Lady Novia e Bernard. Dizem que o Lorde estava tentando conseguir os serviços de um terceiro e de um quarto quando os ataques começaram repentinamente. Tivemos sorte, acho. Minha senhora disse que... o amigo dela, o capitão dos alabardeiros, disse a ela que foram os poderes de Lady Novia e de Bernard que ajudaram em nossa defesa.

Tudo aquilo era muito confuso. Sem dúvida, ele aprenderia logo. Seguiram adiante e, de repente, o portão surgiu no momento em que Timos descrevia o homem a cavalo a quem ele tinha cegado de um dos olhos.

— Ah! Deve ter sido um Cavaleiro Real, no mínimo. Os outros soldados o chamavam de "Sir"?

Timos pensou: "Não, eles o chamavam de 'Milorde'".

Joy arregalou os olhos. Ela o pressionou para conseguir todos os detalhes de que ele conseguia se lembrar a respeito do homem, de suas roupas, da sela, da espada e da armadura.

— Nós nos separamos aqui — disse Joy. — Mas Timos?

— Sim?

— Acho que você vai saber mais de sua aventura. Acho que pode ter ferido o Lorde dos invasores. Minha senhora precisa saber e passar isso adiante, e eu acho que você será interrogado por outros. Se eu não estiver enganada, os invasores agora terão um motivo para se voltarem contra nós de novo. O Lorde deles talvez não saiba que você está aqui, mas certamente vai tentar te encontrar.

Timos sentiu o estômago embrulhado, temendo por seu vilarejo, pela cidade e por si mesmo.

— Mas, até lá, já teremos partido há muito — disse Joy. Antes que Timos pudesse perguntar o que ela queria dizer, ela ergueu a túnica para evitar molhá-la em uma poça. — Você precisa passar pelo portão e em seguida pegar a estrada à esquerda, do lado de dentro. Vá direto até chegar à caserna. É a primeira construção grande que você verá naquela estrada depois dos abrigos e das barracas. Tem formato de cotovelo. Se está mesmo determinado a virar um soldado, vá até a porta do lado oeste e bata. Mas espero que você ocupe um lugar na taverna por alguns dias e conheça a cidade. Pense no que é a melhor coisa a fazer antes de se alistar. Há muitas outras profissões boas aqui na cidade que não envolvem sua morte precoce.

Envergonhado demais para admitir que não tinha dinheiro para pagar um quarto de taverna, mesmo se quisesse, Timos olhou seus pés, ciente dos buracos do couro fino de suas botas de agricultor e sentindo que faltavam as tachas no solado do pé esquerdo. Ela sorriu com tristeza para ele e passou por uma abertura enorme, meneando a cabeça para os guardas.

Ele ajustou a trouxa e se aproximou da abertura. Tinha três vezes a altura de um homem e cinco vezes a largura, com dois portões abertos feitos de ferro e madeira grossa.

Algo em seu modo de agir deve ter causado apreensão, porque ele foi parado pelos três guardas. Eles estavam vestidos não com uma armadura de metal, mas com peças de couro parecidas e com capas pesadas de lã sobre seus ombros. Na cintura, levavam espadas e adagas, e cada um deles empunhava uma longa lança de ferro.

Timos, nervoso, não reagiu imediatamente, e o guarda maior fez um gesto para os dois atrás dele, e os dois deram um passo à frente, cruzando lanças para formar uma barreira. Do outro lado do portão, três outros guardas observavam, aparentemente entediados, mas esperando, talvez, um pouco de distração e diversão.

— Mandei você dizer a que veio, garoto — disse o guarda grande.

— Sou Timos, vim para ser soldado.

— Um soldado, é? — disse um dos dois com a lança, erguendo uma sobrancelha. — Um soldado como nós, Dorian. Como é que é, esse molequinho, um soldado? Está mais para servo de soldado.

Todos os guardas dos dois lados da abertura riram e um deles bateu palmas.

— Olha — gritou este —, Sir Timos, não? Venha, seja meu servo. Tenho uma privada que precisa ser limpa e minhas botas precisam ser lambidas.

Mais risos.

— Por que sua mamãe deixou você vir aqui? — perguntou o terceiro guarda. — Ela vai aparecer e encontrar você assim que perceber que você fugiu de casa e do trabalho duro. Vai te levar de volta.

— Minha família morreu, senhor. Eles foram assassinados por invasores, e eu estou vindo pelo pedido por recrutas. Estou aqui para me tornar um soldado, e vou caçá-los e matá-los sempre que puder!

Essa última parte se tornou um grito, e Timos manteve os punhos cerrados, travando a mandíbula, dentes à mostra.

Os guardas entreolharam-se com hesitação.

— Entendo — disse o guarda grande. — Sinto muito, filho. Eu me enganei, pensei que fosse um garoto com um desejo temporário, sem saber que é um jovem sério com uma missão. Vejo que está determinado e, sem família agora, bem, o exército é um bom lugar para estar. Deixem-no passar.

Os guardas ergueram as lanças e deram um passo para trás, e Timos seguiu antes que eles pudessem mudar de ideia.

Pensou que entraria em uma área a céu aberto. Mas se viu em um corredor amplo com teto alto, curvo, e um túnel comprido. Nas paredes e no teto havia várias aberturas escuras de cerca de três palmos de comprimento e dois dedos de largura. Também havia portas compridas e finas nas paredes e no teto, algumas grandes o bastante para atravessar se estivessem abertas, ele pensou, mas não conseguia deixar de imaginar que tinham outro propósito - seriam altas demais para alcançar ou das quais descer. Mais tarde saberia que, enquanto passava, olhos o observavam pelas aberturas, olhos de pessoas segurando arcos e flechas posicionados, e, atrás das portas, havia recipientes com óleo quente, lenha e feno escondidos no escuro, com um homem ou mulher em cada estação, prontos com uma tocha e uma pederneira para atear fogo.

No fim do túnel havia outra abertura protegida por portões tão grandes quanto os da entrada. Mais guardas, apesar de esses mal olharem para ele.

Então, ele alcançou a luz do sol de novo. Ali, viu um grande pátio, maior que seu vilarejo inteiro, e pavimentado com lajotas brilhosas. Tinha apenas cerca de vinte braças de largura, mas se estendia para a esquerda e para a direita até onde ele podia ver antes de se afastar em ambas as direções. Imediatamente à frente dele havia um muro idêntico àquele do qual ele tinha saído, mas tinha três portões. Em cima dos dois muros, ele conseguia ver um complexo de construções reforçadas. Então, notou: o quintal, por mais vasto que parecesse, era apenas parte de um complexo de dois muros. Era ainda mais um campo de matança, onde arqueiros e outros podiam aniquilar quem tentasse invadir. Não conseguia entender como as tropas subiam às torres, mas ficou imaginando se as entradas eram subterrânea. Depois, soube que estava correto – havia labirintos subterrâneos, alguns dos quais podiam ser inundados se invasores entrassem; era esse o propósito secundário da água do rio do lado de fora.

O vapor e a trincheira, os muros e corredores, tudo fazia parte de uma série de armadilhas enormes.

Ali, entre os muros, havia muitas pessoas, algumas correndo com papéis nas mãos, outras de pé, discutindo animadamente e em todas as partes, grupos de soldados organizados em conjuntos de oito fileiras e oito colunas. Então, ele viu uma unidade de 64 ser formada de quatro filas de 16 e, com a mente sagaz, compreendeu, feliz, o gênio organizacional do sistema. Como blocos de montar, cada unidade podia ser unida a um todo muito maior, cada unidade de 64 uma abelha na colmeia de um grande exército.

Ninguém prestou atenção a ele, que partiu pelo portão do lado esquerdo do muro interno. Depois de passar pelo corredor letal, saiu em uma terra das maravilhas complexa e aberta que tirou seu fôlego. Havia muros parciais aqui e ali, e ele teve a impressão de que, de alguma maneira, eles funcionavam juntos se preciso para ajudar a defender o local de invasões. Havia construções de todos os tipos e tamanhos, cada uma em seu ponto, cada uma graciosa e acessada por lances absurdamente amplos de escada que levavam de um nível a outro, e, ainda assim, cada construção exibia lanças de ferro e espinhos fincados nos espaços ao redor, entre caminhos e construções que pareciam arte, mas obviamente eram linhas ainda mais distantes de defesa interrompidas apenas por um caminho de entrada murado, cada um deles com um grande portão de ferro com revestimento de madeira. Talvez não protegessem tanto quanto os muros, mas tornariam as coisas mais difíceis para soldados a pé e a cavalo. Entre cada lança e espinho cresciam musgo e pequenas plantas com flores. Uma beleza mortal.

Mais uma vez, ele se lembrou, desesperadamente, dos planos de seu vilarejo para as cercas fracas de madeira.

Começou a percorrer uma estrada de mármore, afastando-se de grupos de pessoas, carroças e homens que levavam cavalos pelas rédeas ou estavam montados neles, e chegou a uma construção: talvez duas vezes tão grande quanto o moinho de trigo de seu vilarejo. Ele bateu a aldrava de cabeça de cachorro na porta parcialmente aberta três vezes. Quase imediatamente, uma mulher de meia-idade com um avental de couro sujo de farinha e um lenço de cabelo igualmente enfarinhado saiu.

— Pois não? São os ovos?

— Não, desculpe, vim para ser recrutado. Não sei nada sobre ovos.

— Ah — disse ela. — Eles já vão chegar, acredito eu. Tem muita coisa acontecendo por causa das batalhas. Perdi o outro garoto para o Depósito há três dias. Mas era quase inútil mesmo, sempre flertando com Jasmine no escritório. Helen mandou você aqui, é isso? Então, posso colocar você no depósito, se souber os números. Sabe fazer conta? Seria esperar demais que você soubesse fazer contas de multiplicação? — Ela limpou as mãos no avental. — Então, venha. — Disse isso e entrou.

— Não sei bem se entendi — gritou Timos. — Aqui é a caserna, não?

Ela colocou a cabeça para fora de novo.

— Caserna? Não, aqui, não, nada tão grandioso. Aqui é um abrigo de provisões. A caserna fica subindo pela estrada. Por que quer chegar lá? Vamos, tem trabalho a fazer. — E entrou de novo.

Timos, confuso, envergonhado e certo de que aquela mulher séria não aceitaria um não como resposta, virou-se e correu estrada acima.

Quando deu a volta por um arbusto (no meio do qual não havia como esconder um ferro cheio de espinhos), ele entendeu seu erro. Ali, à distância, estava a construção descrita por Joy. Um absurdo que tivesse pensado que a caserna era o lugar do qual havia acabado de sair. Todos os soldados que aquela construção abrigava nunca caberiam dentro daquele abrigo de provisões.

Ele apressou o passo e, depois de dar a volta na estrutura, parando para olhar para cima e admirar-se com seu tamanho, se encaminhou até uma das entradas movimentadas e se apresentou aos guardas. Dessa vez, apenas acenaram para que ele entrasse, e ele logo se viu em um pátio redondo, coberto e barulhento. Passagens abobadadas se abriam em todas as direções, e as pessoas entravam e saíam; soldados – homens e mulheres –, pessoas com pastas e documentos, homens puxando fardos e caixas cheias em carrinhos bambos.

Do lado de dentro, à esquerda, havia uma pequena mesa de madeira, uma das oito na sala, que não combinava com o luxo do resto do espaço. Enfileiradas, esperando sua vez de conversar com os homens de pé atrás das mesas, vestidos de vermelho da cabeça aos pés, havia talvez uma dezena de pessoas em cada fila, aparentemente de todas as formas, tamanhos e ocupações. O que tinham em comum era um pedaço pequeno de casca de bétula com o qual ele e Duncan faziam seus deveres de casa. Enquanto observava, o homem mais próximo da mesa estendeu a mão e pegou a casca da primeira mulher daquela fila, conferiu o que estava escrito, virou-se para pegar um rolo de pergaminho atrás dele do escaninho enorme que havia ali. Com destreza, ele o desenrolou um pouco, encontrou seu lugar, copiou algo do que leu na casca, que devolveu à mulher enquanto murmurava algo. Ela olhou para os escritos, assentiu e partiu em direção a uma das saídas.

Alguém tocou o braço de Timos.

— Pegue seu número ali, rapaz — disse quem o cutucou, um senhor com uma longa cicatriz no rosto, onde a barba grisalha não crescia. Timos agradeceu e foi em direção à passagem abobadada indicada e entrou na sala, onde parecia haver muitos mastros numerados. Em cada um havia quadros verticalmente presos, todos da altura de um homem e podiam girar, de modo que rodavam ao redor do mastro, virando-se como as folhas de um livro. Havia vários garotos e garotas, todos vestindo azul, que pareciam estar ajudando as pessoas que andavam entre os mastros, consultando os escritos nos quadros.

Timos pediu ajuda de um dos garotos que parecia estar familiarizado com o que ele viu se tratar de um índice gigantesco.

— Estou esperando para conversar com alguém a respeito de me tornar um soldado.

— Simples. Por aqui — disse o garoto, pegando Timos pela mão e acenando entre os mastros e as pessoas. — Aqui — disse ele, parando na frente de um mastro com o número 239 que parecia como os outros, pelo menos para Timos. Ele começou a virar os quadros. — Recursos Humanos, Militar, Recrutamento... aqui... militar, soldado a pé. Ali.

O garoto enfiou a mão em uma bolsa de couro presa a seu cinto, pegando um lápis e um pedaço de casca de árvore. Escreveu as palavras que tinha acabado de ler na casca em azul, seguido por "239", e finalmente copiou "Corredor N, 65", que estava à mostra no quadro à frente da palavra "soldado a pé".

— Bem, o Corredor N é um daqueles que foram fechados temporariamente devido ao ataque, por isso você terá que consultar um Escrivão no vestíbulo de entrada. Ele vai ver qual é a sala nova para você.

— Escrivão? Eu...

— No corredor principal, que fica ali atrás, de onde você veio. Os Escrivães são os de vermelho.

O garoto estendeu a mão, ansioso.

Timos pegou a casca e se desculpou por não ter nada para dar ao rapaz.

— Mas você vai se lembrar de voltar para me pagar, não vai? Os Arquivistas Aprendizes também precisam se alimentar. Um quarto de um pão será tão bom quanto dinheiro, já que os recrutas não passam a receber logo de cara. Sou Jira. Qualquer um dos Aprendizes aqui consegue me encontrar.

Timos prometeu e logo estava no primeiro lugar da fila à mesa do Escrivão.

O homem olhou para o pergaminho e devolveu a casca a Timos. Estava escrito "J 161" nela, com um lápis vermelho.

— O que é isso?

O homem de vermelho disse:

— Corredor J, Sala 161 é onde estão recrutando soldados hoje. Por ali. — E meneou a cabeça para um dos arcos enquanto estendia a mão para o homem seguinte da fila.

Timos agradeceu a ele, encontrou o caminho para outro pátio e, com a ajuda de mais duas pessoas, parou na entrada da Sala 161, no quarto andar do Corredor J. Uma porta de madeira comum, aberta, por meio da qual conseguiu ver uma mulher escrevendo a uma mesa. Não havia mais ninguém ali e, de repente, tudo ficou silencioso.

— Se vai entrar, entre — disse ela sem olhar para a frente,

Timos respirou profundamente duas vezes e entrou.

— Oi, sou Timos...

— E quer ser soldado. Bem, precisamos de mais soldados, com certeza. Sempre. Qual seu nome, mesmo? — Fez mais algumas perguntas e então disse: — Vamos fazer um exame, então. — Ela se levantou e passou os próximos dez minutos olhando nos olhos dele, ouvidos, boca e narinas, escutando seu peito com uns tubos esquisitos e cutucando e tocando partes de seu corpo, pedindo para que ele fizesse vários movimentos, checando-os em um papel.

— Por favor, senhora, pode me dizer onde posso encontrar o Lorde?

— O Lorde? Minha nossa! Não, você não vai ver o Lorde tão cedo. Mão direita agora, por favor... obrigada... agora aperte essa bola... ver o Lorde, não. Há cerca de 200 mil pessoas nesta cidade. Mais, provavelmente. Pode ser que você o veja se ele fizer um discurso ou se você ficar perto do castelo por muito tempo, acredito... mão esquerda agora...

Ele ficou surpreso. Duzentas mil? Este vilarejo tinha apenas cento e cinquenta!

Ela parou, olhou pela janela e, repentinamente, ele viu no rosto dela como estava cansada.

— Mas talvez menos. Muitos morreram na defesa e nos combates que ocorreram. Também há marchas que foram investigar as ruínas porque, aparentemente, não somos teletransportados para esta região há um século ou mais. Grupos enormes de soldados ainda estão em expedições, mapeando a região como o Rei exige que o Lorde faça. A cidade tinha defesas fracas quando o ataque aconteceu. Devem ter tido sorte. Enquanto estavam fora, não estavam sendo assassinados como muitos daqueles que permaneceram aqui. Por outro lado, as forças do inimigo não eram enormes, por isso, ficar aqui poderia ter feito com que menos de nós morressem. Quem sabe? Foi quase como se os invasores soubessem que estávamos em número menor... veja, estou falando sem parar.

Ela balançou a cabeça, pegou uma agulha, a mão dele e, com um movimento ágil, furou seu polegar. Pegou uma gota de sangue em um pedaço de quartzo. Levou a amostra a um pequeno furo aberto em uma mesinha próxima a uma janela muito baixa. Em cima da mesa havia canos de metal e madeira, além de roldanas e rodas. Havia um espelho prateado e curvo preso embaixo da mesa de alguma maneira e quando ela o inclinou, ele refletiu a luz do sol que entrava pela janela , e um raio de luz entrou pela abertura e iluminou o quartzo transparente. Satisfeita com isso, ela ajustou as roldanas virando as rodas, e então espiou por um tubo que terminava diretamente acima do quartzo, no fundo do qual a luz do sol continuava a incidir.

— Sabe me dizer por que os soldados estão lutando? Por que meu vilarejo foi invadido? — perguntou Timos.

— Bem, parece não haver dificuldade — murmurou a mulher, ainda olhando pelo tubo.

— Desculpe, mas não entendi nada — disse Timos, começando a se ressentir do modo autoritário com que estava sendo tratado por quase todo mundo que tinha encontrado até aquele momento.

— O quê? — perguntou ela, erguendo a cabeça, surpresa. — Ah, desculpe. Eu quis dizer que não encontramos dificuldades, nenhuma doença em seu sangue. Você é de um vilarejo da região? Não é um dos nossos? Sofrer a invasão deve ter sido horrível para você. Os invasores, bem, é o que os invasores fazem, acho. Eles atacam para roubar recursos e enfraquecer as forças dos adversários. Se você for da região, nunca esteve em uma cidade de castelo. Deve ser muito confuso.

— Não. Nunca tinha visto nem ouvido falar sobre castelos ou soldados, nem sobre nada do tipo até poucos dias atrás.

— Ah, você deve ter muitas perguntas a esse respeito. Diria que vamos precisar explicar. — Ela estreitou os olhos e pensou. — Você parece ser um jovem inteligente. Seria bom entender tudo o mais rápido possível. Eu mesma não tenho tempo. E acho que você não conseguirá informações confiáveis com os soldados. Um dos Professores, claro. Vejamos, a melhor seria a Velha Mary, na minha opinião.

— Professores?

— Sim, um dos Professores — disse ela, escrevendo em uma casca de árvore e ignorando a confusão dele. — Você está bem e saudável. Leve isto até o Geraldo, no Corredor S. Não, ele está no Corredor T hoje, primeira porta à direita, no térreo. Ele vai te ajudar com suas roupas e sua cama.

Ele se localizou sem ter que pedir orientação dessa vez. Geraldo era um camponês velho e aposentando, um soldado manco, que ainda vestia o uniforme com orgulho. Observou Timos com atenção, então entregou a ele duas mudas de roupa, cantarolando ao fazer isso.

— Ei, Geraldo! Aqui está o último dos uniformes — disse um homem atarracado de meia-idade que entrou quando Geraldo estava amarrando as roupas com um barbante. O homem trazia três montes de roupa em um carrinho e colocou cada um deles em cima do balcão, ofegante. — São mais desajeitados do que pesados.

Geraldo fez uma pausa na tarefa e, com um movimento habilidoso, passou cada um para uma estante baixa e ampla atrás dele.

O entregador ignorou Timos e apoiou o cotovelo no balcão, secando a testa suada com a manga da blusa.

— Olha, Geraldo, minha Cintia está dizendo que o Tratador de Cavalos diz ter ouvido que a Reserva tem que ser reconstruída agora. Só será elevada de novo quando o Lorde voltar a tiver controle sobre as coisas com o Muro, as Torres e a Guarnição. Então, parece que você está preso aqui neste buraco por um tempo.

Geraldo franziu o cenho, então deu de ombros.

— Ah, qualquer lugar é igual. Para mim, é tudo a mesma coisa. Preciso de algumas coisas amanhã de manhã. — Ele pegou uma lista embaixo do balcão e a entregou ao homem atarracado, que saiu com o carrinho rangendo e chacoalhando.

— Pronto — disse Geraldo, entregando uma trouxa a Timos. — Annie vai levar você a sua caserna — e o mandou embora acompanhando uma menina de cerca de sete anos, que não falava e parecia incapaz de se movimentar sem saltitar e cantarolar.

O quarto de Timos ficava num dos lados de uma construção comprida de quatro lados que cercava um pátio. Havia 64 beliches, todos parecendo estar ocupados, menos dois no canto mais distante, com um guarda-roupa com duas portas entreabertas aos pés da cama. Ele escolheu a cama de baixo, pousou as coisas sobre ela e se sentou, exausto.

E foi isso. Agora, aparentemente, ele era um soldado.

VIDA NO CASTELO

Ele despertou algum tempo depois, quando uma voz foi ouvida no quarto.

— Ei, você! Por que está enrolando? E por que não está de uniforme?

Quem falava era um soldado de aparência séria com barba comprida e fina e o cenho franzido. Sua armadura era uma mistura de couro e aço, além de uma espada enorme presa a seu quadril com um cinto com uma enorme fivela de metal. Tinha uma capa cheia de emblemas e fitas, e Timos quase morreu de medo dele.

— O quê, não vai falar? Duas vezes mais chicotadas em você, então!

Timos conseguiu falar e gaguejou enquanto se explicava.

— Entendi — disse o homem. — Bem, é melhor você se vestir depressa e depois fazer uma refeição nas cozinhas. Diga a eles que Dalaneous mandou você fazer isso. Sou eu. Sargento encarregado dessas casernas e responsável por todos e tudo aqui.

— O senhor é o Lorde?

O sargento encarregado jogou a cabeça para trás e riu alto.

— Não, sou só o chefe do chefe do seu chefe!

Timos esperou, mas não houve mais explicações.

Dalaneous balançou a cabeça e riu.

— Você chegou tarde demais para ir aos campos de treinamentos ou para os estábulos. Vista-se de acordo e observe ao seu redor pelo resto do dia. Mantenha-se longe de encrenca e não atrapalhe ninguém.

E, com isso, ele saiu por uma porta lateral, deixando Timos sozinho.

Depois de se vestir no que esperava ser a maneira correta, tentando se lembrar de todos os soldados que tinha visto, ele partiu à procura da cozinha. Descobriu que ficava perto dali, e os cozinheiros, que descansavam, não se opuseram a lhe servir queijo, pão e suco de romã.

Então, ele caminhou o máximo que pôde pela cidade, tomando o cuidado de memorizar o caminho de volta. Ficou espantado com a quantidade e o tamanho das construções e não sabia para que serviam. As pessoas estavam ocupadas levando carroças puxadas por touros, cheias de madeira, pedras lisas, cordas e roldanas de depósitos de fornecimento de madeira e ferro até outros locais, onde andaimes estavam sendo ou já tinham sido montados. Pedreiros reutilizavam blocos tirados do lixo, e carpinteiros gritavam, serravam e martelavam, fechando furos no tecido da cidade. Ele encontrou estábulos e o que pareciam ser os campos de treinamento e simulação aos quais Dalaneous tinha se referido. Estavam cheios de homens com diferentes tipos de armadura, marchando, levantando pesos, lutando com espadas de madeira. E ele ficou animado (apesar de suas roupas novas e botas duras estarem começando a incomodá-lo) quando viu uma arena, onde passou muito tempo observando homens de todas as idades puxando fios e soltando flechas, uma atrás das outras, em alvos próximos e distantes. Parecia divertido. Perto dali, havia estábulos e um enorme pátio nos quais os homens andavam a cavalo, tentando derrubar uns aos outros com hastes compridas que ele esperava não serem afiadas, mas que, ao longe, pareciam lanças e espadas longas.

À distância havia uma série de rochedos e penhascos nos quais se projetava a silhueta das construções. Ele ficou assustado ao ver uma enorme criatura voadora saltar de um penhasco e mergulhar, voltando a subir delicadamente, descrevendo círculos que trouxeram a criatura cada vez mais perto até que ela estivesse sobrevoando a área. Apesar de o sol estar forte mesmo no fim da tarde e de ter obscurecido a forma, ele viu que a fera tinha asas enormes, pescoço sinuoso e cauda comprida. Um Dragão! Ele não estava acreditando no que via! Arfou, surpreso. Um dragão de verdade, como aquele das histórias que sua mãe e sua avó costumavam contar quando ele era jovem. Ele observou enquanto o bicho voava para o leste, subindo cada vez mais até virar um pontinho que ele perdeu de vista.

Ele retomou a exploração, prometendo encontrar uma maneira de observar os penhascos mais de perto e olhando para trás, para o horizonte, com frequência, na esperança de ver outro dragão. Por fim, ele se cansou e voltou para o quarto.

A porta abriu-se com um rangido quando ele entrou, e as vozes surgiram. Alguns ajudavam os outros a retirar peças da armadura. Outros deitavam-se nas camas, conversando, lendo ou mantendo os olhos fechados. A maior parte das conversas era barulhenta e se ouviu mais risos. Timos escutou homens se gabando e se desculpando ao comentarem sobre as competições do dia.

Um jovem notou a presença de Timos e, com alegria, pediu que ele se aproximasse.

— Você é o cara novo? — perguntou ele. — Sou Daniel.

Durante a meia hora seguinte, ele repetiu sua história para alguns e foi ignorado por outros. Daniel e os outros com quem ele conversou eram bem simpáticos. Indicaram outras casernas, aquelas que abrigavam os homens que eram segregados daquelas que detinham homens. Contaram a ele o propósito de muitas construções que ele tinha visto e descreveram muitas que ele ainda não tinha visto.

— E a cidade logo, logo será ainda mais poderosa do que era antes dos ataques — disse Daniel.

— Mas há pessimismo a respeito das possibilidades de isso acontecer — disse um homem enorme sentado na cama à frente. — As perdas são grandes demais.

— Que bobagem — disse Daniel, rindo. — Você não abriu olhos ainda? Seus ouvidos também estão tampados? Acabei de contar a Timos que havia um conserto ocorrendo, e nossos homens e mulheres, corajosos e guerreiros, se restabeleciam nos Hospitais. Se não houvesse recursos, não houvesse propósito, então nada estaria acontecendo. Nosso Lorde Culverden não é tolo. Ele estaria reduzindo e protegendo o que ainda valesse a pena proteger.

— Talvez — disse o homenzarrão, franzindo o cenho. — De qualquer modo, hora de estudar — disse ele antes de se levantar, pegando um livro embaixo da cama.

— Vamos — Daniel disse a Timos. — Vou te levar à sala dos iniciantes e depois vou para a minha.

As duas horas seguintes foram passadas em uma sala meio cheia e sem circulação de ar. Timos não era o mais velho, mas a maioria era mais jovem do que ele e ainda assim os outros pareciam saber muito sobre a cidade, e ele sentia que era muito ignorante a esse respeito. Ele imaginava que deviam ser da própria cidade, não do interior.

O primeiro tutor logo descreveu a cidade e suas cercanias. Os outros recrutas estavam conversando enquanto isso e, da maneira como foi dito, parecia ser uma grande lição, pois foi passada de um modo tão rápido e com um sotaque tão carregado que Timos perdeu a maior parte dela. Ele soube que as fazendas, os moinhos e as minas que cercavam a cidade pertenciam a ela e eram gerenciados tanto pelas pessoas que viviam neles quanto pelos operários que se deslocavam da cidade todos os dias. As barracas grandes que tinha visto eram acampamentos militares, dos quais havia muitos, ou barracas de hospitais para onde guerreiros feridos eram enviados durante e depois das batalhas.

Uma jovem corajosa disse para ele demonstrar que sabia ler (uma história de ninar) e escrever (uma carta curta ao escritório contábil). Quando ficou satisfeito, o tutor falou com a sala toda.

— Esta parte da cidade é razoavelmente segura, dizem as primeiras notícias. Alguns vilarejos, a maioria atacada por nossos inimigos nos últimos dias, não têm muito o que oferecer em termos de permuta com eles. Poucos lhes restou.

Timos sentiu-se enojado.

— Mas a boa notícia é que não há outras cidades próximas, agora que o invasor foi embora. Nossas tropas ainda estão reunindo e reorganizando coisas dos soldados deles que foram abandonadas no campo. O interessante é que nossos soldados ainda não encontraram nenhum monstro na vizinhança.

— Por que não haveria monstros, senhorita? — perguntou um garoto de rosto sujo vestindo um avental de cozinha manchado.

— Não sabemos. Possivelmente foram eliminados por outro Lorde ou, mais provavelmente, uma grande Aliança no passado obscuro e, por algum motivo, não voltaram para cá. Há grandes montanhas dos três lados da planície, e o mar fica no quarto lado. Então, apesar de a planície ser enorme, o terreno natural provavelmente serviu para proteger a área toda dos Selvagens, dos Centauros e de coisas assim.

Monstros?

No entanto, não havia tempo para fazer essa pergunta, porque agora todos tinham que aprender a matemática básica e praticar as habilidades de cálculo.

Quando as aulas terminaram, Timos estava exausto e se arrastou de volta à caserna, abriu a porta de trás e caiu na cama. Havia outros ali, alguns jogando cartas, outros lendo e um ou dois grupos conversando. Pelo menos, estavam em silêncio. Timos sentiu o mundo girar e adormeceu em cinco minutos. Sonhou com monstros obscuros e sem forma.

Acordou com um barulho terrível que era um berrante de osso e latão sendo tocado bem alto no pátio. Saiu da cama com os outros, a maioria resmungando ou gritando com o homem com o berrante para "que se calasse" ou coisa pior aconteceria. Quando o som terminou, Timos conseguiu ouvi-lo tocando em outros lugares pela cidade.

Enfileirar-se para o café da manhã entre centenas de soldados em um dos diversos refeitórios e então correr com Daniel à procura de uma mesa para se adiantar em relação aos outros foi confuso e emocionante. E possivelmente aquele era lugar mais barulhento onde já tinha estado. Todo mundo devorou enormes quantidades de comida e bebida e voltou farto e brincando até a caserna, onde Timos, com a ajuda do homenzarrão da cama ao lado, Altur, vestiu a armadura completa. Ela rangia, restringia os movimentos, e, mesmo àquela hora da manhã, era quente. Então, partiram marchando com os outros para os campos de treinamento, com Timos se esforçando para acompanhar os passos cadenciados deles.

Ele foi para um grupo com cerca de mais vinte recrutas mais ou menos crus. O restante do dia passou em uma confusão de suor, pele irritada e com bolhas, e o sofrimento do exercício era exaustivo. Sua vida na fazenda tinha dado a ele muito condicionamento físico, mas aqueles músculos eram diferentes do que ele estava acostumado a usar, e agora os exercitava para vestir e tirar a armadura, empunhar uma espada pesada de madeira e a lança, e subir e descer de um cavalo – algo que havia feito a vida toda, mas nunca num cavalo tão alto e com certeza não vestido com a armadura pesada de couro. Ele caiu apenas uma vez, mas quase caiu várias outras vezes. Foi apressado por outros recrutas e diziam para ele, aos sussurros, para apressar outros, e se viu em um estado constante de expectativa e nervosismo.

Finalmente, eles foram liberados quando o sol se pôs. Ele estava voltando meio entorpecido, ouvindo uma conversa sobre um ótimo almoço que ele, por algum motivo, tinha perdido, quando sentiu um tapa nas costas. Ele se virou na direção da mão e ergueu o braço, esperando que o contato fosse o início de uma nova forma de ataque-surpresa.

— Nossa, Timos! Sou eu, Daniel. Está tendo um bom dia? — Daniel riu. — Não se preocupe, você vai se acostumar. Logo poderá lutar com os melhores de nós.

Timos não tinha tanta certeza. Na verdade, enquanto tomava banho e notava muitos hematomas e partes irritadas no corpo, pensou que tudo aquilo podia ser um enorme erro. Deveria ir para casa e... e o quê?

Uma semana se passou. Como sempre, depois do treinamento, ele se lavava, se vestia e pegava a fila para o jantar, que desaparecia sem encher seu estômago vazio. Naquela noite, não havia aula marcada, por isso ele aceitou de bom grado um convite para jogar cartas na caserna. Jogar cartas era algo que ele sabia fazer e fazia muito bem. A diferença era que aqueles homens jogavam com uma intensidade que, mesmo rindo e fazendo brincadeiras, ele não tinha. E também pagavam para jogar. Apostar era algo que ele tinha visto o pai e o avô fazerem com seus amigos, mas só usavam pedrinhas brancas. Ali, a aposta era real, com várias montes de moedas de cobre e algumas de prata diante de cada jogador.

— Desculpa. Obrigado por me convidarem, mas não tenho dinheiro.

— Certo, mas olha só, garoto. O pagamento sai no fim da semana — disse um homem mais velho que estava entregando as cartas, um ferreiro, o chefe, na verdade, chamado Durant. — Vou te emprestar algum agora. E você me devolve no seu primeiro pagamento. O que me diz?

Timos viu um dos outros revirar os olhos para um colega. Com a repentina decisão de não parecer fraco, ele concordou. Combinaram uma quantia pequena que ele conseguiria devolver com facilidade e começaram.

Timos perdeu algumas rodadas e algumas moedas de cobre. Mas quando se aqueceu, superou a timidez com aquelas pessoas novas e, com incentivo e uma certa quantia recebida de todos, começou a vencer. E ganhava mais e mais conforme notava que os outros não eram tão habilidosos quanto ele e cometiam erros descuidados, auxiliados pelo vinho e pela cerveja que consumiam alegremente. Até chegou a aceitar um copo de cerveja quando o Mestre Durant ofereceu a ele, e apesar de não apreciar muito do gosto amargo, sentiu seus efeitos calorosos e relaxantes. Ele aceitou a oferta do mestre ferreiro para pegar um pouco mais de dinheiro emprestado e fez apostas adicionais complicadas que não entendia, mas que os mais inteligentes na mesa afirmavam serem vantajosas para ele, devido a sua sorte e óbvia habilidade. O ferreiro estava animado e, com certeza, era um homem generoso. Estava cobrindo as apostas adicionais de outros jogadores assim que eram feitas.

— Tenho uma boa renda. Esses caras não têm muito para negociar, mas não precisam ficar de fora de toda a diversão, pois são corajosos, lutando por nosso Lorde e colocando sua vida em risco — disse ele, piscando para todos eles.

Timos aceitou outra cerveja e sentiu a camaradagem por parte daqueles novos amigos, não, sua nova família. Então, viu-se na maravilhosa situação de receber uma última carta incrível na rodada na qual apenas ele e o mestre ferreiro permaneceram.

— Pela Deusa! Você deve estar com uma ótima mão, a julgar por esse sorrisinho bobo no rosto — disse Durant, franzindo o cenho. — Bem, vamos ver. Estou com uma bem rara. Então, estou apostando que você não tem o suficiente para me vencer. Sua sorte não pode durar para sempre. — Ele coçou o queixo, algo que Timos já tinha notado que fazia quando estava em dúvida.

Timos pensou por um momento.

— Aposto tudo! — gritou ele, empurrando a pilha inteira de moedas de cobre e de prata para o centro da mesa.

— Timos...

— Fique fora disso, Daniel — disse Durant. — O homem tem idade suficiente e é feio o suficiente para entrar para o exército, lutar, beber e tudo, então tem idade suficiente para jogar umas rodadas de baralho, certo, cavalheiros? — Ele olhou ao redor da mesa. Um ou dois dos outros assentiram, mas Timos viu que dois não olharam nos olhos de Durant. E

Daniel, observando de longe, parecia irritado. — Além disso — disse Durant —, é tarde demais agora. Pilhas foram empurradas para o centro, e a aposta está feita, certo? Não tem mais como voltar atrás. São as regras — e terminou de contar o que Timos tinha apostado e uniu à quantia uma pilha menor com dinheiro que tirou da bolsa.

Timos expôs as cartas que segurava, triunfante. Sete borboletas amarelas, quatro dragões mistos e um grupo de cinco cavalos.

O mestre ferreiro olhou para as cartas. E então, para Timos. Em seguida, abriu um sorriso ao mostrar as próprias cartas.

— Tenho um grupo de cinco cavalos, assim como você, mas o meu é verde, e o seu, azul. Você me pegou nessa, filho, admito! Mas olha só o que temos...

E ele começou a dispor onze formigas carnívoras – seis vermelhas e cinco pretas – e riu, triunfante. Enfiou todo o dinheiro da mesa dentro da bolsa.

— Certo. Jovem soldado, você me deve muito de seu primeiro pagamento. Quanto, amigo Daniel?

Daniel fez uma careta enquanto calculava o total. Timos escutou assustado ao saber que ficaria apenas com 23 moedas de cobre de seu primeiro pagamento – e só a Deus sabia que outras despesas seriam descontadas dele. Ele teria sorte se sobrassem umas poucas moedas.

— Claro, isso não cobre as outras coisas. Como você sugere pagar essa parte?

— Que outras coisas?

— Estas — disse Durant, mostrando cinco folhas de papel com as mãos gordas. — Os acordos à parte que você fechou. Somam... vejamos... 69 taels de prata, 18 de cobre.

— Mas... são meses de pagamento — disse Daniel.

— Pois é, Durant, pare com isso — disse Altur. — É a primeira vez do cara. Ele...

— Chega, Altur — disse Durant, olhando para a frente e estreitando os olhos. — São as regras. Uma lição para ele, não? Ou vocês querem algo mais, algum de vocês? — Ele olhou ao redor, e todo mundo se calou. — Foi o que pensei. Então, então combinado. Certo, Timos. Você tem duas opções. Você me paga agora de seu salário dentro de seis semanas ou me paga metade agora e trabalha para pagar o resto, lá na Fundição, depois do treinamento e das aulas. Você escolhe os horários... as caldeiras funcionam noite e dia.

Daniel inclinou-se para Timos, que tinha levado as mãos à cabeça.

— Olha, não dá para pagar tudo com seu salário, nem em seis semanas. Temos impostos a pagar, todos nós. Comida e casa, pra começar. Não é muito, mas nunca nem vemos esse dinheiro. E uma quantia precisa ser reservada para pagamento, caso você precise do médico ou do cirurgião. Não é obrigatório, mas é como se fosse. Caso contrário, se você ficar doente ou se ferir, não tem o que ser feito. E o sal... você tem que comprar seu sal nisso tudo. Eles não incluem, nós temos que incluir. É caro. Além disso, uns cobres para cerveja e vinho e um pouco de jogo... que a Deusa bem sabe que precisamos ter em nosso trabalho... assim, não sobra muito de nosso salário para ninguém. Você nunca vai se livrar dessa dívida. Então, tem que trabalhar para o Durant à noite.

— Sábias palavras, Daniel — disse Durant. — Então, assim será. Você começa amanhã, Timos. Logo depois do jantar, já que não tem aula amanhã.

E assim, o mestre ferreiro saiu da caserna, deixando um silêncio desconfortável em seu lugar.

— Durant vai encontrar maneiras de cobrar outras coisas também, juros sobre o empréstimo, pelo menos — disse Altur, franzindo o cenho.

Depois de algumas palavras de consolo de Daniel e de um ou duas dos outros, Timos foi para a cama. Tentou ler um livro de história e política que seu tutor tinha emprestado a ele. A primeira parte falava dos minérios como uma lenda, e não como registro histórico.

"*O primeiro Rei, Terry Del, era descendente dos Lordes do Dragão e dos Lordes do Céu. Ele soube do famoso Tesouro do Dragão depois de ser coroado Rei por certos Sábios do mal que não pensavam nos interesses dele, mas nos próprios. Não desejavam a prata, o ouro e as pedras preciosas dos quais o tesouro falava, mas do antigo conhecimento que os Deuses do Céu diziam ser parte dele. Um feitiço poderoso lançado por eles fez o Rei perseguir o tesouro e sacrificar todo o resto. Negligenciava tudo, incluindo seus dois filhos, Baldur e Holder. O Rei Terry Del acabou sendo destituído por Baldur que, por sua vez, foi quase morto por seu irmão, Holden. Aquele desejo pelo tesouro foi passado a eles também, mas Baldur resistiu e o bem triunfou. Holder foi banido, mas continua atuando com as forças do mal até hoje.*

Em seguida, vinham capítulos e mais capítulos da tediosa linhagem de Reis, Lordes e campanhas. Teria sido bem difícil seguir em um bom momento, mas na tristeza que sentia, as palavras escorriam pelas páginas, e pouco ele retinha delas.

Por fim, ele adormeceu. Mas não foi uma noite de descanso. Acordou depois de apenas uma hora com as articulações tensas e os músculos doloridos, e se remexeu sem parar.

Como conseguiria ficar? O treinamento era muito pesado para ele, o trabalho acadêmico até ali era estupidamente fácil, como escrever e fazer contas, ou absurdamente difícil, como história e os livros de política. E agora que começava a sentir um pouco de aceitação por parte dos novos amigos, tinha sido roubado dos meios de se manter por meses e, em troca, depois de um treinamento e de aulas exaustivas, tinha que trabalhar por horas noite adentro para um homem que agora todos diziam não ser o homem alegre, tranquilo e generoso com quem tinha jogado cartas, mas o mestre mais durão de toda a cidade. Um homem cruel e nervoso que arrancaria o couro de Timos. Altur disse que ele devia tomar cuidado.

Não tinha opção além de ficar. Depois de treinar, estudar e trabalhar na Fundição por mais seis semanas, não parecia estar nem perto de quitar sua dívida. Semanas se transformaram em meses sem mudança no total de seu débito.

A Fundição era uma grande rede de construções. Ele começou na primeira noite ajudando a carregar e descarregar uma máquina de moer pedras. Era formada por mecanismos de ferro e eixos movimentados por dois cavalos por vez, que avançavam em círculo por três horas cada antes de serem substituídos. Rochas ricas em ferro entregues dia e noite pelas minas eram moídas para virarem cascalhos por um enorme moedor de metal em forma de cone montado com lâminas grossas dentro de uma calha de forma parecida onde as pedras eram colocadas. Os cascalhos, por sua vez, passavam por um buraco pequeno para dentro de uma bacia que formava a parte de cima de um moedor enorme de granito. Um buraco no meio fazia com que passassem por um buraco para dentro do espaço entre ele e igual, enquanto viravam em direções opostas. Era como o moinho de grãos do vilarejo de Timos, mas o pó das pedras que subia, colocado dentro de pequenos carros empurrados em trilhos para dentro da fornalha por Timos e por aqueles que manuseavam outras máquinas de moagem, era pó vermelho de minério.

O pó era colocado em centenas de vasos de cerâmica, pequenos e grandes, colocados em uma de uma dúzia ou mais de fornalhas alimentadas com carvão e ar soprado de um grande fole, que eram operadas por um fluxo sem fim de soldados de infantaria em turnos de cinquenta minutos cada como parte do treinamento de força.

Cada sala de caldeira estava cheia de homens e mulheres que passavam ao redor das bocas com chamas como abelhas ao redor de um favo cheio de mel. Raspavam escória e pedras conforme o minério se tornava vermelho, depois verde, e então se derretia, ficando dourado e branco. Quando recebiam um sinal, dois operários pegavam, um de cada lado, com uma pinça do comprimento de um homem adulto, um cadinho incandescente da fornalha e o levavam a uma caixa de metal com braços horizontais. Em seguida, essa caixa era erguida por outras duas pessoas e o conteúdo do cadinho era despejado em formas. Algumas eram caixas de areia úmida compactada com alguns furos na parte de cima. O metal líquido se despejava em um furo. Outros iam para formas de cerâmica ou às vezes de pedra, formadas por duas partes unidas com ligas de metal. Estas também tinham furos dentro dos quais o ferro derretido era despejado. Às vezes, as formas simplesmente eram abertas em cima. Das formas, saíam muitos objetos a serem esfriados lenta ou rapidamente, em ar, água ou óleo. Alguns eram usados em casa ou na cidade, e outros eram armas: bolas ou estrelas da manhã, maças, ou às vezes estribos e peças usadas por cavalo, carroças ou cozinheiros ou construtores.

Depois de muitas noites, Timos foi tirado dos carros de minério e recebeu a ordem de ajudar os homens que lidavam com as formas. Foi só então que ele notou que havia muito mais relacionado à operação da caldeira do que ele conseguia ver a partir do ponto para o qual tinha empurrado os carrinhos.

Muitas das formas abertas produziam pedaços de ferro do tamanho de tijolos.

Eles não eram produtos em si, mas o resultado cru pelo trabalho de derreter as peças de novo e despejá-las em formas. Na sala ao lado, os cadinhos retirados das caldeiras mais próximas da porta criavam produtos de ferro de baixo nível: panelas, corrimãos, pregos. Mas depois de três fileiras de fornalha, os cadinhos eram visitados por mulheres de roupões vermelhos que despejavam uma quantidade cuidadosamente medida de pó que tiravam com uma colher dos sacos que levavam a tiracolo. Cada mulheres dispensava uma medida diferente em cada fileira. Diferentemente dos outros, quando os cadinhos eram colocados dentro das fornalhas, faíscas surgiam deles. As mulheres espiavam dentro do líquido derretido e, quando o metal de cada cadinho parecia chegar à cor correta, indicando uma temperatura adequada, elas faziam um sinal para que o cadinho fosse erguido e despejado.

A chefe de Timos era uma mulher de cerca de 70 anos chamada Beth, com apenas um braço e uma cicatriz de queimadura que desfigurava suas feições. Não tinha sobrancelhas e a maior parte do cabelo. O olho direito permanecia fechado o tempo todo. Nos segundo dia, ela o notou observando as distribuidoras de pó.

— Estão acrescentando um componente que muda o ferro, que o deixa mais elástico. Vira aço. Veja... elas transformam essas coisas em blocos, hastes ou folhas. Não são objetos finalizados. Podem ir para os ferreiros nas forjas. São aquecidos, mas não derretidos. São martelados para ganhar o formato certo. Quanto mais pó, maior a força do aço. Aquela fileira ali será inteiramente forjada em espadas e adagas simples. Aço bom e comum.

Timos observou as peças passarem pela abertura para o compartimento seguinte.

— Quanto mais seguir em frente, melhor o aço. Mas, em determinado ponto, torna-se quebradiço. É preciso conseguir um equilíbrio para cada uso. No fim da construção, é onde também acrescentam folhas de nogueira e vanádio e, às vezes, até mithril.

— Posso ver?

— Em seu intervalo, com certeza. Mas não atrapalhe ninguém, por favor.

No último intervalo, Timos pegou um pedaço de pão com presunto, um copo de leite de cabra, e foi olhar os fundos da construção.

Ali havia um número menor de fornalhas. Os operários trabalhavam mais lentamente. As operações deles eram mais complexas, e eles se concentravam muito, sempre checando e corrigindo um ao outro.

Quem adicionava os aditivos ali eram as mulheres usando cores diferentes. Era uma questão de ciência e de arte. Aquelas de túnicas vermelhas e barra amarela pareciam usar o mesmo pó. Mas havia discussão com outros funcionários sempre que elas o adicionavam, em relação ao momento de adição e à quantidade. Quando o aço derretido estava numa determinada cor, as mulheres de roupas azuis acrescentavam uma pitada quase imperceptível de algo.

Também havia alguns cadinhos que eram tratados de forma totalmente diferente. O mesmo pó das mulheres de túnica vermelha e as de túnica azul eram acrescentados à peça fria no cadinho, mas a medida era feita com colheres muito menores. Acrescentavam areia. Mulheres de verde com barras azuis envolviam-se nas discussões e acrescentavam pedaços de folha de nogueira, depois de muito pensar na quantidade. Então, o cadinho era coberto com uma tampa selada com argila molhada. Ela se secava quase imediatamente quando o cadinho era colocado dentro da fornalha.

No fim do turno na manhã seguinte, Timos abordou Beth.

— E as mulheres de túnicas azuis? Elas acrescentaram um composto também, mas era minúsculo, apenas uns grãozinhos. Não mais do que a quantidade de sal que eu colocaria em um ovo.

— Composto de vanádio — disse ela. — Um pouco, sim, mas resolve muito. As espadas dos cavaleiros e líderes da infantaria são feitas disso.

— Mas e os cadinhos fechados com folhas? E como é possível que eles não explodam e quebrem o selo quando o conteúdo esquenta?

— Curioso, você, não? — Ela olhou para ele por alguns instantes. — Bem, posso contar, sem problema. Todo aquele rebuliço com as folhas criam gás, e os cadinhos são selados para mantê-las ali dentro e o ar, fora. Caso contrário, todo esse acréscimo se perde, e o metal se torna comum. Elas têm uma maneira de tirar a pressão, mas nunca pensei que tivesse que me preocupar com isso. Aquele aço é especial. Faz com que os mais finos cristais e os padrões se tornem bem lindos com o aço não mágico. As lâminas podem ser mais afiadas, mais firmes, mais flexíveis, e suas bordas duram mais.

— Ah! Como as espadas dos Cavaleiros Reais? As marcas prateadas e pretas na lâmina?

— Sim, propriedades diferentes em cada cor. Firmeza, flexibilidade. Perfeitos para as melhores lâminas. O aço é a coisa mais fina e não mágica que há. Ele tem um padrão. Sua beleza é incomparável. Sua qualidade e sua arte são valorizadas e as torna caras. É por isso que elas servem apenas para os soldados de elite e para mestres das guildas e para mercadores ricos. A melhor das espadas feitas com eles são entalhadas com joias e têm o valor de uma casa pequena.

— E o aço de mithril? Acho que não vi isso.

— Nem verá, jovem. Isso é feito nas salas do andar de cima. Eu também nunca vi. Mas também não tente espiar. Os guardas levam esse trabalho muito a sério. Aquelas armas, armadura e capacetes feitos com mithril e outras coisas, murmuradas pelos Sábios, não são para pessoas como você e eu. Oferecem magia, magia real, ao dono. Apenas os Lordes podem tê-las.

— Que tipo de magia?

Ela olhou ao redor e suspirou.

— Você é incomum. Não, vá embora. E cuidado com essas perguntas. Nem todos respondem com tanta tranquilidade como respondi, e alguns ouvidos estão grudados a línguas que são pagas para contar histórias a quem faz muitas perguntas. Eu nem sequer deveria ter te contado isso. É que... você faz com que eu me lembre de meu garoto. Morto na última guerra, mas com os terríveis Yamato.

Ouviram um grito vindo de trás deles.

— O que vocês dois estão cochichando? Não são pagos para ficar aí conversando, Beth. E você, Timos, você não recebe nada!

Durant riu da própria piada. Mas, então, estreitou os olhos e passou a caminhar.

— Eu ouvi você dizer "mithril", Beth? Acho que sim. Você não deveria estar contando segredos, não é? Penso que posso grudar essa língua frouxa no fundo da sua garganta, sua velha — disse ele, balançando o martelo.

— Eu...

— Ela estava me contando sobre seu filho — disse Timos, olhando de frente para Durant.

— Não pedi para você falar, menino bonito — disse Durant. — Espero que não estivessem falando sobre segredos da fundição. Se estavam, vão sofrer. Os dois, não só você, Timos — disse ele e riu de novo da grande piada. — Certo. Agora, você pode ir para os martelos de forja. Vá para lá e renda Shaun — disse ele, apontando para trás com o polegar, por cima do ombro, indicando a entrada do corredor seguinte.

Timos agradeceu a Beth, que assentiu de modo agradecido, e foi para sua nova estação. Havia dois homens fortes de pé ao lado de uma bigorna, os dois recostados em martelos compridos, cujas cabeças estavam apoiadas no chão de pedra. O suor escorria pelos braços nus e pelos rostos avermelhados deles, e os aventais de couro estavam manchados. Alguns passos dali, um ferreiro segurava uma pinça comprida na entrada da fornalha. Os gritos eram dados por um soldado em treinamento, e o vento atiçava as brasas, deixando o fogo tão intenso, como se fosse derreter os olhos de Timos. O ferreiro tirou as pinças do fogo e as agitou, com as hastes prendendo a ponta de um lingote de aço incandescente. Ele o bateu com força em cima da bigorna e assentiu. Os outros dois já estavam reagindo e, um momento depois, um deles bateu no lingote com seu martelo e, ao erguê-lo de novo, o outro bateu no aço. O ritmo foi estabelecido pela cabeça do ferreiro, que assentia e movimentava o lingote para trás e para a frente, às vezes virando-o de lado. O lingote ficou mais fino e foi se esticando até a cor vermelha mais apagada mostrar que estava frio demais para ser moldado e, assim, era levado de volta à fornalha, permitindo que os dois marteladores relaxassem um pouco. Timos aproximou-se do mais próximo dos dois homens, Shaun, o aprendiz e sobrinho de Durant que esperava sucedê-lo quando chegasse a hora certa.

— Devo substituir você, Shaun — Timos começou a dizer, mas suas palavras não foram ouvidas, em parte devido à pouca iluminação ali dentro, em parte devido aos rolinhos de tecido com os quais todos tampavam os ouvidos para proteger a audição, e em parte também porque o ferreiro aproveitou aquele momento para tirar o lingote da fornalha de novo. Timos ficou assustado com a proximidade do perigoso metal e bateu no braço de

Shaun quando tentou sair da frente. Shaun olhou para a frente, surpreso, no momento em que o lingote chegou à bigorna, e os nós de sua mão esquerda rasparam no aço terrivelmente quente. Ele deu um berro e se afastou, abaixando-se e segurando a mão. No mesmo instante, o ferreiro soltou as pinças, pegou a mão de Shaun e a enfiou dentro de um balde de água com óleo perto da bigorna. Shaun desequilibrou-se e escorregou no chão, caindo, batendo o cotovelo esquerdo, berrando mais uma vez com o rosto barbudo retorcido pela dor.

Timos sentiu-se impotente e também culpado. O que ele tinha feito? Estava quase aterrorizado demais para olhar para os dedos de Shaun. A princípio, pareceu que a mão toda dele estava queimada. Mas, então, ele viu que a parte preta era uma mistura de fuligem e de óleo sujo. Shaun teve sorte. Somente a pele dos nós de três dedos tinha sido queimada.

Shaun gritava e pulava com um pé, depois com o outro.

— Pare com essa bobagem, Shaun — disse Alred, o ferreiro. — Já vi homens com mãos e metade dos braços literalmente arrancados fazerem menos escândalo. Vá para a enfermaria e volte amanhã.

Então, Shaun viu Timos e, reconhecendo-o, estreitou os olhos e cerrou o punho, que balançou na frente do rosto de Timos antes de sair, controlando-se para não agredi-lo.

— Você! Olhe para trás — sibilou ele ao ser puxado, pelo ombro, por Alred, e afastado.

— Quem é você? — perguntou Alred assim que Shaun desapareceu, com as mãos no quadril.

— Sou Timos. O mestre Durant me mandou render Shaun. Sinto muito, eu...

— Esqueça isso. Ele não estava prestando atenção como deveria. E acidentes acontecem o tempo todo. — Ele observou Timos com uma sobrancelha erguida. — Você não me parece muito forte, filho, me perdoe. Mas se o mestre Durant disse martelo, acho que é martelo, mesmo. Aqui — disse ele, pegando o martelo caído de Shaun —, pegue isto. Não é um trabalho complexo, mas é difícil. Você será o segundo a martelar. Enquanto Grif bate, você ergue seu martelo e bate o seu quando ele erguer o dele. Observe minha cabeça e bata no mesmo momento quando eu assentir. Se eu acelerar, você acelera. Se eu parar de assentir, você para. Mas não abaixe seu martelo enquanto eu não tirar o lingote. Pode ser que eu precise parar para olhar mais de perto, entende?

E, com isso, Timos teve um primeiro gostinho do trabalho mais exaustivo que já tinha feito. No fim do turno, moldando lingotes e mais lingotes, suas mãos, já calejadas pelo outro trabalho, ganharam novas bolhas em diversos lugares, e seus braços e ombros estavam exaustos. Os golpes tinham começado fortes, mas logo ele desceu a mão dominante pelo cabo para conseguir aguentar o peso, e suas batidas se tornaram menos eficientes. Mas ele continuou. e os outros dois homens fingiram não notar a diminuição acelerada da força.

Na caserna, ele descansou um pouco, e então Daniel entrou, tentando não despertar os outros soldados. Seu olhar era furtivo, transformando-se em um sorriso quando contou a Timos que tinha passado as primeiras horas da noite na taverna e, depois, jogando cartas.

— Mas não apostei. Não quero acabar sobrecarregado de trabalho como você. Como foi a noite na fundição?

Timos contou a ele sobre seu turno e mostrou as mãos feridas.

— Estou cansado, dolorido, mas gostei muito de ajudar a criar as lâminas das espadas. É incrível que comecemos com pedra e terminemos com uma espada.

Ele contou a Daniel sobre os processos do aço e sobre Beth.

— O filho dela foi morto pelos Yamato. Não sei muito sobre eles, só sei que são parecidos conosco.

— Os Yamato? Puxa, eles são o povo do Império. Às vezes, eu me esqueço que você é um caipira do interior — disse Daniel e deu um cutucão em seu braço. — Olha, a nossa Civilização é a do Dragon Born. Somos os nativos desta terra. Diz a lenda que descendemos dos Dragões, e por isso somos chamados Dragon Born, o povo desta terra. Os Huaxia são nossos parentes, mas temos muito pouco a ver com eles. Alguns dizem que os Vikings e os Yamato são do mesmo tipo, mas isso é bobagem. Os Yamato são diferentes. São um povo corajoso e orgulhoso. Têm um sistema de classificação muito restrito. Bem, nós também, mas não temos tantos níveis quanto eles. Todo mundo parece pertencer a todo mundo, e a honra é tudo. No topo da árvore, acima de seus Lordes, está o Imperador deles, que acreditam ser um deus vivo. São motivados por ouro, mithril e terra, assim como nós. Mas não entendem que somos o povo escolhido, que esta é nossa terra, sem dúvida, e sempre foi. Eles acreditam que é deles e estão obcecados com a ideia supersticiosa de que são impulsionados pelos espíritos de seus ancestrais para assumir seu controle.

"Os Yamato são muito mais disciplinados e escravizados que nós, o que é uma coisa boa e uma coisa ruim, mas existe a civilização Viking. Para mim, não é de fato uma civilização. Originalmente eles vêm das terras próximas ao mar. São o contrário dos Yamato. São indisciplinados, lutam entre eles, e só estão interessados em invadir e também em reunir escravos para que seus chefes homenageiem um de seus terríveis deuses, Aesir.

"Os Yamato atuam como insetos irracionais que recebem ordem da rainha. Os Vikings são apenas bárbaros impiedosos. Apenas os Dragon Born são realmente verdadeiros, livres e adequados."

Daniel quase cuspiu ao dizer isso, com olhos ardendo. Timos imaginou que mal ele tinha sofrido para ter opiniões tão inflexíveis.

— Mas o Dragon Born forma Alianças às vezes, com os Yamato e os Vikings também? Ouvi muito sobre isso na taverna, e há muitas referências a isso em meus manuais.

— Bem, sim, é verdade. Às vezes é preciso que isso aconteça. As Alianças são todas importantes. Mas isso não muda a natureza básica delas. Mesmo que você seja seu aliado, não sabe se de fato é seu aliado.

Ele disse a última frase como se fosse uma lição aprendida há muito tempo.

— Mas, com certeza, todos os homens e mulheres são iguais, certo? Pode ser que eles tenham costumes diferentes, mas o que importa não é a integridade e...

— Chega, Timos — disse Daniel, com raiva. — Se você soubesse o que eu... — Então, ele relaxou. — Ah, você é ingênuo, meu amigo. Vai aprender. Mas, no momento? No momento deveríamos estar dormindo ou amanhã estaremos acabados.

A força de Timos na forja foi aumentando ao longo das semanas, assim como seus braços e ombros. Ele preciso pedir para ajustarem suas camisas mais de uma vez. Mas, apesar de ter crescido e se fortalecido a ponto de ficar no mesmo nível de Grif, batida a batida, sempre que Durant o mandava substituir Shaun (o que por fim aconteceu tantas vezes que

Timos virou martelador em tempo integral), ele não conseguia melhorar a questão financeira. Apesar de seus esforços e de suas economias, depois de sete meses horrorosos, fazendo treinamento tortuoso, além das aulas, e tendo que cumprir as tarefas na Fundição (e de estudar todos os textos que pudesse ler antes de adormecer toda noite, tanto para escapar de sua realidade quanto para aprender), ainda assim não conseguia dinheiro suficiente para quitar sua dívida com Durant. O mestre da fundição não parava de aumentar as cobranças tanto com os juros pelo empréstimo como com os erros no aço, o que era um absurdo, algo que não ocorria com nenhum outro operário.

Apesar de ele ter feito muitos amigos graças a sua fama de bom trabalhador, acabou transformando Shaun em um inimigo por ter alcançado o mesmo bom nível físico dele, chegando a superá-lo em seu conhecimento de metalurgia, e logo pôde mexer com as pinças sob a tutela do ferreiro.

Mas foi Shaun quem foi tirado da forja para trabalhar no andar de cima, nos itens mágicos mais finos – botas, armadura, capacetes, luvas, espadas –, todos com poderes levemente diferentes neles, possibilitados pela fundição e pelos Sábios que o Lorde podia adotar ao usar cada item. Timos estava mais feliz em seu trabalho sem Shaun por perto.

Havia muitos benefícios no trabalho. Ele estava mais bem-condicionado do que a maioria de seus colegas de solda, e conseguia fazer exercícios e correr muito mais, mesmo vestindo a armadura. Isso fez com que a expectativa para que ele sempre fizesse isso existisse e não ajudou muito a aliviar sua carga, mas deu a ele mais resistência. Ele sempre tinha que fazer as coisas difíceis. Levantar peso, girar e martelar fizeram com que ele ganhasse muito força e com que ficasse quase permanentemente coberto por uma camada de fuligem e óleo que não conseguia lavar. Seus músculos aumentaram muito. Isso, juntamente com a resistência, ele canalizava na luta, usava como vantagem para o trabalho e para as técnicas de lançamento de corpos. Assim, esperavam que ele fosse o primeiro em tudo. Em pouco tempo, passou a ser posto como adversário de homens muito mais altos e mais musculosos. Passou a ser conhecido pela velocidade e pela agilidade de sua mente nas aulas teóricas.

Tudo isso se tornou assunto, primeiro, de provocações constantes, e depois de inveja e, por fim, de hostilidade por parte da maior parte dos homens que acreditavam que eles não estavam podendo brilhar. Ele foi apelidado de "Leitor Compulsivo", mas às vezes escutava alguém se referir a ele como "Maluco Imundo".

Ele aprendeu a se calar quando poderia responder as coisas na sala de aula e tentava se retrair quando os homens tinham que ostentar sua capacidade. Durant continuava sendo grosseiro e, com frequência, malicioso, com Shaun tendo por hábito se referir a Timos como "o garoto" sempre que podia, em uma tentativa de manter cada vez mais sua superioridade aos olhos de todos.

Nada disso prejudicou a amizade dele com Daniel, nem com Joy, que ele encontrou um dia saindo da sala. Eles começaram a se encontrar regularmente. Quando ele descobriu que havia uma pequena janela de meia hora em seu tempo livre antes de ir para a Fundição, quando ela costumava ir ao mercado para sua senhora, ele passou a, acidentalmente, encontrar-se com ela ali. Em pouco tempo, ele levava as cestas dela com regularidade e a acompanhava enquanto ela ria e conversava com os vendedores das barracas a respeito de um produto ou outro. Eles conversavam, e, na opinião de Timos, ela flertava levemente com ele, que ficou fascinado por ela. Ela era delicada e, ao mesmo tempo, muito forte. O rosto dela era lindo, e seu corpo fazia coisas de um jeito diferente ao corpo de um homem, uma maneira que o deixava derretido e confuso na mesma medida.

Um dia, Timos estendeu os braços com um pedaço de seda sobre eles para que Joy pudesse dar um passo para trás e analisar seu efeito. Aos pés dele havia três cestas cheias de frutas, fios e lãs, e outas ferramentas diversas de costureira.

— Opa, opa, Timos. Então é aqui que você fica! — Ele ouviu um grito familiar vindo de trás. Timos virou-se levemente, movimentando um cesto com seu pé. As compras rolaram pela rua, e Joy gaguejou enquanto se abaixava para pegá-las. — Permita-me ajudar, milady — disse Daniel e se agachou ao lado de Joy, sorrindo como um mico enquanto Timos permanecia de pé como um espantalho.

Esse foi o começo da amizade entre os três, e o fim do romance breve de Timos com Joy, pois ele viu, desanimado, que o que aconteceu entre Joy e Daniel enquanto um olhava nos olhos do outro, enquanto permaneciam agachados aos pés dele, foi amor verdadeiro e imediato.

Os três continuaram a se encontrar por semanas, mas, às vezes, Daniel e Joy não apareciam conforme o combinado, e Timos percebeu que tinha que dar um espaço a eles. No entanto, a amizade continuou, e essa era a única coisa da qual Timos se arrependia a respeito da atitude que estava pensando em tomar. Estava encurralado; de fato, um prisioneiro. Depois de ser perseguido por Durant e seu aprendiz, tornando-se cada vez mais desesperançado devido a seus fardos, ele decidiu sair da cidade, apesar de seu senso de honra. Tinha que fazer isso.

Sairia e voltaria para seu vilarejo. Se preciso fosse, se esconderia lá. Quando decidiu, as coisas pareceram fazer sentido. Claro, estava fugindo das responsabilidades. Mas elas não tinham sido explicadas adequadamente para ele, nem eram o que ele esperava ao ser recrutado. Estava sem dinheiro e exausto. Dizia a si mesmo que tinha sido totalmente enganado.

Um dia, ficou insuportável. Altur, bem mais alto e mais pesado, torceu o braço dele com tanta força que o deixou dolorido e com hematomas. Timos não conseguiu afastar o homem experiente, como tinha esperado. Em seguida, Shaun rosnou para ele, e Durant deu um tapa em sua orelha por um erro cometido, mas, mesmo assim, Timos ficou bravo. Assim que o turno terminou, ele jogou o avental do lado da porta e saiu, xingando baixinho. Nem mesmo a névoa fria da noite foi capaz de acalmar a raiva que sentia. Partiria assim que amanhecesse.

Por mais que tenha tentado dormir depois dessa decisão, foi perturbado por uma voz etérea que parecia ser uma mistura da voz de seu pai, de sua mãe e de todos os seus avós, e parecia decepcionada. Ela fez com que ele despertasse, mas ele contraiu a mandíbula e tentou ignorar sua consciência.

De manhã, ele acordou antes da trombeta tocar, ainda cansado. O melhor momento para partir seria enquanto todos estivessem tomando café da manhã e indo para os campos de treinamento. Ele deixaria sua armadura ali, para não chamar atenção enquanto partisse em direção ao portão com os outros que trabalhavam do lado de fora dos muros; a maior parte da cidade ainda estaria se preparando para começar o dia, e, devido ao caos matinal, ninguém sentiria falta dele. Ainda que sentissem, imaginariam que ele tinha se perdido na cidade. Teria que deixar seus pertences ali também. Não conseguiria explicar se fosse pego em algum lugar onde não deveria estar afirmando estar perdido se estivesse levando suas coisas.

Foi surpreendentemente fácil. Das casernas saíram homens de olhos vermelhos durante cerca de quinze minutos. Timos demorou para se vestir de propósito e acenou para Daniel, dizendo que conversariam e, se não fosse naquela bagunça, seria depois do treinamento.

Depois de dizer isso, ele logo ficou sozinho. Com o coração aos pulos, tentou parecer tranquilo ao virar à esquerda na estrada, e não à direita, descendo. Logo encontrou a estrada ampla por onde tinha chegado ali e à área entre os portões. Não havia tropas formadas ali ainda, apenas pessoas e carroças entrando e saindo, passando pelos guardas, reunindo e entregando artigos do dia ou partindo para o trabalho. Ele pensou por um momento e, em seguida, partiu com uma carroça vazia, ao lado dele, mas fora da visão periférica do condutor e, acenando para os guardas, ele saiu, entrou na estrada acima do fosso sem qualquer dificuldade.

Com o coração mais animado, e uma mistura de alívio, mas ainda sentindo o estômago revirar pela vergonha com o que estava fazendo, ele correu e, pouco depois, estava nas estradas paralelas que levavam às fazendas, aos moinhos e às minas pelas quais tinha passado na chegada. Às vezes, saía da estrada para poder evitar as enormes barracas do hospital militar.

Mas algo o incomodou, que, na pressa, ele deixou de analisar, até chegar a uma dobra na estrada e ter uma visão clara da área. Ficou paralisado.

Não havia monte. Ele estava no terreno plano e não na comprida subida na qual deveria estar. Não via nenhum rio a sua frente. Assim que saiu das fazendas próximas à cidade, quase não viu nenhuma vegetação. No solo, onde a grama deveria continuar a se espalhar, havia apenas rochas. À frente dele e estendendo-se em todas as direções, havia xisto. E longe das árvores e das estradas, não havia nada. Nada além de pequenos perfis no horizonte que pareciam rochas enormes aqui e ali. Rochas que terminavam em construções distantes. Ao redor da cidade de Culverden, havia outras, brilhando à luz do sol. Algumas pareciam imitar aquela, outras eram levemente diferentes, apesar de ser difícil de ver o porquê à distância.

Algumas tinham domos transparente e protrusões que brilhavam como as construções dos Potenciais na cidade.

Timos ficou parado por muito tempo só observando as cidades – contou mais de 20 que conseguia ver só dali, e devia haver outras escondidas por Culverden, atrás dele – e, pela primeira vez, ele soube como era se teletransportar.

De algum modo, durante o tempo em que tinha ficado dentro dos muros da cidade, ela toda e suas redondezas tinham sido transportadas para um lugar totalmente novo. Um lugar diferente dos vales que sempre via, com as planícies cheias de vegetação, terra vermelha e florestas, sem cadeia de montanhas nos três lados – em vez de apenas uma grande extensão rochosa e plana pontuada por estruturas distantes feitas pelo homem.

Ele estava em algum lugar mais distante de sua casa do que acreditava já ter estado. Estava perdido. Não apenas perdido, mas sentindo uma saudade repentina e desesperada de casa. Não apenas de seu irmão desaparecido e de sua família morta, nem dos amigos dos vilarejos com quem cresceu, mas da terra em si. Do rio, da floresta, da grama.

De tudo.

BATALHA

Lorde Culverden tinha culpa de tudo? Se ele não tivesse se teletransportado para a região do vilarejo de Timos, talvez o ataque nunca tivesse ocorrido. Mas não. Os invasores eram aqueles que tinham atacado e matado centenas de moradores da região sem motivo nem misericórdia. E como saber se teriam ido aos vilarejos locais ainda que a cidade de Culverden não estivesse ali? Na verdade, se a cidade não estivesse ali, os invasores não teriam muita pressa de partir. Os vilarejos provavelmente teriam sofrido destruição completa. Havia algo de circular nessa lógica que Timos não sabia identificar. Talvez fosse apenas o destino.

Pelo menos, ele pensou, se não mais pudesse voltar para casa, tinha condições de fazer algo se voltasse para Culverden. Ele tinha que sobreviver, firmar-se e treinar, tornar-se um bom soldado e talvez salvar outros vilarejos dos invasores em outros lugares, tudo isso enquanto tentasse descobrir como voltar para casa – e era isso. Ele jurou, naquele momento, que continuaria – mesmo se o papel de Lorde Culverden em tudo aquilo continuasse sendo um mistério.

Mas isso não o impediu de sofrer.

Sentado ali, com a cabeça apoiada nos braços e chorando baixinho, veio um som. Um som estalado e distante, seguido de algo barulhando, rangidos altos e gemidos. Ele ergueu a cabeça e foi recompensado com uma visão tão horrível que quase desmaiou. Ali, erguendo-se de onde supostamente estava deitado atrás de uma elevação rochosa, a umas cem braças, havia um esqueleto se esforçando para se colocar de pé. Era bem mais alto do que um homem normal. Seus ossos eram unidos por tendões desgastados, e era possível ver pedaços de carne pendurados em vários pontos, mas, principalmente, eram apenas ossos enormes, amarelos, e deles, conforme a brisa suave soprava, vinha o fedor nojento de carne podre e de morte, familiar a alguém criado no interior, mas muito mais pungente e assustador.

Timos se levantou e correu de volta na direção da cidade. Arriscou olhar para trás e viu que o esqueleto não o seguia.

Aterrorizado, fugindo, ele tropeçou em um tufo de mato, localizado com valentia e firmeza numa rachadura da rocha, e caiu no chão, balançou os braços, e bateu o queixo com tudo no chão. Ergueu-se espalmando as mãos sobre a superfície de pedra e sentiu uma dor forte no tornozelo esquerdo. No solo, conseguiu sentir um tremor e pensou que o esqueleto devia estar partindo atrás dele. Trancou a mandíbula, firmou-se e partiu mancando o mais rápido que conseguiu.

Então, à distância à sua frente, viu centenas de soltados surgindo dos campos mais próximos das fazendas e partindo na direção dele, e percebeu que o som vinha deles. E, por mais incrível que fosse, acima deles, ele viu um dragão preto e brilhoso carregando três, não, quatro cavaleiros!

Os líderes estavam montados em cavalos e corriam na direção dele depressa. Atrás deles, agora, conseguia ver soldados a pé correndo com menos rapidez, mas ainda assim muito rápido, apesar da armadura.

De repente, a cavalaria avançava ao seu lado e, por um milésimo de segundo, ele foi levado de volta à lembrança dos invasores no vilarejo. Então, quando um cavalo partiu diretamente para cima dele, foi pego por uma manopla e uma conta de malha que o agarrou por baixo dos braços, e o céu se revirou quando ele foi jogado para cima e lançado atrás do cavaleiro.

— Calma, cara — gritou o homem. — Estamos no controle agora!

O cavalo deu um salto com eles, e Timos se agarrou com toda a força ao cinto largo e decorado com joias do cavaleiro. O vento, tomado pelo cheiro de podridão, ricocheteou em seu rosto. Mais à frente, o esqueleto os fitava com olhos que pareciam duas brasas, do tamanho de fornalhas.

Os cavalos separaram-se para a esquerda e para a direita e deram a volta pelo esqueleto até cercá-lo. Pararam de frente para ele, e os homens empunharam espadas ou lanças compridas. Foi surreal aquela situação paralisada: sem esqueleto e sem cavaleiros em movimento, apenas observando uns aos outros.

Uma segunda onda de homens a cavalo chegou, muito maior, e aqueles homens estavam em duplas sobre cada cavalo, com o cavaleiro sentado na frente com uma lança, e o homem amarrado atrás dele empunhando um arco. Diferentemente dos cavaleiros da frente, a armadura do corpo do arqueiro era de couro com partes revestidas de lã sobre cota de malha para oferecer flexibilidade em vez de placas de metal e, apesar de cada um também usar um capacete de metal, do qual surgia uma cota de malha descia para proteger seus pescoços e ombros, os capacetes dos arqueiros eram mais leves que os dos cavaleiros atrás do qual estavam, e não cobriam as laterais do rosto. O motivo ficou claro quando empunharam os arcos e posicionaram as flechas, olhando por cima delas para ver a trajetória que cumpririam. Cada cavaleiro, na frente e atrás, levava uma espada no cinto, e cada arqueiro levava, além disso, um segundo arco nas costas e também dois conjuntos completos de flechas, um na altura dos ombros e um outro, menor, preso no cinto no lado esquerdo do quadril. Aljavas estreitas de cada lado das ancas de cada cavalo continham dezenas de flechas. Os próprios cavalos, como aqueles do grupo de cavaleiros do qual Timos fazia parte, usavam capacetes de metal e couro e estrategicamente vestiam cotas de malha e proteção de lã para proteger diversas partes do corpo sem atrapalhar movimentos dos músculos e dos membros.

O sol do início da manhã se refletia em milhares de superfícies de metal, e o efeito foi uma determinação surpreendente e ensurdecedora. De certo modo, fazia Timos se lembrar dos dias de colheita na fazenda, quando todos os agricultores se uniam para trabalhar em um campo por vez com foices e forcados reluzentes, compridos e curtos. Mas lá a atmosfera era de alegria e celebração, enquanto ali havia a ira assustadora e a sede de sangue de homens afeitos à violência e à destruição. E ele agora era um deles, pois seu sangue gritava de desejo de se unir àqueles homens, seus novos companheiros, para destruir aquele ser terrível, aquela aberração, aquele insulto à natureza que pairava sobre todos eles e erguia punhos da grossura de troncos de árvores jovens.

O esqueleto ergueu-se, virando a cabeça e os ombros, exaustos, até onde Timos podia ver pela postura e pelo movimento de ossos e olhos.

— Não tem experiência, esse — gritou o cavaleiro de Timos a outro.

— Deveria ser fácil — foi a resposta. As pessoas assentiam e murmuravam nas filas. Os cavalos dos arqueiros estavam organizados em falanges nos quatro pontos da bússola atrás da cavalaria, e todos pararam e se calaram, só se ouvia as bufadas dos cavalos e o leve raspar e tilintar do metal com metal. Timos ficou tentando imaginar como matar um esqueleto, levando em conta que ele já estava morto e era constituído principalmente por ossos. De que serviam flechas e espadas? Então, ele viu que muitos dos arqueiros estavam afundando as pontas das flechas em pequenas garrafas e percebeu que aquelas eram as flechas especiais de fogo, com pequenas pontas de ferro fundido dentro das quais havia um espaço com líquen seco, e as garrafas continham uma mistura de alcatrão líquido, banha de porco e óleo, que aqueles ao redor acendiam com faíscas da pederneira de aço.

Diante deles, o esqueleto observava, e Timos viu, pela primeira vez, que aos pés dele havia um porrete enorme, feito com o que parecia ser o basalto que seu pai tinha mostrado a ele nos montes. Então, o esqueleto se movimentou para pegá-lo. Foi estranho ver através do esqueleto enquanto ele o pegava; como observar através de um estrado de cama ou de uma árvore de inverno, e ele sentiu o estômago embrulhado.

Antes que o esqueleto conseguisse erguer o porrete, os líderes da cavalaria gritaram, e os gritos também foram dados pelos líderes dos arqueiros. De uma só vez, o círculo avançou, levando mais e mais membros, diminuindo a distância para cerca de vinte braças do esqueleto, que parecia paralisado de surpresa e medo (Timos teve a clara impressão de que não era muito esperto), e então os cavalos pararam, e Timos escutou o barulho da armadura, do metal e outros sons. Um momento de silêncio e, então, ele olhou para a frente, para o semicírculo formado pelos arqueiros, com arcos empunhados e flechas viradas para cima. Cada líder arqueiro soltou mais um grito, e um tremor de todos os arcos de uma vez, com o lançamento das flechas, fez um enorme bando de pássaros revoar por cima da cabeça dos cavaleiros e pousar diretamente sobre o esqueleto.

Os arqueiros imediatamente recarregaram o arco e atiraram as flechas, e a tempestade continuou. O esqueleto se encolheu, agachando-se, mas muitas flechas apenas ricochetearam nos ossos, e o restante passou pelos espaços entre eles. Timos ainda não conseguia entender o que era preciso conseguir com aquele ataque. As flechas incandescentes também não faziam grande estrago. Mantinha o esqueleto com medo, cobrindo o rosto com os dedos de uma mão.

Aqueles inimigos já tinham se encontrado antes. O esqueleto esperava as flechas. O exército sabia que distância manter e mirar nos olhos. O esqueleto deu enormes passos e direção à cavalaria. Parecia mover-se lentamente, mas seus ossos eram tão compridos que cobriam uma quantidade inesperadamente imensa de terreno e, de repente, ficou ao alcance dos cavalos. Enquanto eles se afastavam dele, muitos homens e animais foram atropelados em um longo balançar do porrete de pedra e outros do outro lado, e mais outros. Timos observava, horrorizado, pois, em segundos, pelo menos 80 homens e cavalos acabaram no chão. Alguns poucos azarados morreram na hora, e muitos homens e cavalos feridos deram um passo atrás, para longe do esqueleto, observando com atenção o Dragão que sobrevoava para distrai-lo. Timos e seu cavaleiro estavam a cerca de cinco metros da morte, mas escaparam ilesos. Cavalos e homens berravam, mas os cavalos feridos pararam de repente quando o cavaleiro de Timos e os outros, de modo eficiente, acabaram com a vida dos que estavam deitados no chão, usando as lanças, ainda montados. O monstro podia ser inexperiente, mas era letal.

Durante esse caos, os arqueiros mantiveram o ataque, e o movimento do esqueleto acabou tendo um lado bom: a completa exposição de seus olhos vermelhos e brilhantes. Dezenas de flechas encontraram seu alvo ali e, conforme as membranas que os cobriam foram rasgadas, a pressão de dentro fizeram as partes moles explodirem – não como aconteceria com um olho de pessoa ou de animal, mas em chamas. Claro! Os olhos brilhavam porque o que havia dentro deles ardia!

Então, o armamento do Dragão foi usado. Além da distração, serviu como plataforma a partir da qual os quatro cavaleiros podiam arremessar garrafões cheios de petróleo, alcatrão e feno, retirado de grandes bolsos das selas. O feno foi incendiado, e as garrafas expelindo fumaças foram lançadas enquanto o dragão fechava o cerco acima do esqueleto. O primeiro deles não acertou o esqueleto, mas se quebrou e começou a pegar fogo aos pés dele. O seguinte acertou o esqueleto bem no ombro direito e se abriu, fazendo vazar o conteúdo grudento em chamas pelos ossos dele. O líquido em chamas espalhou-se por todos os lados, mas o exército estava afastado o suficiente para não correr riscos. O que estava em perigo, no entanto, eram os tendões e ligamentos do próprio esqueleto. Quando uma gota flamejante atingia essas partes, grudava, e o fedor resultante de carne queimada vinha seguido pelo rompimento do ligamento. Dessa maneira, o enorme esqueleto perdeu controle de seu braço e de vários dedos de cada mão, já que estavam mais perto de seus olhos quando estes foram atingidos com dois garrafões de uma vez.

O Dragão, depois de aparentemente cumprir sua obrigação, se afastou devagar e voltou para a cidade.

O que fez o exército ganhar tempo. Enquanto isso, as tropas chegavam a pé, mas, mais importante, os veículos puxados por touros foram fixados ao chão com troncos pontudos e grandes enfiados em círculos de aço, e logo foram erguidos e recolhidos. Dentro desse tempo parecia que poucos segundos tinham passado desde a chegada, na opinião de Timos, mas devia fazer muito mais tempo, e a primeira pedra foi lançada detrás dos arqueiros e acertou em cheio o braço direito do esqueleto, logo embaixo do ombro. O som da batida foi horrível. A pedra caiu no chão em meio a uma saraivada de ossos quebrados e poeira. O porrete também bateu no chão com um baque que Timos sentiu no estômago. O braço do esqueleto continuava em movimento enquanto se mexia tentando pegar o porrete com os dois dedos restantes daquela mão. Mas estavam muito fraturados, e os ligamentos, prejudicados. Em pouco tempo, havia pedras sendo atiradas de diversas direções, e várias acertaram membros e torso, e uma delas, o crânio.

Timos ficou tentando imaginar se ele sentia dor, pois não parecia notar o que estava acontecendo e não emitia nenhum som.

Por fim, os ataques fizeram primeiro uma e depois, muitas articulações importantes se fraturarem. As tropas relaxaram assim que o esqueleto ficou impotente, incapaz de se movimentar quando as duas pernas se soltaram da pélvis. Apenas um braço ainda estava preso e foi destruído do cotovelo para baixo. Um ataque constante de tiros de catapulta rapidamente quebrou todos os ossos restantes, incluindo o crânio, e, em pouco tempo, não restou nada no meio, além de montes de pedras e enormes fragmentos de ossos quebrados e pó de ossos com fumaça saindo dos ligamentos em chamas. O único movimento no amontoado era de fumaça e poeira soprados pela brisa.

Na meia hora seguinte, os veículos de ataque foram afastados e desmontados parcialmente, preparados para o transporte enquanto carroças cheias de mortos e feridos eram enviadas de volta para a cidade seguidas mais lentamente pela maioria das tropas a cavalo. Alguns, incluindo Timos e seu companheiro, ficaram.

— Você está bem aí atrás, rapaz? — perguntou o homem atrás do qual Timos estava sentado.

— Sim — Timos gritou mais alto que o barulho que as tropas estavam fazendo ao gritarem umas para as outras e rirem.

— Você fez bem em tentar alertar. Mas já estávamos observando este desde antes do amanhecer. O vigilante tinha enviado a mensagem, por isso já estávamos saindo.

— Ah — disse Timos, e foi só o que ele conseguiu dizer. Não tinha pensado em alertar, mas não admitiria isso.

— Qual é seu nome? Sou o Jason.

Em pouco tempo, Timos e ele tinham trocado histórias. Jason era um Cavaleiro Real. Tinha sido capturado por Vikings e vendido como escravo na infância, jovem demais para se lembrar de sua cidade, de sua casa, até mesmo de sua família. Depois de negociações e ataques entre muitas cidades, foi afastado dos escravos quando demonstrou boas habilidades com animais enquanto trabalhava nos estábulos para Lorde Culverden.

— A partir dali, passei pelo treinamento, depois por batalhas, mais treinamento, mais batalhas, e devo ter feito direito, porque me nomearam cavaleiro.

Timos pensou em seu caminho até ali e mais uma vez sentiu vergonha pelo que tinha tentado fazer mais cedo. Nunca poderia admitir aquilo a ninguém.

— Espero chegar aonde você chegou, Jason. Você deve ter muito orgulho.

— Olha, quer saber? Tenho — disse Jason. Então, ele se virou para o cavaleiro montado no cavalo ao lado deles e explicou, com detalhes muito exagerados, como Timos tinha, basicamente, sido heroico, não apenas na história do alerta, mas também por sugerir que havia demonstrado grande força no campo de batalha. Timos sentiu o rosto esquentar de vergonha e embaraço.

A infantaria dividiu-se em dois grupos. A maior parte acompanhou os veículos e levou os mortos e feridos para casa. O restante ficou ali com carroças que levavam barris de madeira e feno. Elas foram descarregadas e, na hora seguinte, foram carregadas com pedaços dos ossos do esqueleto. Assim que as partes maiores foram reunidas, soldados mais velhos, observando e analisando cada pedaço à procura do que pudessem estar procurando, direcionaram os soldados mais jovens a fazer o trabalho pesado.

— Por que os ossos estão sendo reunidos?

— Os ossos de esqueleto, depois de alvejados e tratados, são um ótimo material para mobília e armários entalhados. Os soldados dividem o lucro. Às vezes, o esqueleto tem um saco de tesouros – ouro, mithril ou pedras preciosos – e todos entramos nessa divisão também. Mas não desse. Era só um jovem.

Timos ficou pensando em um esqueleto jovem. Em algum lugar dentro dele, sentiu empatia pelo monstro. Sabendo agora que ainda era jovem, sentia mais ainda. Ficou imaginando como a vida dele podia ter sido. Era preciso tê-la destruído? Ele havia ferido as tropas, mas as tropas tinham ido atrás dele primeiro, e Timos havia se entregado à sede de sangue como qualquer um, mas não se sentia bem com isso.

Os barris foram abertos, e o alcatrão saiu deles para o monte de fragmentos de ossos e de poeira, além do feno por cima. Punhados de feno foram incendiados e jogados. O feno amontoado pegou fogo depressa, e então o alcatrão e, em pouco tempo, o inferno estava armado. Todos observavam os restos arderem

— Qualquer pedaço grande o suficiente pode ganhar raiz e crescer por baixo formando um novo esqueleto, por isso temos que...

E foi quando um osso, talvez com um grande acúmulo de tutano ou gordura preso, explodiu e lançou um estilhaço do tamanho de uma mão e da largura de um polegar diretamente no pescoço de Jason. Ele gorgolejou e caiu do cavalo de cabeça para baixo, com um pé preso no estribo.

Timos reagiu instintivamente e pulou no chão, sentindo uma fisgada no tornozelo. Já tinha visto a avó cuidar de um agricultor ferido com um machucado parecido no ombro, devido a um galho que havia despencado. O sangue do cavaleiro jorrava, então Timos rasgou a camisa dele e a amontoou sobre o ferimento aberto e pressionou o máximo possível, tomando cuidado para não interromper a passagem de ar dele. Jason ainda estava com o pé preso no estribo. Timos estava em uma posição ruim, e ainda tinha que afastar os dedos desesperados de Jason do caminho ao mesmo tempo. Então, Timos foi puxado para o lado com delicadeza, e dois outros cavaleiros assumiram o controle. Conseguiram soltar Jason e manter a pressão até um dos médicos que estava viajando com eles chegasse com seu kit, enfiasse líquen limpo com algodão no ferimento e estancasse a artéria temporariamente.

Foi rápido, mas, em poucos minutos, o mais jovem dos dois cavaleiros, que era um sobre os quais Jason falava com Timos minutos antes, olhou para ele e assentindo, disse:

— Você se saiu bem, cara.

Em seguida, Jason foi carregado e deitado na parte de trás de uma carroça, em cima de madeiras compridas, para ser levado ao hospital. Os dois cavaleiros o acompanharam, mantendo a pressão sobre o ferimento.

Agora, havia três cavalos sem cavaleiros ao redor de Timos. Dois Cavaleiros Reais amarram as rédeas de um deles à sela sobre a qual estavam para que os cavalos seguisse ao lado deles. Quanto ao cavalo de Jason, os cavaleiros esperaram até Timos, envergonhado, perceber que queriam que ele pegasse as rédeas. Ele fez isso, mas um pouco desajeitado por causa do tornozelo torcido.

Com alguns homens observando se o fogo não se espalharia (ainda que não soubessem como ele chegaria àquele terreno rochoso sem vida), os outros partiram em direção à cidade. Aqueles ao redor de Timos falavam dos outros monstros contra os quais tinham lutado: grifos, centauros, nians, selvagens, gigantes de lava – todos com suas características assustadoras, mas também com suas vulnerabilidades. Muitos gabaram-se por terem enfrentado criaturas mais velhas e maiores de cada tipo – era quase um esporte a ser praticado, refinado e com o qual ganhar experiência até que os maiores e mais perigosos monstros fossem enfrentados para o alcance das maiores honras. Histórias que pareciam verdadeiras na boca de alguns, mas mentirosas e falsas na de outros; mas tudo era escutado de bom grado e comemorado. Quando soube da prática de capturar monstros jovens e criá-los em cativeiro na cidade, Timos compreendeu a razão. Os soldados eram mais bem treinados em relativa segurança para lutar contra esses seres do que encontrá-los pela primeira vez na natureza. Ele acreditava que as criaturas tinham que ficar no canto delas ou tratadas de modo justo. Concluiu que era um mal necessário, mas não estava ansioso à espera do dia em que pediriam para ele treinar daquele modo.

Cidade de Culverden se teletransportando para a Planície Pedregosa

By Stephen Leaton

CRÔNICAS DO REINO

O retorno à cidade foi uma estranha mistura de gritos de alegria e comemoração e uma sensação da vida comum no humor das pessoas, a maior parte das quais ainda estava realizando tarefas ligadas à limpeza e aos consertos. Havia um guarda especial para recebê-los dentro da primeira muralha, que comemorou ao dar comandos de descansar rapidamente, assim como fizeram todos os que estavam no espaço enquanto os soldados entravam, mas logo voltaram ao que estavam fazendo momentos antes.

Dentro da segunda muralha, havia muitas atividades acontecendo. Os mortos já estavam dispostos sobre mesas no canto mais distante, cada um deles coberto com uma bandeira da cidade. Era emocionante ver esposas, maridos, pais, filhos, amigos, todos sofrendo verdadeiramente ou, no caso de alguns homens e de mulheres que talvez já tivessem sido soldados, o estoicismo firme em seu semblante.

No meio do pátio, as carroças que continham os ossos estavam cercadas por homens e mulheres que ignoravam a imagem trágica e riam e faziam piadas em grupos ao redor de cada carroça. Em cima de cada uma delas havia um homem ou uma mulher falando sem parar de modo animado, fazendo gestos sem parar. Mãos subiam e desciam em cada grupo, e então ocorria uma divisão quando um acordo era fechado entre um leiloeiro e um membro do grupo por alguma peça de osso, e uma parte do grupo ia a outra carroça para, sem dúvida, dar lances por novas peças que tivessem visto. Às vezes ocorria alguma discussão entre participantes malsucedidos e os leiloeiros, acordos à parte feitos com dinheiro por fora, quando um participante bem-sucedido, como um cavaleiro contou a Timos, depois de garantir uma peça grande, a quebrava e vendia partes dela por preços mais altos.

— Então, se as pessoas que precisam dele não tiverem dinheiro...

— Não, Timos. Muitas dessas pessoas estão aqui apenas por causa dessa venda secundária porque alguns artesãos precisam de pouco. Negócios fragmentados por todos os lados.

— Para onde esse dinheiro vai? Alguém disse que os soldados ficam com ele?

— Sim. Cada soldado ganha um pouco. Incluindo você. Mas não diretamente. Vai tudo para um fundo. É usado para complementar a aposentadoria quando os soldados se aposentam. Mas, principalmente, vai para as famílias daqueles que foram mortos ou feridos a ponto de não poderem mais trabalhar.

Timos pensou que aquilo era algo incrível a ser feito. Ele não tinha família naquele momento, a menos que encontrasse seu irmão vivo. Acreditava que, se morresse sozinho, então sua parte sustentaria outras famílias pesarosas. E gostava disso.

Ali estava ele, de volta à vida de infantaria. Não era o que ele esperava. A princípio, pareceu ainda mais difícil e mais solitário do que antes, apesar de seus amigos e das brincadeiras dos soldados. Apesar do enorme contratempo, ele não deixaria de lado o objetivo original de partir para poder procurar seu irmão, se este ainda estivesse vivo, e ir atrás dos invasores que tinham matado sua família e destruído os vilarejos.

Mas ainda não. Primeiro, precisava encontrar uma maneira de localizar não apenas seu vilarejo, mas também o inimigo. Decidiu fortalecer os músculos, a mente e o espírito igualmente; por enquanto, fazer o melhor que podia para lutar pelas pessoas da cidade quando fosse preciso.

Tinha dificuldade para receber ordens e, em sua opinião, ser tratado como lixo. Em meio a tudo aquilo, ele, de certo modo, perdeu o rumo, espiritualmente falando, e questionou muito os valores que aprendera com tanto rigor de seus pais e avós. Via-se irritado com seus superiores, que estavam apenas fazendo seu trabalho e não tinham nada contra ele. Timos mantinha o comportamento correto, mas às vezes seus pensamentos ficavam um pouco amargurados. Ele se lembrou do que Joy tinha dito a ele em sua chegada: a vida de um soldado era difícil, sim. De muitas maneiras, sentia que estava apostando, dessa vez com a vida. Poderia morrer na batalha seguinte ou em qualquer uma depois da próxima, fosse com um monstro ou outra cidade. Aquilo não era vida.

Certa noite, numa folga da Fundição, ele voltava sozinho e melancolicamente da taverna. Seus colegas de quarto ainda estavam bebendo, mas ele não conseguia beber mais que um copo de álcool e queria ir dormir mais cedo.

Ao atravessar a rua principal para a secundária, que era um atalho de volta à caserna, foi abordado por vários jovens e, de repente, estava envolvido em uma briga de rua, tentando proteger o rosto dos socos de meia dúzia de arruaceiros, todos um pouco menores e mais jovens que ele, mas, em grupo, tinham mais chance de derrubá-lo.

De repente, a briga parou.

— Puxa, vejam quem temos aqui dessa vez... nossa! É aquele soldado novo de quem sempre falam nos estábulos. Aquele cuja família foi agredida e morta pelos invasores e que, depois disso, foi transformado em herói. Mas nós o conhecemos bem, não é, sobrinho? Ele não é um herói, de fato, concorda? É só um camponês que trabalha muito para mim em seu tempo livre a troco de nada — disse alguém com uma voz familiar.

Durant.

— Quer que eu o reviste, senhor? — perguntou um adolescente de voz desafinada.

— Não. Perda de tempo, garoto. E perda de dinheiro que pago para este grupinho. Esse aí não tem dinheiro, sabemos disso, não é, Shaun? Caso contrário, o rato teria quitado a dívida que tem conosco, o que ainda não fez. Então, não tem como ter dinheiro extra agora, certo? Com certeza não tem os 41 taen que ainda me deve, nem os juros acrescentados a isso toda semana. Mas vamos tirar isso dele. Ah, vamos. Só precisamos ter paciência, Shaun. E então vamos tirar esse dinheiro dele e mais um pouco do couro. No momento, vocês precisam voltar ao trabalho e encontrar alguém com dinheiro de verdade. Scarper, da próxima, escolha com mais cuidado.

Timos, ainda protegendo a cabeça com os braços no chão, escutou o som de gritos dos jovens se afastando.

— Mas tem uma coisa, Shaun, agora somos nós e ele. Vamos dar a ele uma última mensagem para que lembre quem é quem e o que é o que e mantenha a boca nojenta bem fechada. O que acha? Porque ele precisa saber que, se uma única palavra dessa negociação paralela sair daqui, ele vai se ver sendo mergulhado, de pé e lentamente, no meu tanque de zinco e estanho.

Timos arfou quando ergueram sua cabeça do chão pelos cabelos, e um soco acertou sua têmpora.

Quando a escuridão se dissipou, e ele notou estar sozinho, levantou-se das poças na calçada e caminhou, grogue, para a caserna. Ele se limpou e foi para a cama.

Suas lágrimas naquela noite eram, em parte, por medo e, em parte, pela ira. Ele sabia que tinha que entrar no jogo e fazer todo o esforço que pudesse para se erguer e procurar todas as oportunidades de ir para casa. Não poderia fazer isso enquanto não se livrasse das garras de Durant.

Na manhã seguinte, ele se deu conta de que como as aulas de iniciante tinham chegado ao fim e, por não mais ser apenas um recruta, mas um membro da infantaria, tinha mais tempo para si. De alguma maneira, poderia aproveitar a oportunidade para ganhar mais dinheiro. Conseguiu trabalho temporário extra cuidando dos estábulos e até se candidatou, sem sucesso, para um trabalho com os Dragões. Mas a grande mudança ocorreu quando passou a trabalhar depois do trabalho oficial na Guilda de Carpinteiros. Tinha que limpar e guardar ferramentas, além de reorganizar peças de madeira nos armários corretos depois que os aprendizes terminavam as aulas da noite. Passou a chegar cedo e a escutar os tutoriais, enquanto lia cópias dos manuais. Fez amizade com alguns dos tutores e, conforme eles o conheciam, passaram a ensinar sobre o uso das ferramentas. Em pouco tempo, recebeu a permissão de um deles para acompanhar os aprendizes que faziam o trabalho durante as aulas. Assim, aprendeu muitos dos segredos dele enquanto economizava o suficiente para comprar algumas ferramentas velhas e madeira para si.

Sua fama de bom aluno chegou aos ouvidos de um carpinteiro que pediu para que Timos desse aula de matemática para sua filha nos dias de folga. Era uma menina emburrada de oito anos que se recusava a avançar, apesar dos esforços de Timos. Mas a melhor parte era que, em vez de receber dinheiro, Timos pediu para ser pago com o uso de um pequeno depósito que o carpinteiro tinha em sua casa, onde Timos podia guardar suas ferramentas.

Assim, ele planejou e construiu três baús de madeira de diferentes tamanhos, feitos de carvalho, e o menor deles ia dentro do baú do meio, e este, dentro do maior. Fez um forro para eles em formas geométricas de pau-rosa e fios metálicos e os poliu até ficarem brilhando. Em seguida, usando sua experiência com metais e aproveitando toda a oportunidade que tinha na Fundição para observar os entalhadores, conseguiu, depois de muitas tentativas frustradas, entalhar, em uma folha de metal, cópias em quantidade suficiente dos símbolos de sorte preferidos dos viajantes para protegê-los na estrada. Satisfeito com o resultado, entalhou os símbolos nas bases redondas da luminárias de latão quebradas que havia comprado em uma loja de objetos usados por uma ninharia. Ele as fixou nos baús juntamente com travas fortes de ferro.

Quando terminou, colocou os baús menores dentro do maior e foi ao mercado. Só conseguiu chamar atenção para seu trabalho quando por acaso encontrou um velho mercador que reconheceu a beleza do conjunto. A singularidade dos baús, dos símbolos entalhados em metal e da qualidade do trabalho levou ao fechamento de um contrato no qual o mercador concordava em vender os baús em troca de uma comissão interessante. Os baús chamaram cada vez mais atenção. Tanto que o mercador se recusava a vendê-los quando recebia uma oferta e, em vez disso, anunciava em leilão para conseguir o melhor preço. Timos estava em treinamento na manhã do leilão, mas, imediatamente depois, procurou o mercador.

— Bem, Timos, você perdeu um leilão animado hoje cedo! Muitos mercadores estavam bebendo e começaram uma guerra de lances. Veja — disse o mercado, entregando a ele um pequeno saco. — Eu poderia vender cem conjuntos como este e todos eles por um preço incrível. Deixe a fundição de lado, homem, e vamos enriquecer juntos! Imagine todos os mercados em todas as cidades da Aliança... e além! — O mercador esfregava as mãos e falava tão depressa que chegava a se enrolar nas palavras. — Eu ainda nem acredito. Duzentos e quarenta e cinco taen de prata pelo conjunto.

Timos também não conseguia acreditar e ficou contando, cuidadosamente, as moedas na cabana atrás da barraca do mercador. Tirando a comissão, Timos agora tinha cento e setenta taen de prata. Mais que suficiente para comprar mais materiais para as ferramentas se ele fizesse o que o mercador sugeria. Mais importante, mais que suficiente para pagar Durant e impedir que a dívida ficasse ainda maior.

Será que devia se tornar um artesão? Tinha tido sorte e talvez não tivesse talento nem sorte para produzir algo que vendesse tão bem de novo. Ainda que conseguisse, o que faria? Faria peças de mobília, sem chance de conseguir uma promoção e sair da cidade nem de encontrar e castigar o homem que encomendou a morte de sua família. A única maneira de fazer isso seria se tornando alguém poderoso no exército e tentar conseguir entrar na batalha. Apesar de isso parecer uma possibilidade absurdamente improvável, pelo menos permitiria que ele sentisse estar tentando. Não, teria que pagar a dívida com Durant e ficar no exército, esperando que sua chance viesse. Continuaria trabalhando com carpintaria à noite assim que estivesse livre da escravidão na Fundição e torceria para conseguir levantar mais dinheiro enquanto continuasse no exército durante o dia. Visitaria os professores para ver se conseguiria descobrir onde seu vilarejo estava e onde a cidade de seu inimigo estava também.

Então, foi o que fez.

Primeiro, ele visitou Durant, acompanhado de Daniel, para que este servisse de testemunha, e insistiu para que ele fizesse um recibo, testemunhado por Daniel e pelo vendedor de ferro que estava fazendo uma entrega. Usou um pouco do dinheiro que havia sobrado para pedir textos do catálogo do mercador de livros, catálogo que não estava disponível na biblioteca nem nas coleções dos Professores. Livros sobre construção, agricultura, estratégia, política, ciência e até feitiçaria. Conforme cada um chegasse, ele o estudaria e releria várias vezes.

Descobriu por que uma cidade costuma se situar em um monte – era verdade o que seu pai havia dito, que não é o ideal para a agricultura, e é difícil ter que descer e subir os montes constantemente em busca de água, comida e outras coisas, mas é muito bom para a defesa.

Ele leu sobre teletransporte. Certamente foi assim que a cidade se aproximou de seu vilarejo – e teria sido como a antiga cidade do castelo da lenda se locomovera tantas gerações antes. Mas os detalhes de como isso funcionava e por que ocorria – estes estavam além até mesmo do conhecimento de seu tutor; um mistério pertencente apenas aos Lordes e a seus Sábios. Simplesmente acontecia. E com frequência também. O tutor não conseguia se lembrar do número de teletransportes pelos quais tinha passado. Em breve, se teletransportariam de novo, não havia a menor dúvida nisso.

Aos poucos, foi ficando mais feliz com sua situação. Trabalhava à noite em criações artísticas pequenas, que o velho mercador normalmente conseguia vender para ele. Assim, conseguia lucros, apesar de nunca mais ter tido o sucesso que obtivera com os baús.

Um dia, estava realizando uma tarefa para seu tenente na cidade quando encontrou Shaun e dois de seus companheiros, que bloquearam seu caminho.

— Shaun, por favor, não quero problemas dessa vez. Terminamos nosso assunto com o pagamento da dívida. Agora, me dê licença, preciso continuar. Tenho uma entrega urgente a fazer ao tenente.

— Tarefas urgentes para oficiais, agora, não é? Bem, você é um safado, com certeza. Veja bem, Yoesef, a cara do arrogante... um farsante de marca maior. A-há. Vejo que a entrega é de dinheiro. — Dizendo isso, Shaun logo pegou a bolsa do tenente presa ao cinto de Timos. — O que acha disso, Yoesef?

— Eu acho, Shaun, que se pegássemos essa bolsa, esse lixo podre ficaria em maus lençóis.

— Bom, muito bom. Mas não vamos pegar tudo. Só algumas das moedas. Vai ser ainda mais difícil para o homenzinho explicar como apenas algumas moedas foram roubadas, não a bolsa toda.

Todos riram.

— Qual é a piada, rapazes? — Ouviu-se outra voz vinda da névoa.

Um homem mais velho. Refinado, bem-vestido.

— Talvez o jovem deva receber as moedas de volta agora que a brincadeira terminou. Sei que ele está levando o dinheiro por outra pessoa. Em nome do Lorde também. E lhe dar mais algumas moedas por perturbá-lo não seria ruim. — Seu tom era tranquilo, mas ainda assim tinha um toque de ameaça.

— O que é isso? — gritou Shaun. — Quem você pensa que é?

Ele se moveu em direção ao homem mais velho de maneira ameaçadora. Mas então, para a surpresa de Timos e também dos outros dois, Shaun de repente devolveu a bolsa, jogou quatro moedas de cobre de sua bolsa no chão à frente de Timos, pegou seus companheiros pelo braço e saiu correndo.

Timos olhou ao redor e viu um pelotão de guardas, ainda longe, mas surgindo na rua. Pareciam estar com pressa, não totalmente uniformizados, ainda montando peças da armadura, e demonstravam preocupação.

— Devo mandar os guardas atrás deles? — perguntou o homem mais velho, delicadamente.

— Não, senhor, obrigado. Acredito que deveríamos tratar uns aos outros de modo justo. Não sei bem o que eles têm contra mim, mas um dia, pode ser que eu precise deles, e eles de mim. E talvez pedir minha ajuda seja castigo suficiente para esse arrogante.

— Sábias palavras. É melhor você partir — disse o velho, assentindo em direção aos guardas. — Eles não estão muito felizes comigo aqui dessa maneira. — Ele sorriu com tristeza e estendeu a mão em direção aos guardas, balançando a cabeça levemente. Ele se virou de volta para Timos. — Vá.

Timos não precisou de mais incentivo e partiu o mais rápido que conseguiu. Depois de completar a missão, voltou para a caserna, pegou um pouco de pão e carne da cozinha e vestiu a armadura, pronto para partir para o treinamento da tarde. O destino interveio na forma do sargento encarregado, Dalaneous, abrindo a porta do fundo e aproximando-se de Timos, que se esforçava para calçar a bota, apesar do tornozelo ainda fraco.

— Ah, você veio. Novo em folha agora, não é? E ainda conseguiu se livrar das dívidas com meu amigo Durant. — Dalaneous se aproximou de Timos. — Bem, vou dizer uma coisa, filho. Não sei onde você conseguiu aquele dinheiro ou o que fez para conseguir ganhar a confiança dos poderosos, mas sei que você ainda tem coisas para explicar, como o porquê de estar do lado de fora das muralhas quando aquele esqueleto chamou atenção e não estava se alimentando e se preparando para o treinamento, como os outros soldados. Pediram para eu não questionar você em relação a isso, mas ainda quero saber.

Ele se inclinou para a frente de modo que os olhos dos dois ficassem apenas um pouco afastados. A esclera dos olhos do sargento ainda estavam tomadas por veias vermelhas. Seu hálito recendia a licor de anis.

— Vou descobrir, não se preocupe. E quando eles, aqueles cavaleiros bacanas, se cansarem de defende-lo, você será mandado de volta para mim, e você verá que aqui o buraco é mais embaixo.

Ele se endireitou. Puxou um papel do cinto e o entregou a Timos.

— Certo. Estas são suas novas ordens. Pegue suas coisas agora e saia depois do café da manhã, quando os outros, os homens de verdade, estiverem treinando.

Depois de dizer isso, Dalaneous partiu, deixando Timos sozinho, assustado e confuso.

O que havia acabado de acontecer?

Com a mão tremendo levemente, ele leu o bilhete:

"... *deve ser apresentar ao treinamento da cavalaria como um cavaleiro... serviço exemplar... atitude rápida e iniciativa... assim, salvou a vida de um de nossos mais experientes...*"

Estava assinado por Sir Daffyd, comandante dos Cavaleiros Reais.

REUNIÃO INESPERADA

Entorpecido, ele foi tomar café da manhã. Como sempre, trocou palavras com aqueles ao seu redor e, de alguma maneira, se esqueceu, apenas por um momento, de que algo bizarro tinha acontecido (ou estava acontecendo). Então, foi interrompido no meio da refeição por ninguém menos que um Capitão da Guarda, e seu rosto ardia enquanto a maior parte da confusão se acalmava e os homens observavam. Foram diretamente ao escritório do Capitão, e Timos, no caminho, entrou em pânico enquanto pensava no que tinha feito de errado. O Capitão perguntou a ele sobre seu encontro com o aprendiz do mestre da fundição, mas ele se recusou a causar problemas para Shaun e apenas tentou tirar a importância daquilo, dizendo ter sido um mal-entendido.

O Capitão suspirou.

— Muito bem. Disseram-me que você diria isso. Siga-me. — E ele levou Timos por um caminho intrincado que levava ao castelo principal. Ali, ele foi entregue a muitas pessoas em sucessão e então acabou em um aposento grande e decorado, onde mandaram que ele esperasse. Uma mulher pequena entrou enquanto ele examinava os leves entalhes na parede e o levou para fora por uma porta comum na parte de trás, depois da mesa grande, e até um cômodo simples, sem decoração.

— Sente-se aqui, por favor, eu volto logo.

Ele obedeceu e se sentou em uma de três cadeiras simples de madeira parecidas com aquelas que Timos tinha em sua cozinha em casa e, por um momento, foi tomado por uma saudade repentina. Ela passou pela porta oposta àquela por onde tinham entrado e a fechou em seguida.

O que está acontecendo?

Ela voltou em silêncio e o chamou.

A sala seguinte era idêntica à anterior, mas havia uma mesa de madeira comum ocupada por um homem mais velho lendo um entre muitos papéis.

O homem sentado à mesa tinha cabelos grisalhos, penteados. Roupas boas, mas simples, e Timos de repente reconheceu o homem olhando para ele. O homem mais velho do dia anterior que, de alguma maneira, tinha feito Shaun deixá-lo em paz.

Timos abriu um sorriso.

— É o senhor! O quê...

A mulher deu um passo à frente e o interrompeu, sussurrando no ouvido dele, sorrindo.

— Este é o Lorde da cidade de Culverden, Lorde Culverden.

Timos só conseguiu observar com os olhos arregalados de surpresa.

— Feche essa boca antes que entre uma mosca — disse o Lorde com um meio-sorriso. Não pediu para Timos se sentar. Olhou para Timos por alguns instante desconfortáveis. — Pedi para muitas de minhas pessoas analisarem você e sua história. O que me dizem é que você é bem talentoso em muitas áreas. Eu mesmo vi em nosso recente... podemos dizer, incidente, que você também tem um grande sendo de retidão moral das coisas. O Capitão que trouxe você aqui me contou — disse ele, inclinando a cabeça levemente para a porta trás dele — que você ainda prefere fazer vista grossa às coisas erradas feitas contra você. Admirável, mas você vai ter que aprender a saber quando não perdoar. Bem. É isso. E é algo de que preciso. Fibra moral, a capacidade de ficar calado, deixar que os outros julguem, se for preciso. Mas receio que o jovem Shaun tenha colocado sua condição de aprendiz em risco mesmo assim e teve que pagar uma multa grande para o fundo de bem-estar das famílias dos soldados também. Você pode perdoar, mas eu não tenho que fazer isso. Essas coisas, combinadas com o que me contaram sobre suas incríveis habilidades, me levam a pedir que o trouxessem até aqui e a dizer que decidi cuidar de seu desenvolvimento. Compreendo que você já tenha recebido a instrução de assumir uma nova tarefa. Considere isso como parte dela. Você está dispensado, obrigado.

E o senhor abaixou a cabeça para ler os papéis. Timos foi levado com gentileza pela mulher assistente, que o segurava pelo cotovelo. Depois de ser guiado de volta para a frente do castelo, Timos parou e olhou para o céu enquanto seu coração se acalmava lentamente. Pelo menos um pouco.

Ele caminhou, ainda mancando, para a caserna, tentando processar o que tinha acabado de acontecer.

Rapidamente reuniu seus pertences, parando para avaliar se deveria pegar toda a sua armadura e as armas, mas decidindo reuni-las de qualquer modo em um monte que conseguiu amarrar com o cinto.

Ele caminhou até o local de apresentação determinado na carta e pediram para que esperasse por uma mulher educada que tinha, aproximadamente, a idade de sua mãe. A espera não foi longa, e ele foi levado ao escritório de um homem de meia-idade, em boa forma física e alto, bem barbeado com os cabelos ruivos e uma túnica larga e branca, sem faixa para amarrar, com um sol no peito.

— Bem-vindo, jovem Timos! Venha, sente-se aqui. Sou Daffyd — disse o homem, que apoiou as pernas compridas com tranquilidade sobre a mesa. Nos pés, usava coturnos de couro grosso com adesivos prateados e desgastados nas pontas, nas laterais e nos calcanhares. Havia esporas dobradas atrás do tornozelo. Esse homem era capacitado, estava pronto para agir e ficava confortável no presente.

— Obrigado, Sir Daffyd.

— Não, me chame apenas de Daffyd quando estivermos fora dos campos. Além disso, em breve, teremos título similar, ainda que não classificação compatível. Sou o Comandante dos Cavaleiros Reais, e você será treinado para ser um de nós.

O quê? Ele, Timos, seria um cavaleiro? Impossível.

— Sim. Mas antes de chegarmos ao detalhe de sua nova caserna, treinamento e coisas assim, há um assunto que nosso Lorde deseja abordar com você.

E, naquele momento, um som leve atrás de Timos fez com que ele virasse a cabeça. De pé, quase logo atrás dele, estava outro homem. Magro, com cabelos grisalhos e barba de comprimento médio; a barba era bem-aparada. Seus olhos eram de um azul incrível e os cantos da boca eram levemente virados para baixo. Suas roupas eram elaboradas, mas também simples. Como ele tinha conseguido entrar sem fazer barulho?

— Timos, este é o Sábio Fram, consultor pessoal de Sua Senhoria.

O Professor meneou discretamente a cabeça quando Timos abaixou a sua ainda mais, em deferência. Timos conseguia sentir os olhos do homem mais velho no topo de sua cabeça, apesar de só conseguir ver os sapatos pontudos dele.

— Recebemos ótimas avaliações feitas a seu respeito, vindas do campo de batalha — disse Daffyd.

— Eu... ou melhor... eles exageram, eu...

— Claro, essas coisas sempre são exageradas. Mas a questão é que há alguns homens cuja análise é impecável, e eles me contaram com seriedade que você não só tem o necessário, mas usa sua iniciativa de formas significativas.

Ele balançou a mão e olhou para um papel que segurava. O Sábio Fram de repente apareceu ao lado de Daffyd, lendo por cima de seu ombro. Fram riu, se endireitou e olhou para Timos, que sentiu o coração gelar.

— Mas — disse Daffyd — estamos mais interessados nesse relato que ouvimos de um tal Capitão Xue, dos arqueiros. Conte — disse ele, olhando para Timos enquanto erguia as sobrancelhas. — O que você tem a dizer a respeito dos invasores que atacaram seu vilarejo? Não deixe nada de fora.

E Timos se viu, lutando contra as lágrimas e contando toda a história, que o Cavaleiro e o Professor ouviram com atenção e em silêncio, assentindo de vez em quando, com Daffyd estalando a língua de modo empático, até Timos chegar ao fim, à parte na qual ele estava indo para a cidade no monte.

— Interessante — disse Fram, a primeira palavra que ele tinha dito, a voz alta e ressonante como um sino grande. — Mas eu gostaria de saber mais sobre o soldado que você acertou com a pedra. Cavaleiro Real, você disse. As tropas dele o chamavam de "Milorde"? Sim? Como ele estava vestido? Quais armas tinha? E por que você acha que o cegou daquele olho? Não pode ter sido um corte no supercílio?

Timos pensou muito e lentamente deu todos os detalhes de que conseguia se lembrar. Quando chegou à parte do ferimento do adversário, visualizou o sangue se acumulando entre os dedos do homem. Mas foi a imagem de um olho cortado e pendurado que o Professor quis que ele repetisse três vezes.

— Bem — disse o velho, por fim. E então, saiu da sala.

— Sir? Daffyd? Por que o Sábio Fram quis saber disso tudo?

— Ele foi instruído pelo Lorde. Está acrescentando isso às Crônicas da cidade. É um evento importante.

Timos estava confuso. O que será que ele podia ter que era importante?

— O que são as Crônicas?

— Desculpe, Timos. Eu me esqueci que você não cresceu em uma cidade. As Crônicas são mantidas por toda cidade. Fram e seu povo registram todos os acontecimentos importantes de nossa história. Eles se lembram das histórias contadas, conferem com outras testemunhas e então registram tudo nos Livros do Conhecimento. Então, sempre que encontramos outra cidade com a qual temos uma Aliança, os Professores dos dois lugares se reúnem e trocam informações. Assim, a história de todo o Reino é mantida atualizada e segura em muitas mãos. E, se invadimos outra cidade, sempre entramos e tentamos pegar os registros dela também. Tudo é somado ao conhecimento geral, mas também costuma ser de valor estratégico.

— Então, por que minha história é importante?

— Porque ela nos conta que você quase cegou o Lorde de Kollsvik, Timos. E isso é importante não apenas para a história, mas também é informação importante para nós quando encontrarmos a cidade dele em batalha. Saberemos sobre esse ponto fraco. Sabemos agora que ele é mais vulnerável aos ambiciosos dentro da própria cidade. E que se descobrir quem você é e onde você está, vai se vingar. É da natureza dele. Como você está aqui, estamos sujeitos a essa cruzada também.

Timos ficou boquiaberto e de olhos arregalados. Um medo crescente em seu coração fez sua voz falhar.

— Como ele soube quem eu era e para onde eu tinha ido?

Mas ele já sabia a resposta. O Lorde ferido e ultrajado teria levado as tropas de volta ao vilarejo de Timos e tirado essa informação dos sobreviventes. E estes, ele não tinha muita dúvida em relação a isso, agora já haviam se unido aos pais, avós e às outras vítimas na morte.

— Preciso... preciso partir — levantando-se tão depressa que sua cadeira caiu. — Sinto muito, pensei que estivesse fazendo a coisa certa para protegê-los. Mas eu fiz com que morressem e agora todos vocês não estão seguros...

— Sente-se. Acalme-se. Aqui — disse Daffyd, pegando uma garrafa do banco atrás dele, que desrosqueou e encheu um copo pela metade. — Na verdade, saber que ele poderia vir até nós se descobrisse sobre você poderia ser algo a ser usado para nossa vantagem por um tempo, se quisermos tirá-lo de cena. Não há nada que você pudesse ter feito. Não havia para onde você pudesse ter ido. Se tivesse permanecido, seria tudo igual, mas você também estaria morto. Estamos bem seguros aqui na cidade, garanto a você. Somos mais poderosos e temos bem mais recursos do que Kollsvik e suas cidades vassalas. A última batalha custou muito para ele também, muito mais do que para nós. Além disso, nós nos teletransportamos para nosso grupo Aliança. Estamos cercados por dezenas de aliados poderosos, todos cuidando uns dos outros. Ele é fraco em seu próprio castelo e foi expulso de cada Aliança na qual esteve, pois é traidor e sempre se volta contra seus vizinhos depois de conquistar a confiança deles, perseguindo-os e teletransportando-os. Lorde Kollsvik e sua cidade são detestados. Alguns dizem até que ele está no mesmo nível do Cavaleiro Sombrio e dos Monstros, apesar de Fram e seu povo nunca terem conseguido prova. Talvez seja um choque para você, mas é isso. Você vai se acostumar com isso assim como vai se acostumar com as outras coisas da guerra. Agora, vamos começar.

Daffyd, então, tocou um gongo e um servo apareceu. Timos foi levado à nova caserna que, apesar de parecida com a última, era levemente maior e mais agradável. Os Cavaleiros Reais o receberam como um companheiro logo de cara. Não eram para eles a bagunça na infantaria nem as apostas e bebida em excesso daquelas tropas. Estavam mais interessados em ler e conversar e pareciam verdadeiramente interessados em aprender e nos assuntos espirituais. Timos imediatamente se sentiu mais à vontade, apesar de sua criação modesta. Aquelas pessoas pareciam pensar mais como ele. Ainda que sentisse falta da companhia de seus amigos, principalmente de Daniel e de Altur. Escreveu uma mensagem a eles e despachou um dos servos presentes (um luxo não disponível para uma simples infantaria) para que contasse a Daniel e a Altur o que tinha acontecido.

Apesar de suas habilidades com cavalos da fazenda não terem sido esquecidas, ele viu a descontração no rosto de seus camaradas quando tentou fazer com que aquele cavalo de guerra bem treinado obedecesse aos comandos direcionados a um cavalo que puxava carroça ou a um cavalo pastor de ovelhas.

— Tem a ver com confiança — disse um dos outros, finalmente sentindo pena dele. — Vejo que você entende de cavalos. E eles acham você os conhece. Mas, no momento, vocês estão falando línguas diferentes. Veja, assim. Para fazer com que ele se movimente, não é só puxar as rédeas, como você está acostumado a fazer. É com uma leve pressão de seus joelhos. Os cavaleiros na guerra raramente mantêm as mãos nas rédeas. Estão cobertos de aço e escudos. Por isso, o cavalo reage apenas a seus joelhos, e não a suas mãos. Apenas se você estiver ao lado dele ele obedecerá ao puxar das rédeas. Caso contrário, sabe que você as está puxando apenas para manter o equilíbrio enquanto cavalga ou corta a cabeça de um Cavaleiro Sombrio com a outra mão.

Com tempo e paciência de seus companheiro e do instrutor, ele entendeu os sinais. Mas ainda precisava praticar até eles se tornarem automáticos. Ele acertaria. No entanto, chegaria lá, decidiu quando o sol começou a se pôr e o treinamento chegou ao fim no primeiro dia. No segundo, ele sentiu as diferentes pressões de pés e joelhos e até mesmo o ato de montar no cavalo foi se tornando, ainda que não automático, pelo menos não mais precisava de concentração.

Devido ao tornozelo que se recuperava, que o médico que o examinou disse que já devia estar mais recuperado até ali, Timos foi dispensado de parte de seu treinamento por um tempo. Em vez disso, Daffyd deu um jeito de fazer com que ele passasse tempo com os Professores para aprender tudo o que pudesse sobre a cidade, as outras cidades e Alianças e do Reino. Ele até descobriu enquanto falava com a Velha Mary – na verdade, a professora que seu recrutador havia indicado quando ele chegara à cidade – a história dos Muitos Reinos.

— Há cidades, cada uma com um castelo e um Lorde. A cidade cresce conforme o Lorde gasta mais dinheiro e tempo em novas construções, gerenciando e aumentando a colheita das fazendas, os moinhos e as minas de ferro, prata e mithril. Há fazendas e outros vilarejos como aqueles com os quais você cresceu que não pertencem a nenhum Lorde, mas a maioria, sim. Até mesmo os selvagens quase certamente pertenceram a uma cidade em um determinado estágio, mas foram desconectados quando a cidade caiu pelas mãos de um inimigo, talvez quando teletransportada.

Timos pensou nas velhas lendas a respeito de uma cidade que costumava ficar no monte acima de seu vilarejo muitos anos antes. Talvez seu vilarejo tivesse pertencido àquela cidade muito tempo antes. Ele se perguntava o que tinha acontecido, se fosse verdade, e como seu vilarejo e os outros tinham se perdido.

— Os vilarejos prosperam e são protegidos e a cidade consegue os recursos necessários.

— Sei que há ouro na barranca, mas isso tem a ver com o trabalho de gerenciá-lo. Empréstimo, doação e cobrança de juros. De onde vem todo esse ouro?

— Ah. Boa pergunta. Você é tão esperto quanto dizem que é, Timos. De nossas minas, claro. E o ouro pode ser levado em uma batalha. A cidade também negocia com outras cidades, incluindo aquelas dentro de sua Aliança, e constrói sua fortuna por meio de impostos cobrados dos mercadores se não forem transações diretas. Há minas de ouro na mata. Às vezes há muito tesouro a ser encontrado em ruínas antigas, além disso são áreas onde os monstros se escondem, por isso precisam ser exploradas e limpas. O ouro também vem dos bons trabalhos que o Lorde realiza. Enquanto ele cuida de seu povo e de seus recursos e desenvolve a cidade, recebe ouro de presente do Deus ou Deusa com quem estabeleceu uma aliança pessoal. Não o Rei (apesar de, às vezes, o ouro vir do trono também), mas a divindade espiritual para quem o Lorde responde.

Timos pensou nisso.

— Como isso funciona? O Lorde recebe visitas do Deus ou da Deusa? Ela hesitou.

— Nem tudo sobre isso é conhecido pelos Professores. Apenas os Lordes sabem com certeza. É um dos grandes mistérios. O que sabemos é que cada Lorde tem uma relação com um Deus ou uma Deusa e ainda, ao mesmo tempo, *é* aquele Deus ou Deusa. Eles oram, desejam e às vezes são recompensados, repentinamente, com ouro e outras recompensas. Mas não é como se houvesse outra entidade. O Deus e o Lorde são separados, diferentes e o mesmo.

— Estou confuso.

A Velha Mary sorriu em meio às rugas e alisou o vestido azul sobre os joelhos.

— Não me surpreende. Pense nisso dessa maneira. Quando você dorme à noite, você ainda é você?

— Eu... sim... não. Não sei bem.

— É meio isso. O Lorde é duas pessoas, realmente, um humano e um Deus. É difícil para todos nós sabermos quem está tomando as decisões, mas deve ser muito mais difícil para eles, que parecem sair de um estado a outro o tempo todo, assim como os Heróis. O tempo em si também parece funcionar de um jeito diferente para Lordes e Heróis.

Timos teve dificuldade para entender isso. Como um Lorde também podia ser um Deus ou uma Deusa? E como era possível que um conseguisse ouro simplesmente porque a outra parte de si mesmo deu a ele?

Mas, por fim, ele decidiu que aceitaria e seguiria em frente. Religião era algo que não conseguia acompanhar. Mas o que não conseguia entender mesmo era que cada Lorde tivesse um ou mais Heróis e que esses Heróis existissem em muitos castelos de uma vez.

— Conte-me mais sobre os Heróis. Sei que temos a Princesa Novia e Bernard. Mas li que esses Heróis e outros estão em cidades de todos os tipos.

— Essa cidade certamente tem a Princesa Novia e Bernard como seus Heróis atuais. Mas toda cidade tem sua própria Novia ou Bernard. Os Heróis podem existir de modo independente em todas as cidades.

— Mas isso é bizarro. Como é possível?

A Velha Mary deu de ombros.

— Outro mistério dos Deuses.

— Não consigo nem começar a entender. Mas, mesmo neste Reino, há muitos Lordes e cidades, e todo mundo tem os mesmos Heróis?

— Não necessariamente. Alguns podem ter um, outros podem ter dois e muito mais que três. Mas existe apenas um número limitado de modelos de Heróis. Por exemplo, não sei, tipos de cadeiras. Não é incomum pensar que cada Lorde pode ter um tipo parecido de trono ou castelo, por exemplo, certo? Então por que não um Herói?

Timos pensou por um momento e então disse:

— Se existem em diversas cidades de uma vez, então não são capazes de trair cada cidade com a outra? Como podem lutar uns contra os outros se duas cidades estiverem em guerra?

— A resposta é que não sabemos. Mas agem de modo independente. Não dividem pensamentos uns com os outros. Eles dividem pensamentos com as primeira encarnações do Herói com quem se parecem. Por isso, nossa Princesa Novia parece estar ligada, de alguma maneira, com a primeira Princesa Novia.

— Espere. Você disse "o herói com quem eles se parecem". Isso quer dizer que eles não são aquele Herói, realmente?

— Sim e não. O que acontece é que uma pessoa em cada cidade, quando chega a hora certa e o Lorde está bem desenvolvido e decide trazer um novo Herói, um cidadão em algum lugar na cidade lentamente se transforma nesse Herói e então vai ao Palácio dos Heróis. Não sabemos muito sobre o processo. O que sabemos pelo que está gravado nas Crônicas é que não há como prever quem será nem por quê. A única coisa que eles têm em comum uns com os outros como cidadãos é que passaram por um trauma na infância e têm sido considerados por todos como extremamente honestos, trabalhadores, pessoas respeitáveis.

— É o que acontece com os Lordes quando são nomeados? Eles mudam de alguma maneira?

— Precisamente. Mas não são cópias de ninguém. Eles se transformam um pouco. Continuam sendo quem são, mas parecem assumir pelo menos parte das lembranças pessoais dos Lordes daquela cidade que vieram antes deles, entre outras habilidades estranhas também.

Mas mais coisa foi dita antes que Timos tivesse tempo de absorver aquilo direito.

— Os Lordes lutam em nome do Rei. Ao mesmo tempo, eles lutam para superar os outros Lordes e derrubar o Rei para substitui-lo, convencidos de que estão destinados a fazer isso.

— Assim como Baldur e Holder, tanto tempo atrás?

— Sim, no entanto, é ainda mais complexo do que isso. Olha, existem muitos Reinos. Sabemos disso por causa da filosofia, da ciência e da magia. As três nos contam a mesma coisa. Que, apesar de não conseguirmos passar de uma a outra com facilidade, há outros Reinos, e cada um deles tem Lordes e cidades e em cada um deles há os mesmos Heróis.

Timos balançou a cabeça, feliz por ter escolhido o braço do exército. Aquela coisa espiritual e filosófica era demais para ele.

— É como se tudo fosse repetido em escalas maiores e cada vez maiores.

— É uma maneira interessante de pensar nisso. Vou te contar um segredo — disse a Velha Mary. — Ninguém entende nada disso. Alguns fingem que entendem, como o Sábio Fram. Mas não entendem, ninguém entende. Eles sabem o que acontece e quais são as regras para tudo isso. Mas não entendem como tudo isso pode acontecer. Assim como você e eu.

Timos não tinha certeza se aquilo fazia com que se sentisse melhor.

— Então, só preciso me lembrar de que os Heróis de nossa cidade têm uma espécie de irmão gêmeo em algum lugar e que todos eles têm uma relação estranha com Heróis da época de Holder e de Baldur? E então, quando os Lordes assumem as lembranças de seus predecessores e também têm outros poderes?

— Isso mesmo, sim. A próxima coisa vital que você precisa saber é que a cidade é totalmente dependente da vida do Lorde. Até mesmo os vilarejos selvagens como o seu estão ligados, de alguma maneira, à vida do Rei ou dos Lordes. Se um Lorde morrer antes de ele ou ela nomear um novo substituto, então também morremos. A cidade toda e suas vassalas simplesmente desaparecem.

— O quê? Por quê? Afinal, sou uma pessoa e ainda assim, existo apenas porque...

— Timos. Você tem que aprender a viver com o conhecimento e aceitá-lo. Não é necessário nem possível entender. É um dos custos de se unir a uma cidade.

— E se alguém deixasse a cidade? Se voltasse a um vilarejo selvagem, por exemplo? E se eu fizesse isso? Eu deixaria de existir se o Lorde morresse sem nomear um sucessor?

— Sinceramente, não sei.

Timos tinha a sensação de que estaria traindo todo mundo na cidade se isso acontecesse, apesar de possivelmente ele não ter nada a ver com aquilo. Isso fez com que ele se sentisse muito desconfortável.

— Conte mais sobre os Cavaleiros Sombrios — disse ele para mudar de assunto.

— Fácil. Uma Aliança pode realizar um evento de Cavaleiro Sombrio. Em qualquer outra luta, você pode mandar tropas para a guerra em outro lugar ou investigar as ruínas, e essas tropas ficam protegidas do ataque. Mas em um evento de Cavaleiro Sombrio, as tropas ainda podem ser prejudicadas.

— Isso eu entendo, mas ainda não entendi do que se trata.

— Tem a ver com as lendas do início.

— Tem a ver com o Rei Terry Del e seus filhos? Eu li sobre isso num livro. Era só uma história infantil.

— Ah, não é história. É verdade, ainda que mal lembrada e de não termos detalhes, pois foi em uma época em que as Crônicas não eram escritas. Ah. Tem uma pessoa que vem me visitar agora. Volte amanhã depois do café da manhã e contarei tudo o que você precisa saber.

Timos passou o resto do dia na escola estudando estratégia militar que julgou agradavelmente fácil depois das coisas estranhas da conversa com a Velha Mary. Havia muitos tipos de tropas, da infantaria aos berserkers (que permitiam que a ira os alimentasse e quase os cegasse na batalha). Cada um tinha acesso a misturas diferentes de armas. E também havia máquinas de guerra que tinham que ser construídas e mantidas, e que exigiam que as tropas as manuseassem. Heróis, cavalos, Dragões – tudo sempre em espera. Tudo tinha que estar pronto.

Ele precisava estudar como mudar a mistura de tropas ou de máquinas e quais recursos cada um tinha para se adequar melhor à defesa, ao ataque ou à construção de recursos. Era complicado e, a qualquer momento, a cidade tinha que ter tropas prontas em cada função. É uma questão de sempre mudar o equilíbrio entre elas. Às vezes, a cavalaria era favorecida e, em outras, a infantaria. Algumas vezes, aríetes e em outras, catapultas.

Ele descobriu que a mistura de matemática, lógica e brincadeira vinha naturalmente para ele. Em pouco tempo, criou tabelas que o ajudaram a manter os registros de modo mais eficiente do que as listas diversas que o instrutor usava e as canetas coloridas para diferenciar as melhores combinações básicas dentro das tabelas para defesa, ataque ou construção de recurso. Timos divertia-se muito com tudo. O instrutor olhava para trás de vez em quando, a princípio duvidando, mas cada vez mais interessado e aprovando. Naquela noite, o instrutor pediu para que ele esperasse depois da aula e perguntou se ele gostaria de ir para uma classe avançada.

— Não sei bem se estou pronto para isso.

— Não se preocupe com isso. Você tem muita habilidade. E alguns desses truques que tem usado, como os criou?

— Não é nada. Meu avô me ensinou a fazer tabelas para mostrar o jeito de alternar as plantações de ano a ano e quais ferramentas, fertilizantes e tarefas eram necessárias para cada e qual era a fase da lua. Isso tinha que ser combinado com diferentes extensões de terra por tipo de semente. Eu só adaptei isso.

— Muito bem. Deveríamos pedir para você ensinar aos outros alunos, não, os próprios tutores, para que eles possam passar isso adiante. E eu deveria levar isso ao Comandante dos Cavaleiros reais também. Hum. Veja se consegue pensar em maneira de melhorar isso ainda mais até o restante da aula. Agora que está treinando para ser um cavaleiro, precisa agilizar seu treinamento. Precisamos de todos os estrategistas que conseguirmos. Pegue estes textos. Leia-os quando tiver um momento e volte quando o sol se puser, e não à tarde todos os dias, e eu prometo que você vai trabalhar até sua cabeça rodar e você cair de cansaço. Não parece bom? — O homenzinho riu e deu um tapa nas costas de Timos. — Até amanhã.

A noite voltou a passar com pouco descanso, o que aparentemente era o estado constante de Timos. A caserna estava silenciosa e cada cavaleiro parecia respeitar a necessidade de silêncio e de descanso dos outros. Mas a cabeça de Timos estava tomada por várias Novias, Bernards e Lordes que eram Deuses, além de Reinos. Quando ele finalmente adormeceu antes do amanhecer, sua mente era uma desordem de equações estratégicas nas quais cadeiras e tronos eram classificados de acordo com uma horda de Bernards e um pequeno contingente de Novias, e entre eles havia um vilarejo que parecia abandonado e fantasmagórico, sem nada além de ruinas esfumaçadas e pistas vazias e lamacentas acima das quais levitava um Lorde barbudo com olho de esqueleto vermelho.

Na manhã são seguinte, ele se arrastou para tomar o café da manhã, e então voltou a procurar a Velha Mary.

— Você está atrasado — disse ela. Verdade, ele estava dez minutos atrasados em relação ao horário combinado. — Teremos que ser rápidos hoje. Não temos tempo para todas as suas perguntas tolas. — Mas ao ver o rosto surpreso de Timos, a Velha Mary suavizou o modo de falar. — Me desculpe. É só que Fram deu a cada um de nós, incluindo eu, que sou vinte anos mais velha que ele, fique sabendo, oito horas extras de trabalho por dia esta semana. Tudo por causa da delegação do emissário. Precisamos copiar mais três conjuntos da mais recente rodada de Histórias para que haja história suficiente para dar aos Professores na conferência.

Aquilo devia ser parte do que acontecia quando os Professores de uma cidade se encontrava com os de outra, como Daffyd tinha dito a ele. O que Timos não esperava era receber um pedaço de papel naquele momento, dado pela Velha Mary, assinado por Sir Daffyd, dizendo que ele próprio faria parte daquela delegação.

— Mas o que eu faço? Por que estou sendo incluído?

— Ah, eles sempre colocam alguns dos mais jovens nessas coisas. Parte do treinamento. Como você não está totalmente preparado para um treinamento pesado com esse tornozelo, então é provável que tenham colocado você porque precisavam de uma pessoa a mais e era conveniente. Mas agora precisamos nos concentrar para que você aprenda as histórias. Quanto antes aprender, mais vai se preparar para a delegação. Sem falar que eu terei mais tempo para criar as cópias das Crônicas mais recentes. — Ela fungou alto.

Então, Timos passou as horas seguintes ouvindo muitas histórias do Reino. Apesar do desejo inicial da Velha Mary de ser breve, ela estava mais disposta que nunca a ir mais devagar e dar informações a Timos sempre que ele não conseguia acompanhar.

Havia centenas de histórias, muitas das quais pareciam ser como lendas e, se verdadeiras, certamente tinham sido exageradas. A mais importante desse tipo, no entanto, foi a da Origem dos Reis. Ela contava a história, que Mary dizia ser o que todos sabiam, da terra original e de seu domínio gradual.

— No passado, havia Dragões.

— Dragões como aqueles dos estábulos?

— Ao menos parecidos. Maiores, certamente mais ferozes e independentes. Dominavam toda a terra antes de os seres humanos chegarem. As lendas nos contam que os primeiros seres humanos nasceram de uniões entre Dragões e Deuses do Céu. Os primeiros seres humanos eram poderosos e se lembravam de toda a magia que seus pais tinham. Os Lordes e toda a nossa civilização, os Dragon Born, são os descendentes daqueles primeiros seres humanos. Mas a natureza dupla dos Lordes, meio Lorde, meio Deus ou Deusa, é, de alguma forma, o legado daqueles tempos. Na verdade, acredito que o Dragon Born estivessem errados... as outras civilizações também deviam ser descendentes, pois seus Lordes e Heróis têm os mesmos poderes dos nossos.

— O que aconteceu com os Dragões e os Deuses do Céu?

— Essa parte não está clara. Você deve se lembrar que a escrita ainda não tinha sido inventada e que alguns dos detalhes das histórias há muito se perderam. Sabemos que, com o tempo, os Dragões se enfraqueceram um pouco, talvez devido à associação deles com a raça humana. E os Deuses do Céu ficaram cansados. Então, ocorreu o Grande Acordo. Os Deuses do Céu fundiram-se com as mentes dos Lordes, mas insistiram que, se fizessem isso, que os Dragões também tinham que concordar em não dominar os filhos que tinham juntos, e assim, tinham que se subordinar aos Lordes. Assim, os Dragões se tornaram, em sua maior parte, obedientes em seu modo de agir em relação às necessidades dos Lordes. Os Deuses do Céu caíram em um meio sono que significava que só seriam despertados quando os Lordes os chamassem. Assim, os Lordes se esqueceram do que os Deuses do Céu se esqueceram, e a situação presente se tornou o normal.

— Você disse "em sua maior parte" ao falar dos Dragões. Alguns não concordaram?

— Alguns se recusaram. Viraram Dragões selvagens ou permaneceram selvagens. A força deles tem diminuído ao longo dos séculos, mas continuam contrários aos Deuses do Céu e aos Lordes e, assim, a todos nós. Eles fazem parte dos grupos de monstros. Até mesmo os Dragões domesticados ainda são independentes. Continuam colaborando porque decidem fazer isso, não por não terem opção.

— De onde vêm os outros monstros? E por que ocorre essa guerra constante entre cidades e os Lordes?

— Bem, por causa da mesma coisa. Os Lordes todos obedecem ao Rei, mas então competem para conquistar o trono do Reino. Não conseguem fazer isso sozinhos, por isso formam Alianças para lutar pelo direito de governar. As cidades precisam lutar individualmente para proteger o trono. Mas há uma outra ameaça... aquela dos outros Reinos. Assim que um Lorde finalmente chega ao topo desse Reino e é coroado, ele se vê em batalhas não apenas de Lordes e Alianças ambiciosos e traidores de cidades de seu Reino, mas também com outros reis em outros Reinos.

Timos estava começando a enxergar a situação dos muitos Reinos. Talvez ele nunca entendesse por que acontecia, mas conseguia compreender a ideia de guerras entre eles, ainda que não compreendesse os motivos.

— E os monstros?

— Paciência — disse a Velha Mary. — Nos primeiros dias, quando os Dragon Born estavam começando a assumir controle dessas terras, estabeleceram uma grande rivalidade entre duas famílias para definir quem deveria governar e, então, entre os próprios membros dessas famílias. O primeiro Rei do primeiro Reino, Terry Del, ficou obcecado em buscar tesouros antigos sobre os quais tinha ouvido falar em muitas divinações dos Sábios. Era o Tesouro do Dragão. Ele desperdiçou muitos dos recursos do Reino nessa caçada com a qual o Reino sofreu e começou a declinar. Algumas pessoas dizem que os Sábios dele queriam encontrar a magia antiga do Deus do Céu que diziam estar enterrada com o outro tesouro e encantá-lo. Outros dizem que foi apenas a ganância de um homem corrompido. Independentemente da causa, o Rei Terry Del estava tão tomado pela ideia do Tesouro do Dragão que também negligenciou seus dois filhos, Baldur e Holder, e, em vez de serem criados adequadamente como príncipes no castelo real, foram entregues a uma rica família de mercadores para serem criados. O declínio do Reino se tornou tão grave que um incômodo tomou conta de tudo e cresceu a ponto de virar uma convocação às armas para uma guerra civil. Nesse meio-tempo, Baldur e Holder cresceram culpando o pai por tudo. Atenderam ao chamado de revolta e se tornaram líderes de facções separadas, ambos tentando tirar o trono do Rei Terry Del. Cada um deles acreditava que seria capaz de ganhar o trono, e, naturalmente, um sentimento de inveja cresceu entre eles e transformou Baldur e Holder em inimigos.

"Baldur tinha uma filha, Novia. Ela amava o pai e o tio, mas foi se tornando problemática quando Holder começou a agir cada vez mais misteriosa e estranhamente, como se estivesse sob o feitiço de certos sábios do mal. Antes que ela entendesse o que se passava ou o que fazer a esse respeito, Baldur a mandou ao velho país para que ela fosse protegida. Lá, ela se tornou uma forte guerreira, uma cientista bem-educada, e adquiriu muitos poderes arcanos.

"Holder, conhecido como o Corvo, ao instigar seus homens, secretamente encontrou e escavou uma pequena parte dos tesouros antigos. Isso e sua experiência na família de mercadores deram a ele os recursos financeiros para estabelecer suas forças sombrias e um exército para matar seu irmão.

"Esse exército foi uma grande Aliança instável entre os homens que lutavam por Holder com o emblema escuro de um crânio estilizado, o exército mercenário dos centauros sob a liderança de Achilles, grifos, selvagens e outros monstros deixados antes da época dos homens, que tinham sido desorganizados e que se escondia em áreas isoladas. Holder reuniu todos eles sob um tipo de controle e deu início a seus ataques a Baldur.

"Os Dragões, exercitando sua independência, escolheram um lado ou o outro, dependendo de sua natureza. Baldur fez uma fuga sortuda naquela grande série de batalhas, recuperou-se e arrebanhou mais tropas a seu lado de partes do país que não gostavam das forças sombrias. A guerra prolongada que ocorreu em seguida, chegando ao ápice na batalha e no cerco do Castelo da Serpente, foi forte e destruidora para ambos os exércitos. Mas Baldur saiu vencedor e se elevou como Rei. E, apesar de nunca chegar ao nível de destruição causado por seu pai, também procurou o Tesouro do Dragão no Território do Dragão, um objetivo também mantido por todo os outros Reis e Lordes desde então.

"A filha de Baldur, a Princesa Novia, foi relembrada e se tornou a primeira Heroína. A Novia Heroína está presente no modo com que descrevi na formação de toda cidade nova. Ela exercita seus poderes conforme a cidade se desenvolve para encorajar, usando o conhecimento e as forças para aumentar a velocidade da construção, treinar o Lorde e os cidadãos para a melhor reunião de recursos, incentivando a educação e os estudo para todos, dando apoio à mobilização de tropas. Por fim, conforme o Lorde aumenta os níveis de Novia, ela pode ser outros heróis, começando por Ryan, que originalmente é um grande guerreiro no exército do Rei Terry Del, que ajuda o exército a se desenvolver, mostrando a ele como aumentar, aos poucos, a defesa da infantaria, o ataque da infantaria e, por fim, aumentar as defesas de todos os soldados e a força de ataque de todas as tropas. Às vezes, outros Heróis são chamados, como Bernard, que é cruel porque força o trabalho extremo aos cidadãos, mas às vezes é preciso e sempre eficiente; Joseph, o mestre, que agiliza a reunião de recursos e tem poderes para encontrar e até para criar recursos e tornar visíveis e acessíveis por todo o Reino os recursos escondidos; e Selma, a Bela, que é popular, bem-amada e poderosa... ela dá força à infantaria e ajuda na cura mágica."

Velha Mary tomou um gole grande de água diretamente de seu jarro de cristal. Ela o estendeu a Timos, que fez que não com a cabeça.

— Ainda não entendo como um Herói pode estar em mais de uma cidade ao mesmo tempo.

— Não importa se você entende isso ou não. É como sugerir que você precisa entender o que é o céu; de qualquer forma, o céu não precisa de sua opinião para existir. Só importa que você aceite como é e aja de acordo. Meu conselho é não pensar muito nisso... muitos Professores quase enlouqueceram tentando entender tudo isso.

— Mas tudo isso aconteceu há muito tempo. Por que os Lordes ainda lutam?

Ela deu de ombros.

— É da natureza deles. Cada Lorde tem um tipo de essência, assim como Holder, Baldur e Terry Del tinha, assim como os Lordes do Céu e os Dragões de quem a raça humana se originou, uma semente, uma essência que diz que eles também podem e devem ser Reis e dominar o Reino e então os Muitos Reinos. Não conseguem resistir a esse ímpeto. Tudo o que fazem tem a ver com isso. Até mesmo as conversas deles com outros Lordes, uma coisa que eles fazem, de algum modo, diretamente, de mente para mente. Eles estão sempre pensando estratégica e taticamente. Um amigo meu pode ser um alvo em seguida. Até mesmo os gloriosos Heróis, que têm muito conhecimento e amor por conhecimento e treinamento, por cura e generosidade em ajudar seus semelhantes, também querem lutar. Se você falar com eles, eles logo se tornarão conscientes de que parecem estar distraídos. Falam como se os velhos reis e os Exércitos Sombrios ainda estivessem vivos. E quando lutam contra outra cidade, estão lutando contra uma parte de si mesmos naquela cidade. Muitos meros mortais ficam confusos com isso. A verdade é que, para os Heróis, eles estão vivendo nas duas épocas de uma vez. Um mundo duplo feito do presente, mas também do passado que consagraram em suas tarefas sagradas. Toda Princesa Novia e Bernard, Ryan e Selma são, na realidade, os Heróis originais , vivendo em seu próprio tempo, e cópias vivendo no presente. Não sei como aguentam.

"Então, desde a época de Holder e Baldur, a luta continua. É como se os fantasmas de Baldur e Holder ainda estivessem presentes no mundo, empurrando um Lorde contra o outro, cidade contra cidade, Aliança contra Aliança, e Civilização contra Civilização. A paz nunca vem para ficar. Ainda que não existissem guerras constantes entre os Lordes e as Alianças, as Legiões dos Cavaleiros Sombrios ainda forçariam uma existência voltada para a guerra, sempre. Seus ataques ocorrem em ondas ainda mais fortes e são de dois tipos: Cavaleiros Sombrios e Chefes Sombrios mais poderosos. De onde são invocados, deste ou de outro mundo, talvez da história, ninguém sabe. Eles têm muitas divisões dentro deles. O grupo aterrorizante de Osso Negro, o grupo assassino chamado Águia da Noite, que dizem fazer parte dos guardas Presa Negra. Juntos, eles lutam pelo controle das cidades e se reúnem nas ruínas para planejar invasões a cidades próximas. Os Lordes gostam de estar perto de ruínas para que possam enviar tropas para explorar e encontrar recursos ali, e serem protegidos da invasão de outra cidade. Mas quanto mais você se aproxima de uma ruína ou de uma cidade caída, menos tempo tem para se preparar para um ataque do Cavaleiro Sombrio. As cidades precisam construir Armadilhas em suas fortalezas, pois apenas as Armadilhas podem impedir o ataque dos Cavaleiros Sombrios."

— Por que as Alianças dão início aos acontecimentos do Cavaleiro Sombrio? Com certeza elas são melhores em evitá-los?

— É isso o que os primeiros habitantes pensavam. Por outro lado, descobriram que os Cavaleiros Sombrios nunca poderiam ser destruídos. Eles surgem de ruínas e de cidades arrasadas, da podridão. E sempre existe isso no universo. A única coisa a se fazer é tentar fazer com que eles continuem em quantidade baixa. Como ratos ou vespas. Controlá-los antes que se tornem uma força indestrutível. A melhor maneira de fazer isso é atraí-los para um local aberto quando ainda não forem muito numerosos a ponto de ser invencíveis. Então, a prática desses eventos tem crescido regularmente, atrair os Cavaleiros Sombrios para as cidades e matá-los em Armadilhas. Mesmo que sempre haja perdas, às vezes pesadas, e apesar de exigir coordenação próxima entre cidades dentro da Aliança, umas ajudando as outras em lutas, a prática nunca deve ser negligenciada, caso contrário, mais uma vez os Reinos serão tomados. E agora, finalmente respondendo à sua pergunta: os monstros ainda estão unidos aos Cavaleiros Sombrios. Apenas abatendo-os constantemente conforme eles percorrem planícies e montanhas do Reino, podemos impedir que reúnam poder suficiente para tomar o controle como exércitos dos Cavaleiros Sombrios. Tudo deve ter uma constância diligente.

De vez em quando, ela saía da cadeira para pegar um livro ou outro para consultar e, em pouco tempo, estava deixando Timos ler os livros enquanto continuava falando. Timos, por fim, acabou se levantando algumas vezes enquanto aprendia o sistema de indexação dos livros, e Mary até chegou a mandá-lo para a sala dos fundos, onde havia centenas, se não milhares de livros em uma sala octogonal para a qual oito portas davam acesso. Segundo Mary, câmaras idênticas ocupadas por outros Professores. A Velha Mary conseguia copiar sua Crônica sem ser interrompida. Mas como queria dar a impressão de que ainda estava concentrada em ensinar as coisas a ele, deixou que Timos usasse a Sala de Arquivo. A partir daquele dia, Timos decidiu frequentá-la sempre que tivesse um momento livre e também nos momentos em que deveria estar tendo aulas. Os outros Professores pensavam que aquilo fazia parte de seu treinamento, dado por Velha Mary. Com o tempo, ele conseguiu muita compreensão em uma mistura eclética de ciências e artes muito além de seus colegas e, de fato, da maioria dos Professores.

Durante todo o tempo em que fez isso, ficou atento aos registros relacionados a Kollsvik e seu Lorde. Aos poucos, construiu uma imagem deles. Não foi agradável. Histórias e indícios de traição e troca de lado abundavam. A localização atual de Kollsvik não era conhecida, e ele foi bem-sucedido em suas tentativas de localizar uma região para a cidade, se houvesse uma.

Nesse tempo, seu tornozelo finalmente se curou totalmente, e ele pôde fazer todo o treinamento que tinha perdido, aprendendo a usar armas enquanto ainda montado. As selas eram feitas para dois ocupantes. O cavaleiro na frente, e a posição de trás às vezes era ocupada por um arqueiro. Também servia para levar outros cavaleiros que tivessem perdido sua montaria ou qualquer soldado que precisasse ser afastado do perigo. As selas tinham laços por todos os lados, aos quais podiam ser amarradas armas sobressalentes de todos os tipos, arcos ou qualquer coisa que se fizesse necessária. A armadura das duas pernas tinha amarras de couro onde podiam ser deixadas pequenas adagas. Ele tinha uma espada curta e outra comprida. A espada comprida era pesada, mas quando era movimentada num arco descendente, estando o cavaleiro acima do alvo, arrasava o que estivesse no caminho. Era esse o método de ação preferido contra a infantaria. Lutar contra outra cavalaria exigia o uso de uma lança leve no confronto direto e da espada pesada ao atacar o inimigo de lado.

Os pontos vulneráveis da armadura do cavalo e dos cavaleiros tinham que ser conhecidos, tanto para a pessoa se defender como para atacar o inimigo de um jeito melhor.

O domínio dos diferentes ataques era ensinado pela repetição constante de padrões estabelecidos. Timos tinha que treinar com as duas mãos, conseguindo segurar a espada e a lança. A espada mais curta era uma reserva a ser usada no chão, e Timos descobriu que treinar com a espada pesada e a lança significava que era automaticamente capaz de usar a arma pequena com as duas mãos da mesma forma. Havia técnicas que precisava aprender quando empunhava um arco, outras ao usar uma maça. Com o tempo, os padrões de uso ficaram claros, e seus músculos se lembravam do que fazer sem que ele tivesse que pensar demais. Além disso, os cavaleiros tinham que se manter treinados nas técnicas manuais de solo também.

Lições estratégicas aumentavam, e lições de liderança eram necessárias. Os cavaleiros, principalmente os Reais, eram os pontos principais em uma batalha, e Timos tinha que aprender a instruir a infantaria de modo claro e conciso. Não era fácil. Ele não gostava da responsabilidade da ter a vida de outros homens e de outras mulheres em suas mãos, tampouco gostava da sensação de estar acima deles em uma corrente de comando. Ele tentava afastar essa sensação sempre que entrava nos jogos de batalha. A infantaria se tornava "dele", e ele dava ordens para beneficiar todo o grupo. Não tinha tanta certeza de como se sentiria em uma batalha real.

Depois de vários meses, um mercador foi visitar Culverden. Como outros mercadores, ele levou seda, chás, sal, açúcar e especiarias, produtos luxuosos caros, porcelana, algodão, marfim, lã em fardos e em rolos. Metais preciosos, não prata nem ouro, mas platina e uma quantia muito pequena do misterioso e mágico mithril. Levava amuletos simples e joias de baixo nível de magia.

Incomum era o fato de sua visita coincidir com o dia em que Daffyd levou Timos ao Palácio dos Heróis. Ali, o mercador seria o assunto entre Sir Daffyd, Timos e um homem a quem ele foi apresentado; um homem sobre quem tinha ouvido falarem, mas que nunca tinha visto. Rufus, o mestre dos Mercadores, era gordo e alegre, um homem simpático que usava roupas e joias finas. Timos sabia que Rufus vivia no Palácio dos Heróis, mas era a primeira vez que tinha recebido permissão de visitar. Tivera pouca oportunidade de explorar, no entanto, já que era preciso falar sobre os negócios. O mestre Rufus estaria liderando a parte das negociações da delegação vindoura, que partiria na semana seguinte. Timos tinha recebido um calendário e aulas sobre como funcionava a corte, mas pouca informação sobre o propósito da delegação.

— Timos. Sim. Aquele que usa tabelas em vez de listas. Há muito quero conhecê-lo.

Timos por um tempo não entendeu o que ele quis dizer, mas então se lembrou do fascínio que seu instrutor tinha demonstrado pelo método de Timos de analisar e buscar opções estratégicas.

— Pelo que eu soube, você inventou uma nova ferramenta poderosa para planejamento. Baldur vai ficar contente.

— Baldur, Sir? Acho que não o conheço.

— Como? Todo mundo conhece Baldur.

— O único Baldur que conheço é o Rei das lendas. Aquele que agrediu Holder.

— O próprio. Mas agora devemos falar sobre como você pode ajudar os mercadores da delegação com suas tabelas. Precisamos de uma maneira de controlar nossas vendas e compras, o volume delas, as exigências de estoque, a validade, se forem perecíveis. Esse tipo de coisa. Você acha que pode encontrar tempo para fazer suas tabelas abrangerem isso? Sempre tenho a sensação de que perdemos as coisas com muita frequência nessas viagens comerciais. Gostaria que você conversasse com o mercador que acabou de chegar e pratique com os produtos dele e com os nosso. Mas não entregue o segredo a ele. Precisamos guardá-lo. Não podemos deixar Holder chegar a ele, certo?

Ele deu uma gargalhada e pareceu olhar além de Timos, para outra pessoa atrás dele, como se até onde Timos era capaz de enxergar, não havia ninguém.

— Dei a Daffyd a papelada para a delegação que quero que você organize. Hum... o que diz, Sir Timos?

Timos assentiu e olhou para Daffyd, que piscou para ele.

Daffyd e Rufus saíram da sala, e o mercador entrou, fazendo uma reverência para Timos como se ele fosse de fato um cavaleiro importante, e não um jovem totalmente deslocado e sem seriedade. Timos passou as horas seguintes com o mercador e logo viu uma maneira de fazer com que os registros e os inventários de ambos os lados pudessem ser simplificados e mais testados usando o sistema que teve início com seu avô.

No dia seguinte, quando viu Daffyd no café da manhã, ele perguntou mais sobre Rufus e suas estranhas referências a Baldur e Holder.

— Ele estava de fato se referindo ao Rei, que há muito partiu, e a seu irmão. Rufus era um Herói. Por isso ele tinha permissão de viver no Palácio dos Heróis — disse Daffyd, tirando a pele de maçã do meio dos dentes da frente.

Timos franziu o cenho. Então, ele se lembrou da lição dada por Velha Mary. Claro. Rufus ainda devia viver naquele sombrio mundo entre mundos. Ele estremeceu. A ideia lhe causava arrepios.

— O que foi, rapaz? Não está com medo da natureza, não é? Rufus e os outros abriram mão da mortalidade para ganhar a imortalidade. Mas eles foram forçados a furar o véu entre os mundos pelo privilégio. Mas não se engane. O fato de isso parecer errado e estranhos para pessoas como você e eu não quer dizer que não seja tão real quanto nosso mundo — e ele tocou a testa de Timos com os dedos da mão. — Viu? — disse Daffyd quando Timos reclamou. — Não gostaria de pensar que poderia estar agora em outro mundo onde isso simplesmente não acontecesse? Poderia ser útil. — Ele riu.

Timos estava pensando que poderia haver benefícios se Daffyd estivesse temporariamente distante naquele mundo de modo que ele, Timos, pudesse terminar de comer seu pão e a torta de nabo sem ser perturbado por Daffyd.

— Hoje, você vai ficar em meu escritório cuidando das tabelas de Rufus. Eu, como sempre, estarei treinando para salvar a cidade, por isso não se preocupe comigo. E se ocorrer uma luta com algum inimigo ou mostro, não quero que se preocupe comigo. Ficarei bem. Lutando. Arriscando minha vida a cada segundo para que você, um cavaleiro em treinamento de baixo grau, possa se acomodar na cadeira de meu escritório cercado pelas tentações daquela garrafa de bebida que mantenho ali, e a ideia de que talvez eu nunca volte para expulsar você.

Os dois riram dessa vez e se separaram para fazer suas obrigações.

O dia em que a delegação partiria chegou depressa. Timos tinha visto o mercador e pensou em maneiras de poder ajudar os mercadores. Ele organizou mesas e esquemas de cores e consultou-se com Rufus em alguns momentos para saber o que poderia ser útil.

Timos, a essa altura, já tinha nove semanas de treinamento de cavaleiro, no total.

No ponto de encontro da delegação, sua principal tarefa era permanecer sobre o cavalo e mantê-la em formação. Tentou muito não envergonhar a si mesmo nem aos outros Cavaleiros Reais. Sua verdadeira contribuição com a delegação viria depois, quando ele transformasse as listas e anotações do Mestre Rufus e as dos outros mercadores e diplomatas em tabelas, de tempos em tempos, conforme os acordos fossem negociados.

O ponto de encontro estava repleto de pessoas, algumas montadas e alguns homens e mulheres a pé. A maioria deles era da infantaria, mas cinquenta eram civis; uma mistura de cozinheiros e faxineiros, pequenos mercadores e donos de tendas. Os mercadores, oficiais do tesouro e diplomatas estavam em carroças ou a cavalo.

Sentado em um veículo dourado, recostado nos braços fortes com as pernas esticadas e cruzadas na altura dos tornozelos, estava Rufus, parecendo muito confortável, sorrindo com simpatia para todos que se apressavam com malas, amarrando laços e se ocupando, cada um com uma coisa, em uma desordem organizacional coletiva. Ele parecia um oásis de tranquilidade. Então, de repente, tudo se acalmou e todos estavam prontos. O Capitão da Guarda fez um curto discurso a respeito de manter a vigilância e a atenção com o tempo que tinham para a mudança, e então eles estavam prestes a partir, e o cavalo de Timos, como os outros, batia as patas no chão e parecia inquieto para se movimentar.

Quando Timos aprontou o cavalo, olhou para o grupo de homens da infantaria a sua direita e notou que dois deles olhavam diretamente para ele e sorriam muito, trocando cutucões. Timos estreitou os olhos para ver o rosto deles melhor, rostos escondidos pelos capacetes sob o sol forte, surgindo diretamente atrás deles.

— Daniel! Altur! — gritou ele.

Daniel e Altur olharam para seu sargento, que felizmente naquele momento estava envolvido em um longo beijo de despedida com sua mulher ou namorada, saíram da formação e se aproximaram. Daniel bateu na armadura da perna de Timos e riu.

— Minha nossa! Você está chique. Um verdadeiro cavaleiro!

— Ainda não totalmente. Estou treinando — disse Timos, corando.

— Mas está igual — disse Altur. Mas diferentemente de Daniel, o mais velho pareceu menos satisfeito com o rápido progresso de Timos, e mais hostil. Ele ficou um pouco surpreso com a atitude de Altur, que sempre tinha sido um homem gentil – quando não estava lutando – e tinha um quê de puritanismo religioso em seu modo de agir. Era um seguidor fervoroso dos rituais dos ancestrais.

Problema dele, não meu.

Mas Timos se sentiu muito culpado quando pensou na série de acontecimentos ridículos que havia levado ao que Altur, e sim, Daniel também, ele notou, claramente viam como diferença em suas posições, que fez com que os dois abaixassem a cabeça para ele e voltassem a seus postos antes de serem vistos.

Ouviu-se uma trombeta ao longe e eles começaram a se movimentar. Ou melhor, os da frente se movimentaram – Timos e seus companheiros tiveram que esperar que a inércia de mais de 250 pessoas à frente deles fosse superada. Ele fazia parte do grupo que seguiria na retaguarda no primeiro dia de viagem. Em quatro dias, eles estariam na cidade de Almain e nesse dia, eles liderariam a caravana.

EMISSÁRIOS

— Você é um dos poucos que sabem disso — disse Sir Daffyd na tenda de comando na noite do terceiro dia de viagem. — Nem mesmo Rufus sabe da caixa.

À frente deles, no chão, estava um fardo grande de seda que tinha sido levado na carroça de Daffyd todos os dias e então colocado na tenda de comando à cabeceira de seu colchão, toda noite. Timos só soubera de sua existência meia hora antes, quando foi chamado para sair de sua cama sob as estrelas para ver Daffyd.

— Digo a todos que essa seda faz parte de um dote das prometidas de meu irmão e, assim, é valiosa e pessoal.

Timos estava confuso. Ele não via nada de incomum em relação ao fardo.

— Por ser um dos poucos que receberam a confiança de estar na reunião política quando a delegação chegar, você agora vai receber informações confidenciais.

Ele cortou a fita do fardo e desembrulhou o cubo. Em meio ao papel-seda havia um baú de madeira decorado.

— Dentro da caixa há duas coisas. A primeira é um pacote de papéis secretos que apenas o Lorde de Almain pode ver. É o convite formal de Lorde Culverden para que Lorde Almain e todos em nossa Aliança unam-se a nós. Tudo isso já foi combinado; são apenas formalidades. Mais importante, documentos como esse devem revelar segredos militares e de recursos de todos os tipos.

— Muitas vidas dependem desse segredo. Se as Alianças inimigas descobrirem nossos combinados, toda cidade na Aliança estará em perigo. Sempre existe a possibilidade de espiões contratados por poderes desconhecidos. Ou a remota possibilidade de esta ser uma armadilha para que o Lorde de Almain traia todos nós. Você deve jurar para mim agora, Timos, que vai protegê-lo custe o que custar. Se parecer que vai acabar nas mãos erradas, então um de nós que sabe seu conteúdo, Levix, Alexander, você ou eu, deve tirar a corrente da tampa. Isso liberará duas poções que, quando misturadas, criam fogo e ácido por dentro, que rapidamente destruirão seu conteúdo. Se você vir um sinal dado por mim, ou pelos tenentes, então não se demore. Todos nós também tentaremos fazê-lo. Lembre-se: puxe a corrente com força.

— Farei isso. Eu juro, Sir Daffyd.

— Ótimo. Estamos conversados, então. Mas amanhã...

— Posso saber, Sir, o que o segundo...

— Claro! Me desculpe. É um ovo de Dragão. É raro. O filhote vai ficar muito poderoso e vai fortalecer ainda mais a Aliança por meio de sua linhagem, quando for criado. Não vem de nossos estábulos, mas de um aliado distante. Não só tem grande valor prático, como representa uma demonstração de afeto de todos os membros da Aliança e uma grande honra ao Lorde de Almain. Ele está ansioso para ver.

A cidade de Almain era menor que Culverden, mas não havia sinais de nenhum prejuízo causado por ataques recentes. Havia reparos nas paredes, mas estavam inteiras e velhas. A estrada para lá era tomada por propriedades bem-cuidadas e minas, muito mais do que a cidade deles tinha.

— Parece próspera, olhando daqui — disse Timos ao cavaleiro que viajava ao seu lado, Levix, um dos tenentes de Daffyd. O outro, Alexander, conversava com Daffyd, longe dali. — Por que a cidade não é muito grande? Ela tem muros baixos e há poucas construções grandes, pelo que vejo daqui.

— É só um castelo na fazenda.

— Castelo na fazenda?

— Sim. Muitas cidades fazem parte de um grupo comprado nos bastidores por um Lorde. O Lorde da região é só uma marionete. O propósito é fornecer recursos à cidade principal, como presentes ou incursões amigáveis. Toda a riqueza vai para fazendas, minas e moinhos, e não para as defesas e tropas militares. É o que Almain parece para mim. Há muitas fazendas e moinhos aqui. Mas não muitas minas. Perceba que só tem um hospital de campo, ali, no lado oeste. E apenas um acampamento militar do outro lado do moinho grande. A cidade é de propriedade de outra.

Eles foram recebidos no portão principal por uma grande guarda e dignitários das guildas da cidade. Um palco tinha sido montado do lado de fora do portão com cartazes e faixas, e havia músicos trocando uma ária marcial. De um lado do palco, vários dignitários esperavam e, no centro, um homem atarracado usando correntes pesadas de ouro no pescoço. Ele era, afirmava, o Lorde de Almain, apesar de ser totalmente diferente da descrição que Daffyd havia feito de um homem alto, em forma e simpático.

Sir Daffyd desceu do cavalo e foi seguido escada acima pelos tenentes e vários dos mercadores (mas Rufus ficou na carroça, sorrindo com simpatia). Fizeram reverências uns aos outros, inclinando o chapéu, e diversos discursos que, se Timos tivesse conseguido ouvi-los de onde estava, à beira da multidão que se acumulava, sem dúvida teriam sido tão tediosos quando a cara de Levix e de Alexander sugeriam.

Depois, o Lorde e seus dignitários partiram, e a delegação de Culverden foi levada para dentro. Eles foram direcionados a diversas acomodações supervisionadas por Daffyd, que cuidadosamente cuidou de saber onde todos se alojariam e para que os cavalos fossem bem-cuidados, enquanto as duas partes da delegação se dividiam em dois grupos. Os emissários para negociações, liderados por Rufus, foram levados ao Mercado. O grupo político de 21 pessoas, incluindo Daffyd e Timos, foi levado ao Salão da Embaixada. A caixa de madeira estava ali também, carregada por dois homens sob os olhares atentos de Levix e de Alexander. Atraiu diversos olhares curiosos.

— Vocês encontrarão o Lorde aqui — disse um dos cortesãos de Almain, que fez uma reverência quando passaram pela porta do Grande Salão na Embaixada.

— Está ótimo — disse Daffyd, sorrindo para o homem, que pareceu resmungar ao fazer a reverência.

— O Lorde espera por vocês atrás do palco.

O homem atrás do palco não era o homem que os havia recebido ao portão. Ele era bem mais alto que Daffyd, parecia muito forte e não parecia estar um grama acima do peso. Sua aparência fazia Timos pensar em uma águia. Ele, como o Lorde no portão, usava correntes, mas elas eram leves, e o restante de sua vestimenta era sóbrio. O tecido era bonito, as botas de couro e ouro combinavam de um jeito bonito, mas ele não tinha um casaco de pele tingida nem usava adornos esquisitos de cabeça.

Daffyd e os outros fizeram reverência, e o homem assentiu depressa uma vez. Atrás dele, havia diversos homens e mulheres, que Timos identificou como Ministros e Comandantes, pelas capas e insígnias que usavam, que não eram muito diferentes daquelas usadas em sua cidade.

— Bem-vindos — disse o homem e fez um sinal para que eles se sentassem à enorme mesa circular. A cadeira dele era maior que a dos outros e tinha duas cabeças de Dragão entalhadas no alto do encosto. — Tragam comida e bebida.

Uma ordem, não um pedido, e os refrescos abruptamente chegaram trazidos por homens que surgiam de alcovas e de cortinas, usando a roupa de cor amarelo-claro tradicional dos escravos. Havia queijo e frutas, e Timos desconhecia a maioria deles. Pratos quentes e frios com carne. Itens pequenos e esquisitos de formatos estranhos que faziam Timos se lembrar, um pouco incomodado, das línguas de suas galinhas no vilarejo. Pães, pães doces, guloseimas feitas para parecerem castelos em miniatura e árvores. Todos servidos em pratos de prata com revestimento de ouro.

Tudo feito para impressionar, com certeza, mas também ignorado por todos, aparentemente, exceto por Timos e alguns dos membros mais jovens da assembleia.

No entanto, a confusão daquele Lorde foi logo resolvida. Seu título real era Lorde de Calaisy e, apesar de Lorde de Almain tê-los recebido no portão, ele estava ali só pelo nome, porque a cidade de Almain era uma cidade dependente de Calaisy. A delegação tinha ido se encontrar, de fato, com Lorde Calaisy.

A próxima hora e meia passou em negociações tediosas, tomadas por elogios bonitos e linguagem cuidadosa nos quais nada, na opinião de Timos, foi resolvido, o que ele acreditava estar correto, já que Daffyd tinha dito a ele: todas as condições de fato já tinham sido estabelecidas e aquela era apenas uma dança cerimonial a ser cumprida.

O Lorde quase não participou disso, mas bebericava com frequência de sua taça e escolhia o que comer. Não parecia envolvido. Pelo menos não até Daffyd fazer um gesto indicando a caixa de madeira polida que Levix e Alexander se levantaram para pegar e colocar com cuidado sobre a mesa. Os tenentes permaneceram de pé atrás da cadeira de Daffyd, que também se levantou para poder ter melhor acesso à tranca na qual tinha enfiado uma chave de uma corrente escondida ao redor do pescoço. Todo mundo, inclusive o Lorde Calaisy, se inclinou para a frente, nervoso.

— O que é isso, então, Sir Daffyd? Hum? Será que isso é o... presente, sobre o qual me contaram?

E ele também ficou de pé, e nesse momento todos ficaram de pé de modo respeitoso. Os olhos dele brilhavam, e ele sorria de modo ambicioso.

Timos estava ocupando procurando sinais de traição e observando Daffyd e seus tenentes Levix e Alexander à procura de algum sinal de que ele puxaria a corrente pesada de ferro que saía da tampa. Não que fosse ter uma chance de chegar a ela antes dos outros, posicionados como estavam a três pessoas do baú.

O baú em si brilhava à luz do sol que saía da enorme claraboia de vitral circular bem acima deles. A madeira com borda rebarbada tinha sido polida até lustrar. Com forro fino criando uma estampa parecida com casco de tartaruga. Timos já tinha visto muitas coisas maravilhosas em sua nova vida, mas aquilo realmente tirou seu ar.

Daffyd aparentemente estava tendo problemas com a tranca, e o Lorde, impaciente para ver o que já imaginava haver ali dentro, deu a volta pela mesa seguido por meia dúzia de seus conselheiros.

Por fim, Daffyd a abriu. Ali dentro, havia dois compartimentos, os dois trancados. Daffyd abriu o do lado esquerdo com outra chave de uma corrente presa a seu cinto que estava dentro do bolso. Dali, surgiram diversos pacotes de papel. Ele assentiu para Alexander e Levix, que levaram a pilha para um dos Ministros mais velhos, que Timos acreditava ser o Tesoureiro.

Naquele momento, metade da delegação de Almain deu um passo para trás, afastando-se da mesa em direção às cortinas, com os olhos se movimentando de um lado a outro.

O que era aquilo? Devo puxar a corrente?

A mão esquerda de Timos segurou o cabo de sua espada, e ele contraiu os músculos pronto para pegar a argola do baú.

Mas não. Ele viu que Daffyd e os tenentes sabiam que isso estava acontecendo. Daffyd estava observando enquanto realizava um movimento exagerado abrindo o compartimento restante. Apenas um dos cortesãos de Almain observava Daffyd e os outros representantes de Culverden, em vez de se preocupar com a caixa. Era velho e tinha duas cicatrizes no rosto, além de uma comprida no antebraço direito. Um velho soldado experiente, pensou Timos. O homem ergueu as sobrancelhas e, em seguida, franziu o cenho. Daffyd, lentamente, exclamando alto e com um floreio lento, virou a chave na outra caixa e lentamente ergueu a tampa, revelando seu conteúdo. Havia, de fato, um ovo ali dentro, com cerca do tamanho do antebraço de um homem, e brilhou forte sob a luz que vinha da janela.

Lorde Calaisy levou a mão ao ovo prontamente.

De repente, Daffyd, Levix e Alexander fizeram menção de se movimentar. Lorde Calaisy deu um passo para trás, levando a mão à barriga e olhando para baixo com olhos e boca bem abertos. Ao lado dele, os outros cortesãos que o tinham seguido para espiar dentro da caixa estavam ao lado de Daffyd, Levix e outros soldados da delegação de Culverden, enquanto Alexander protegia Daffyd.

Apenas um dos que estavam à mesa permanecia calmo – o velho soldado que estava observando com atenção e que tinha permanecido em seu assento à frente do baú durante todo o tempo. Ele se levantou e empunhou a espada e a adaga ao balançar a capa para o lado, mas, antes que pudesse se movimentar mais de três metros, foi derrubado. Não por um dos homens de Daffyd, mas por um dos próprios cortesãos de Lorde Calaisy, que tinham se afastado do perigo antes de o ataque ser feito. Ele jogou uma capa por cima da cabeça do velho e o derrubou. Em um instante, ele havia sucumbido a uma adaga, dessa vez de um dos homens de Levix.

Poucos segundos depois, o Lorde Calaisy e onze cortesãos estavam deitados no chão, ou parados ou se remexendo agoniados, com sangue por todos os lados. Daffyd limpou a adaga na túnica de Lorde Calaisy, e os homens dos tenentes estavam checando os corpos e terminando de matar os sobreviventes.

Timos ficou paralisado.

Os cortesãos restantes de Almain e o restante da delegação de Culverden observavam tudo com expressão de choque, revolta e, em alguns casos, satisfação clara. Um homem de Almain vomitou e recebeu o olhar melindrado de uma mulher mais velha ao lado dele, quando ela se afastou.

— Bem, senhoras e senhores — disse Daffyd. — Esse acontecimento infeliz ocorreu conforme o esperado. Apesar de ter sido doloroso ter que observar toda a bajulação para chegarmos ao assunto em si, pronto, agora já acabou.

Ele olhou para os membros restantes do lado de Almain.

— Todos os documentos estão aqui na caixa ainda e, como prometido, vocês receberão mais terras das muitas propriedades de Lorde Calaisy. Por favor, permaneçam sentados. Ainda há muito a ser discutido.

Um a um, eles voltaram para a mesa, evitando os corpos no fundo, e pegaram as cadeiras para se afastar daquele fundo. Timos permaneceu de pé, com os punhos cerrados e o coração batendo acelerado.

O que é isso? Daffyd?

— Primeiro, o mais importante. Alguém cuide de retirar isto — disse Daffyd, fazendo um gesto para os corpos atrás de si. — Quando saírem daqui e tudo estiver limpo, tragam a criança. Ela não precisa ver tudo isso. Mas, pelo que entendi do que Lorde Culverden disse, Athena nem sequer conheceu seu pai. Lorde Calaisy não era um homem de família.

De uma vez, os escravos chegaram com as macas. Agiram com muito mais confiança, e Timos percebeu que estavam interpretando. Eram soldados, parte da conspiração de Almain, acostumados a receber ordens e bem-versados na arte de lidar com mortos.

Daffyd recostou-se e analisou os documentos que tirou do baú, depois de tirar as duas outras caixas. Olhou para cada um e pediu que Alexander os entregasse aos cortesãos de Almain. Alguns sorriram, a maioria olhou com desânimo para os documentos. Primeiro em silêncio, depois começaram a cochichar entre eles.

Então uma deles, uma jovem com expressão séria que sugeria que não estava acostumada a receber ordens de um soldado, nem mesmo de um Comandante dos Cavaleiros Reais, começou a falar.

— Senhor Cavaleiro. Conte-nos, com mais precisão do que indicou em suas diversas mensagens nos últimos meses, o que pretende fazer com a filha do Lorde.

— Fazer, senhora? Nada. Ou melhor, a criança será cuidada e muito bem cuidada. Mas em Culverden, não neste... lugar — disse ele, olhando ao redor. — Almain tem defesas fracas. Quanto à cidade de Calaisy, acho que a intriga no palácio tornaria o lugar muito inseguro para ela. Milorde Culverden vai cuidar dela até ela ter idade adequada para governar Calaisy sozinha. Afinal, ela foi indicada sucessora de seu pai por direito, e Lorde Culverden não tem a intenção de interferir na linha da sucessão dela. Mas ninguém sabe o que ele pode pensar mais para a frente.

"De qualquer modo, os Lordes vassalos de Calaisy foram... convencidos... no início da manhã de hoje, por nossos agentes em cada castelo, a indicar seis de vocês seus novos sucessores, a tempo de sua morte, se tudo seguiu conforme o plano, uma hora atrás. Então, vocês seis — e, nesse momento, ele fez uma pausa para se curvar depressa aos seis cortesãos — são agora Lordes por direito, não mais presos a Calaisy, mas sim, depois que assinarem esses documentos, a Culverden. Calaisy continuará sendo uma boa cidade, mas a partir de agora não haverá cidades subordinadas. Então, podemos assinar seu compromisso de lealdade?

Ele fez um sinal, e Alexander chamou um escriba. Os representantes de Almain deram um passo à frente e cada um assinou um documento.

— E vocês verão que, além de conseguir as diversas recompensas, também declararão, irrevogavelmente, sua lealdade a Lorde Culverden. Aqueles de vocês que estão recebendo suas cidades também o indicam como seu sucessor. Ah, aqui está Athena, a nova Lorde Calaisy — disse ele, quando duas mulheres nervosas se aproximaram com uma menina que devia ter onze anos de idade. — Acho que ela precisa agradecer ao senhor, Comandante Dumfrey, ou devo dizer Dumphery Lorde de Lelland, como o senhor sugeriu ao pai dela três meses atrás? — perguntou Daffyd, meneando a cabeça para um homem sorridente que virava sua declaração de lealdade sem parar na mão.

— Irônico, não é? — perguntou o recém-nomeado Lorde Lelland, limpando a unha com a ponta da adaga. — A melhor maneira com a qual o falecido Lorde Calaisy poderia ter garantido sua sobrevivência hoje teria sido não nomeando um sucessor ainda.

Daffyd olhou para ele com desdém.

A porta principal abriu-se, e todos se viraram.

— Lorde Almain, entre!

Atravessar o Grande Salão da Embaixada deve ter sido demorado para o Lorde Almain, que tinha perdido sua estranha coroa e sua terrível capa e exibia hematomas ao redor de um dos olhos. Ele foi auxiliado nessa caminhada por dois soldados muito grandes e muito fortes, usando sua farda.

— Lorde Almain, está vendo esses homens e mulheres? Todos pertencem ao meu próprio Lorde. Lorde Calaisy não mais existe. Ou melhor — disse ele, sorrindo para a menina que parecia tão confusa quanto as duas mulheres entre as quais ela estava — esta jovem, Athena, é a nova Lorde Calaisy. Então, ela, pequena como é, é sua nova dona. Ah, como é, Lorde Calaisy? — perguntou ele, levando a mão a uma orelha na direção da criança. — Não quer mais esse bom Lorde? Você quer o... Oh! Quer que ele jure lealdade ao Lorde Culverden! Ah, quanta generosidade, Lorde Calaisy.

Athena parecia assustada, totalmente confusa, e lágrimas começaram a escorrer pelo canto dos olhos.

— Sinto muito, não pude evitar e provoquei esse homem. Foi errado de minha parte e peço desculpas. Está tudo bem, e você não tem nada a temer — disse Daffyd, e fez uma reverência à menina. — Então, o que você diz em relação a isso, Lorde Almain? Há seis... não, são sete, se contarmos a nova Lorde Calaisy... Lordes novos aqui hoje. Sei que você já confirmou a sucessão ao Lorde Calaisy, por mais que esperasse seu mestre de antes, e não essa menina. Você fará com que sejam oito Lordes nesta sala agora no total ou passará o manto à Lorde Calaisy com o cabo da espada que entrará em sua barriga? A alternativa mais agradável é passar a sucessão e a propriedade para a Lorde Calaisy. Já houve matança suficiente aqui, e estou enojado, então, por favor, assine os documentos que meu tenente lhe trouxe.

E assim foi feito. Timos tinha sido parte involuntária de uma conspiração assustadora. Havia ajudado seu Lorde a assumir várias cidades e todo seu povo e tesouros, e, assim como não soubera disso com antecedência, assim como não tinha assassinato os Lordes daquelas cidades, tinha feito parte de um grupo que havia enganado seu anfitrião para cair em sua própria usurpação e assassinato, e sua amizade com Daffyd tinha se revelado uma fraude.

— Por isso, lembrem-se, senhoras e senhores. Não permitam que esse pequeno sucesso os iluda. Vocês todos agora são mais ricos e mais poderosos do que antes. E há espaço para que sejam promovidos, talvez, se conseguirem se sair bem, por isso espalhem-se pelas cidades de Lorde Culverden. Um dia, Lorde Culverden quer ser Rei, enquanto vocês, bem, vocês são apenas pequenas peças em propriedades em uma parte deste mundo que são apenas um dente de engrenagem em uma máquina muito grande. Peças e um dente de engrenagem que, tenham certeza, estão agora sendo observados muito de perto por uma ampla rede do povo de Milorde.

MARCHA PARA CASA

No primeiro dia da longa viagem de volta para casa, Daffyd aproximou seu cavalo do de Timos e fez um sinal para que ele parasse. Daffyd guiou seu cavalo de modo a virá-lo para ficar de frente para Timos.

— Como você está se sentindo, Timos?

— Não consigo aceitar a traição, Daffyd. E sequestrar uma criança...

— Compreendo, compreendo, sim. Não é fácil confrontar as realidades da vida. Você não sabe de tudo. O velho Lorde Calaisy estava tramando contra o Lorde Culverden e a Aliança. Não havia dúvida da ameaça, e ela tinha que ser removida. Então, por que não removê-la da maneira mais vantajosa? Isso não faz total sentido?

Timos olhou para Daffyd com frieza, um homem que ele não conhecia mais.

— Agora, você precisa escolher — disse Daffyd. — Demonstrou potencial extraordinário ao longo desses meses todos. Lorde Culverden sente que existe uma escolha a ser feita na vida de todos com grande promessa. Uma escolha leva à compreensão e à aceitação de que, para fazer o bem, os fins justificam os meios. Às vezes, o que para outras pessoas pode ser errado, tem que ser feito para o bem do Lorde e, assim, do nosso. Ou uma pessoa pode escolher dizer que existe uma lei de moralidade do universo que não deve ser quebrada. Que uma pessoa não pode ser morta para salvar dez, por exemplo.

"Lorde Culverden respeita essa escolha. Mas se for feita de um jeito errado, então a pessoa de grande potencial imediatamente se torna uma ameaça em vez de uma oportunidade. E ameaças, como você viu, devem ser enfrentadas. Então, jovem Timos, você foi trazido a esta expedição apenas por um motivo: tomar essa decisão. Quando voltarmos ao castelo, terá que tê-la tomado. Não pense em mentir. Porque, se mentir, terá feito a escolha mesmo assim. Se acha que a mentira se justifica por um fim, nesse caso, estará optando pelo Lorde. Mas, de modo estúpido, também estará escolhendo a morte por mentir. Não existe outra saída que não seja a honestidade completa.

Daffyd pressionou os joelhos contra as ancas do cavalo, que voltou para a frente da caravana, levantando uma nuvem de poeira.

Timos passou o resto do primeiro dia de viagem temendo todos ao seu redor. Não conseguia superar as ideias a respeito do fim justificando os meios. Significava que ele não mataria para salvar seu vilarejo? Mataria, sim. Procuraria os invasores e os destruiria naquele momento, se fosse preciso, mesmo que, ao fazer isso, não salvasse ninguém. Mas isso era diferente? Era um castigo para um crime já cometido. Mas ele não sabia por que era diferente.

Apesar da raiva e de não concordar com Daffyd, ele o procurou antes do café da manhã no dia seguinte.

— Preciso falar sobre isso. Preciso entender os motivos por trás dos acontecimentos nos quais nos envolvemos.

— Farei o melhor que puder, Timos, mas há algumas coisas que não tenho a liberdade de revelar a você. Quero te ajudar. Você é um bom homem, e eu não esperaria nada além de saber que você está tendo um conflito com sua consciência nesse momento. Sinto muito por ter que dizer isso a você dessa maneira. Mas são as regras.

Timos contou a Daffyd o que estava pensando a respeito do homem que matara seus pais.

— Também acredito que eu teria matado o homem se tivesse a chance, se ele tivesse sequer ameaçado fazer isso, se tivesse certeza de que ele faria. Isso é diferente?

— Não. Ou é uma ameaça imediata ou um castigo imediato. São as mesmas coisas aqui. Acho que não haveria outra opção — disse Daffyd, bebericando seu chá de hibisco. — Você mata um inimigo em uma batalha antes de ele enfiar a espada em você, não depois.

— Mas, e se não fosse imediato? E se eu tivesse descoberto que ele planejava matar meus pais e então partisse para acertar as coisas com ele dias antes?

— Não é diferente. Você estaria eliminando uma ameaça.

Timos não achava que era exatamente a mesma coisa. Mas até onde isso iria? Timos estaria certo em matar aquele soldado semanas, meses ou anos antes de ele matar sua família? Antes de ele sequer pensar em fazer isso? Bastava o fato de o soldado ser um homem capaz de fazer isso, quando tivesse a oportunidade? E o que aquele homem teria dito a Timos se soubesse que Timos o mataria, que Timos deveria morrer por causa disso? Certamente haveria mais opções nesse caso. Timos também devia aliança ao Lorde Culverden. Quem era ele para questionar o Lorde? Era algo impensável em muitos aspectos.

Mas ele tomou o cuidado de não dizer isso.

— Compreendo. Então, no caso de Lorde Calaisy, isso era o equivalente?

— Sim, fico feliz por você entender com clareza agora. — Ele parecia satisfeito e deu tapinhas nas costas de Timos. — Vamos andando.

Timos agradeceu a Daffyd e saiu, igualmente desconfortável com tudo, como estava quando chegou.

Apesar de ter conversado com Daffyd e de ele aparentemente aceitar que Timos concordava com as atitudes tomadas e da maneira simpática no restante da viagem, Timos sabia que ainda estava sendo observado. Levix aproximava-se de Timos e conversava com ele sobre o clima ou sobre as armaduras, e então fazia muitas perguntas, tentando fazer Timos revelar que não estava do lado de Lorde Culverden. Timos o via, às vezes, conversando com Daffyd, que balançava a cabeça e o dispensava.

Timos ainda não sabia quais eram suas opções, muito menos o que decidiria fazer no início da terceira noite. Em vez de voltar a se embaralhar em seus pensamentos mais uma vez, visitou o acampamento da infantaria e encontrou Daniel e Altur. Altur era mais parecido com ele no jeito de ser, e Timos aproveitou a noite de histórias e piadas.

Pelo menos, estavam de volta à vasta planície e perto da cidade de Culverden. As muitas cidades que cercavam Culverden quando partiram dali não existiam mais. O plano era que elas fossem teletransportadas, segundo explicou Daffyd, para o centro da Aliança assim que receberam a notícia de que a ação contra Calaisy e Almain tinha sido bem-sucedida, sem dúvida usando as estranhas habilidades de comunicação que os Lordes dividiam mente a mente.

Havia agora apenas quatro cidades visíveis na planície. Culverden estava agora cercada a certa distância ao leste e ao oeste respectivamente por duas cidades que ninguém conseguia reconhecer por suas bandeiras e flâmulas. Uma longa fileira de tropas podia ser vista passando vinda de cada uma delas em direção a Culverden e se acumulavam em uma ampla nuvem de poeira perto da cidade.

Após um grito de Alexander, a delegação começou a se apressar em direção à casa. Logo foi possível ver, em meio à poeira, que os portões de Culverden estavam fechados e suas muralhas enfeitadas com bandeiras de guerra. Havia armas de cerco em frente aos portões e fumaça no ar. Outro ataque estava prestes a acontecer!

Conforme o alerta foi espalhado pela caravana, pareceu criar uma onda de movimento. Os soldados, principalmente a infantaria, que estava marchando quinze horas por dia há mais de uma semana com apenas um dia de descanso em Calaisy e estavam entediados, gritaram. Os homens a cavalo estavam mais cansados, mas mesmo assim, espadas foram empunhadas e as lanças, preparadas.

Muito mais a leste, a quarta cidade podia ser vista, e agora estava claro, pelo borrão no horizonte, que ela também estava enviando tropas até eles.

— Veja — gritou Levix, apontando para o céu.

Um Dragão foi visto indo para Culverden, seu caminho obviamente a partir da quarta e mais distante cidade. Ao sobrevoar, ele se direcionou para eles, sem dúvida para afastá-los, e eles puderam ver as cores de suas vestes antes de ele se virar e partir de volta para a direção de onde tinha saído, onde apenas nuvens revelavam as tropas distantes.

— Aquele Dragão é de Morven, mas Morven é pequena. Seu Lorde é novo e jovem, e ali não há nada além de um castelo e de alguns soldados — gritou Daffyd. Não era, Timos percebeu, outro inimigo, mas um membro da Aliança de Culverden.

— Ainda que Morven tivesse dez vezes as forças do inimigo, seu exército chegaria tarde demais — disse Alexander. — Teremos a cidade e nós contra eles. De quem são?

— Não sei — disse Daffyd. — Está longe demais para ver as cores. Mas parece não haver muitas cores claras neles. Podem ser cidades vikings?

Naquele momento, dois Dragões surgiram acima de Culverden, gritando, irados. Timos tinha visto apenas um Dragão envolvido em batalha e foi contra o jovem esqueleto. Aquilo era totalmente diferente. Mesmo de onde estava, sabendo que aqueles dois faziam parte dos Dragões de Culverden, ele sentiu um aperto no peito com o que viu e com os sons furiosos, além dos gritos abafados de soldados inimigos enquanto o fogo era lançado do céu sobre eles.

— Vão mirar nas armas de proteção — disse Daffyd. E foi o que pareceu acontecer, quando a fumaça preta começou a subir de uma das catapultas.

Atrás dos soldados na delegação, estavam os civis. Eles tinham falado muito durante dias, contando histórias a respeito de como tinham fechado acordos e estimando lucros e se gabando de novas empreitadas que pensavam poder organizar. Mas agora pareciam menores como grupo. Enquanto os soldados estavam mais alertas e espertos, ainda que temerosos, aquele grupo estava assustado, em pânico. Em pouco tempo, três se afastaram e galoparam em direção a Daffyd, gritando com ele para que se afastassem, enquanto ele dava ordens para que avançassem, ordens que tinham que ser passadas por toda a caravana. Eles se aproximaram de Daffyd, Levix e Alexander, e uma discussão acalorada que Timos não conseguiu entender ocorria enquanto todos partiam em direção à batalha. Os gestos se tornaram mais pronunciados e os gritos se tornaram mais altos até Daffyd puxar a espada e agitá-la pelo céu, berrando:

— Já chega!

Os três mercadores se encolheram nas selas e por fim voltaram para seus lugares, mantendo a cabeça em pé e tentando manter a expressão de orgulho. De sua posição no flanco esquerdo, Timos os viu suplicando a Rufus para lidar com firmeza com Daffyd. Mas Rufus, apenas montado no cavalo, com o meio sorriso no rosto e pensando o que pensava o ex-Herói meio ausente. Com desânimo, os mercadores desistiram apesar de continuarem a cochichar uns aos outros com expressão sombria e temerosa. Timos não teria se surpreendido ao ver os mercadores se afastarem do resto da caravana, galopando em retirada.

Daffyd e os tenentes enviaram instruções pela fileira enquanto todos seguiam e todos foram informados a respeito de seu papel na próxima batalha conforme se aproximavam cada vez mais das linhas inimigas.

— Comigo! — gritou Daffyd, e ergueu a espada ao partir a galope. Uma trombeta tocou, seguido de outra, e, dentro de segundos, a caravana toda tinha se dividido em diversas partes.

Os soldados montados dividiram-se em três grupos, um liderado por Alexander ao leste. Timos estava no contingente seguindo Levix em direção ao agressor ao oeste, enquanto Daffyd seguia direto na direção de Culverden com sua parte da cavalaria seguida por toda a infantaria em um grupo que avançava a galope para onde enfrentariam o grupo inimigo na frente dos portões. Os homens da infantaria que tiveram sorte de estar perto saltaram de suas carroças, jogaram o conteúdo para fora para ser recolhido mais tarde e puxaram seus companheiros para dentro do veículo.

Timos reconheceu essa estratégia imediatamente. Tinha a ver com distrair e dividir. As trombetas continuaram a ser tocadas, alertando os agressores, enfraquecendo um pouco o foco do ataque em Culverden. Ao ver o avanço em três frentes, os comandantes dos adversários seriam forçados a criar uma defesa de três partes. Na teoria, liberaria pressão suficiente sobre Culverden para que eles abrissem os portões e fizessem o contra-ataque aos defensores, enquanto os Dragões continuavam a atacar as armas de cerco.

Conforme a cavalaria se aproximasse, Daffyd e os tenentes avaliariam quais eram as duas linhas de ataque com defesa mais fraca. Assim, eles se concentrariam totalmente nela, recombinando suas forças para atacá-la diretamente. Seria esperado que os Comandantes daquela cidade afastassem pelo menos parte de suas tropas do ataque direto a Culverden para defender, por menores que fossem as forças da delegação.

O sucesso dependeria de muitos fatores. As forças de Daffyd estavam incrivelmente desfalcadas. Mas não era essa a questão. Culverden podia realizar um ataque completo, porque os inimigos estavam, repentinamente, sendo divididos em lealdades e agora enfrentavam diversos perigos vindos de diversos lados. Mas Culverden conseguiria, pelo menos, fazer um avanço a partir do alívio até mesmo da menor pressão. Isso poderia ser decisivo em uma batalha.

Foi um movimento calculado e, apesar de o destino raramente possibilitar as circunstâncias exatas para fazer dar certo, não era algo desconhecido. Com tantas batalhas e invasões, além de delegações, havia muitos exemplos famosos e outros não famosos nos documentos que Timos tinha estudado nos arquivos, detalhando os reais acontecimentos e também a análise impessoal nos textos.

O alvo de Alexander ao leste foi avaliado como o mais fraco porque sua cavalaria estava muito à frente de sua infantaria. Com bandeiras de alerta, Levix direcionou suas tropas para o leste.

Mas naquele momento já tinha conseguido recuar uma boa parte da força da cidade do invasor para o oeste, ficaram sem ninguém com quem interagir imediatamente. Foram forçados a se reagrupar e a decidir voltar para Culverden ou para o aliado do oeste. Deu certo. Um cerco grande tinha acabado de se transformar em quatro batalhas em quatro frentes. Era como se, quando o cerco estava sendo feito, Culverden tivesse tirado exércitos de ataque para dar a volta e encontrar os sitiantes em entradas pelos flancos traseiros. O *timing* tinha sido quase inacreditavelmente favorável a eles. Se a delegação tivesse chegado uma hora depois, as armas de cerco estariam a todo vapor e seria, mais do que provável, tarde demais.

Enquanto isso, o grupo de Levix estava se unindo ao de Alexander em um ataque forte contra as tropas de infantaria do inimigo, que estavam desprotegidas ao leste. Levix e Alexander estavam em menor número, mas Timos sabia que essa tática havia confundido e distraído os comandantes inimigos ou as tropas das duas cidades invasoras.

No último instante, a parte de Alexander desviou, seguindo diretamente na direção de Culverden, deixando Levix liderar seu ataque de cavalaria para as primeiras fileiras da infantaria do lado oeste, dizimando-os com cavalo, espada, flecha e lança.

Timos estava absurdamente nervoso antes de se envolver. Quando se aproximou o bastante para poder ver o estilo da armadura e das armas, foi tomado por uma fúria enorme. Aqueles invasores de fato eram Vikings. Apesar de não serem de Kollsvik, a cidade que tinha invadido o vilarejo de

Timos, seu sangue ferveu como se assim fosse, e a ira e as lembranças de seus amigos e de sua família sendo assassinados tomou todo o seu ser e espalhou uma intensa energia por seu corpo. Ele não via o inimigo como pessoas, mas como imagens de um pesadelo que pretendia destruir.

Em seguida, Timos começou a usar a espada pesada com a mão direita e a atacar com a lança na esquerda, por baixo do pesado escudo preso a seu antebraço, com o cabo mantido com firmeza contra a parte da frente de sua armadura no espaço especial para esse propósito. Ele matou e matou mais. Feriu homens que foi deixando para trás para serem recolhidos por um lado ou por outro.

Sentiu uma dor aguda quando uma viking enfiou um pique no espaço entre a armadura de Timos que cobria seu quadril e a parte de cima de sua perna esquerda. A ponta, por sorte, apenas cortou a carne dali, mas não entrou no músculo. Timos soltou a lança, que era muito mais leve, tirou o pique da adversária e seguiu em frente para fincá-la fundo no peito do homem seguinte. Ele achou aquilo mais eficiente do que pegar a lança, e continuou. Ouviu, mas não viu direito, o movimento de seu companheiro quando a mulher que ele tinha deixado para trás teve a cabeça decepada por Sir Randolph, que estava logo atrás dele. Sir Randolph gritou algo perdido em meio ao barulho da batalha, mas de repente parou. Timos virou para ouvir melhor e viu Randolph caído. Timos apeou do cavalo num instante e, auxiliado por outro cavaleiro, prendeu Randolph de volta a sua própria sela. Timos deu um tapa na anca do cavalo de Randolph, que, tão bem-treinado como qualquer outro na cavalaria, imediatamente seguiu na direção oposta à da frente. Timos esperava que Randolph ficasse fora de perigo e sobrevivesse.

Timos ainda estava no chão, agora separado de seu cavalo por um grupo de três homens da infantaria viking, que decidiram se unir contra ele. Com suas espadas e escudos pesados, eles o derrubaram no chão depressa. Timos girou a adaga na cota de malha em um pescoço com força suficiente para fazer um homem se inclinar para trás e tropeçar. Uma espada veio por cima e acertou outro na clavícula, e este também caiu. O cavaleiro que tinha pegado a espada e salvado Timos direcionou seu cavalo para partir para cima do homem que restava, que sofreu um coice com armadura no quadril, um ataque de amassar ossos, e caiu aos berros.

A lança de um cavaleiro apareceu para que Timos a segurasse e com ela conseguisse subir na garupa do cavalo, mas, quando fez isso, duas coisas aconteceram. Timos, desequilibrado ao se segurar na lança para se erguer, foi de encontro à anca de seu cavalo. E depois, Levix, que tinha oferecido a lança, repentinamente largou as armas e levou as duas mãos ao capacete, ao ponto de onde o sangue jorrava devido a uma flechada que havia entrado pela abertura para os olhos. Enquanto Timos se erguia, horrorizado, Levix parecia cair de cabeça para baixo e então ficou pendurado para trás, preso por seu estribo. Havia sangue em todos os lados. O cavalo partiu antes que Timos conseguisse segurar suas rédeas e desapareceu em meio à multidão.

Timos subiu em seu cavalo e seguiu, gritando que Levix tinha sido atingido, para que a informação fosse passada adiante, torcendo para que o cavalo de Levix se lembrasse do treinamento agora que seu cavaleiro estava ferido ou pior, e saísse logo da briga.

Timos era agora o principal cavaleiro da batalha, já que o tenente-comandante havia sido derrotado. Ele ergueu as mãos para indicar que agora estava na liderança e ouviu gritos vindos de trás como resposta. De pé em seu estribo, com as mãos para cima, Timos olhou ao redor e viu que a infantaria inimiga tinha se organizado e virado na direção de onde a força de Culverden tinha vindo. A batalha agora se afastava da cidade. Ele deu o sinal combinado que deveria ser dado por Levix naquele momento, um aceno com a mão e gritos em reposta vieram do outro lado. Era o sinal para a meia-retirada; para que lentamente voltassem e se dispersassem. Na verdade, as forças adversárias estavam crescendo muito, e uma retirada teria sido necessária de qualquer modo. A meia-retirada era uma estratégia que fazia com que o inimigo partisse para cima e tirasse o foco do propósito da batalha, para perseguir os cavaleiros que eles acreditavam estar vencendo.

Timos também se afastou, mas ele, juntamente com todos os cavaleiros, continuou atacando enquanto aos poucos se afastava.

Em pouco tempo, a energia renovada, apesar de aplicada na direção errada, fez com que a infantaria viking ganhasse proporções a ponto de tornar uma verdadeira retirada necessária, e Timos fez os movimentos em círculos com os braços, costumeiros em qualquer exército. Com isso, os vikings comemoraram e atacaram de novo. Os cavaleiros simplesmente viraram os cavalos e, com as espadas ainda empunhadas, partiram em círculos grandes para a esquerda ou para a direita, sem deixar de derrubar qualquer viking dentro do alcance ao mesmo tempo em que se retiravam em direção à segurança, deixando para trás uma horda de vikings gritando com os punhos erguidos em um campo onde seus próprios camaradas tinham sido mortos, na direção errada e muito mais longe de onde deveriam estar.

Timos ainda era o líder, e seu braço erguido sinalizava um ponto de encontro quando se afastou centenas de braças da força inimiga agora desorganizada.

Quando todos se reuniram, Timos fez uma reverência ao cavaleiro mais experiente que conseguiu ver, Sir Vespin, e cedeu a ele a liderança. Vespin assentiu para ele e ergueu o braço.

Dois membros mantendo muita distância do inimigo foram enviados para que analisassem as outras batalhas. Uma avaliação foi feita das outras duas batalhas nas quais as forças da delegação estavam envolvidas ao longe e as conclusões foram passadas com os cavaleiros em cima dos cavalos, procurando bandeiras sinalizadoras das unidades de Alexander ou de Daffyd.

— Nós nos saímos bem, homens — gritou Sir Vespin. — Pode ser que tenhamos dado a Culverden uma chance de equilibrar as coisas nos outros campos!

Mais silenciosamente, ele se aproximou de Timos.

— Muito bem. Tudo no tempo certo e você manteve a cabeça fria. Cumprimento você, Sir Cavaleiro.

Foi naquele momento que a dimensão da matança fez Timos vomitar. Ele não foi o único.

Depois de se limpar da melhor maneira que conseguiu, Timos se aproximou de Sir Vespin e contou a ele tudo o que tinha visto a respeito do ferimento de Sir Levix.

— Então, parece que não o veremos — disse Sir Randolph, abaixando a cabeça por alguns instantes.

Uma conversa apressada com um batedor que acabava de voltar o tirou de seus pensamentos; o homem apontou para o oeste e para o norte.

Então, Vespin gritou mais uma vez e fez com que as bandeiras sinalizadoras indicassem que a cavalaria tinha que ir em direção a Culverden.

Levix não poderia ter sobrevivido a um ferimento tão grave no olho e no cérebro. Mas Sir Randolph estava muito animado e gritando incentivos a todos ao redor enquanto seguiam para o conflito. Mas ele estava pálido e obviamente ainda sentia muito dor devido à queda sofrida, pois antes de eles chegarem aos sitiantes fora de Culverden, tinha caído para trás, e agora seguia mais devagar. Quando Timos olhou para trás, Randolph ainda acenava e os incentivava.

Então, a nova escaramuça começou. Tinham sido levados até a retaguarda da cavalaria do inimigo a partir da cidade do leste. Estava agora presa entre as tropas de seus aliados à frente todos enfrentando ataques pesados de arqueiros das muralhas de Culverden e arqueiros da parte de Sir Daffyd em segurança na planície protegida pelas falanges da infantaria coberta por escudos, e de um pequeno contingente recém-chegado de cavaleiros de Culverden, que para eles pareciam ter surgido do nada.

Lutar contra homens a cavalo era muito diferente de assassinar a infantaria. Para começo de conversa, não havia a vantagem da altura. Era muito difícil se aproximar o suficiente para lutar com um cavaleiro adversário. Os cavalos, apesar de incrivelmente ágeis, bem-treinados e de conseguirem parar, partir e virar abruptamente, eram difíceis de levar a uma posição boa para o ataque com espada ou lança. Era um esforço mais lento e muito mais técnico. Depois das habilidades de manobra, a resistência e a força do braço eram muito importantes e, mais uma vez, Timos agradeceu a Durant, em pensamento, por forçá-lo a trabalhar tanto na Fundição. Seus músculos de ferreiro permitiram que ele derrubasse dois oponentes.

A área à frente dos portões tinha sido guardada pelo inimigo, que conseguiu prender as forças de Culverden ali dentro. As cidades que atacaram provavelmente tinham apagado todas as luzes na cidade antes de se teletransportarem e então mandaram as tropas enquanto ainda estava escuro – não havia luar. Agora que a área à frente dos portões tinha sido um pouco esvaziada, nos últimos minutos, os comandantes de Culverden abriram o portão e, sob o ataque cada vez maior de seus arqueiros e de suas tropas, surgiram depressa, liderados pela cavalaria a galope, e, em pouco tempo, o campo de batalha à frente do muro estava tomado por soldados de Culverden.

As forças que estavam presas dentro de Culverden, e agora tinham sido soltas e eram enormes. Com o tocar de trombetas, os comandantes do inimigo da cidade ao leste viram a mudança no equilíbrio e pediram um recuo repentino, tirando suas tropas do conflito, sem poder enfrentar mais perdas depois de a infantaria ter sofrido um golpe tão terrível.

As forças de Culverden avançaram com gritos de todos os lados conforme as forças da cidade do oeste perceberam que tinham sido abandonadas por seus aliados, e também fugiram, muito antes de ouvirem o toque da trombeta anunciando formalmente a retirada.

As muralhas da cidade exibiam novos impactos das armas de cerco, e a fumaça podia ser vista atrás de uma torre de relógio. Timos viu fumaça acima de uma das fazendas fora dos muros. Tomado pela ira mais uma vez, partiu com seu cavalo em direção à propriedade, apesar dos gritos dos outros cavaleiros pelos quais ele passava, e alguns gritaram que ele estava ficando louco. Mas quando chegou lá, viu que o fogo estava apenas em um monte de feno, e a fumaça abundante vinha do mato recém-aparado. A propriedade em si, apesar de apresentar marcas no chão pela passagem de muitos cavalos e da infantaria, parecia não guardar mortos ou feridos, e as pessoas olhavam para ele e comemoravam quando viam suas cores.

Timos apeou na praça e imediatamente foi cercado por homens, mulheres, rapazes e moças, além de crianças, todos dispostos a cumprimentá-lo com tapinhas nas costas ou apertos de mão, e ofereceram copos de água e de cerveja a ele. Ele ficou contente por não conseguirem ver as lágrimas de gratidão e alívio que escorriam atrás de seu capacete e acreditaram que a respiração ofegante dele era resultado do esforço físico, e não soluços contidos.

Ele se recompôs o suficiente e agradeceu a eles todos antes de voltar a montar no cavalo e partir em direção aos portões da cidade, a tempo de alcançar Sir Randolph, que abriu um enorme sorriso ao reconhecê-lo.

— Um dos meus salvadores! Timos! Minha esposa e meus filhos e os netos que ainda não tenho agradecem a você do fundo do coração. Foi uma pena o que aconteceu com o jovem Levix, mas são coisas da guerra — disse ele, fazendo o sinal da Deusa na própria testa.

— Ah, e olhe ali — disse Randolph, apontando além dos campos. — Ali estão os corajosos mercadores e cortesãos vindo. Veja a postura de orgulho deles nos cavalos e nas carroças. Minha nossa! Eles fizeram parte de uma grande vitória hoje! — E ele sorriu para Timos.

E foi assim. Quando o jantar de comemoração foi servido na praça da cidade, histórias imaginadas de esforços incríveis e heroicos por parte dos mercadores e cortesãos se espalhavam quase tão rápido quanto aqueles mesmos homens contavam histórias altamente exageradas, enaltecendo cavaleiros e a infantaria. Timos tinha certeza de que todos na cidade já deviam ter visto tal comportamento e tais mentiras muitas vezes. E assim era em todas as situações daquele tipo. Todo mundo queria para si uma parte da vitória, e havia muito que ser espalhado. Por que falar de coisas ruins se havia histórias bem melhores a ser contadas e exageradas a respeito dos atos ainda melhores dos soldados? Quanto melhores fossem as histórias, melhor ficaria o moral de todos.

Quando entrou em outra taverna, a mais frequentada por quem queria beber logo cedo, e recebeu incentivos e cerveja, o mito de Timos tinha se expandido, o salvador de Sir Randolph, que tinha matado cem homens, defensor de Sir Levix, a quem ele tinha salvado de dez, trinta, quarenta homens, mas por azar, Levix tinha recebido uma flechada no último momento.

Histórias igualmente duvidosas da incapacidade do inimigo, antigas e atuais, também abundavam. Os vikings viviam perto do mar e queriam mais e mais escravos para seus líderes em nome de Aesir, mais do que desejavam o ouro. As histórias daquela noite falavam de homens que viram escravos amarrados a armas de cerco e até puxando carroças, açoitados por homens como se fossem animais, coisas para as quais Timos não tinha visto evidência, mas que confirmava enquanto bebia com os outros.

O mais surpreendente de tudo foi que, quando ele finalmente entrou na caserna, seus camaradas, participantes da batalha, o exaltaram como herói também, e apresentaram a ele uma carta muito elogiosa enviada pelo Comandante, também assinada pelo próprio Lorde Culverden.

Daffyd, aparentemente, tinha encontrado mais uma maneira de colocar Timos do seu lado.

Enquanto decidia se ia para a cama antes ou depois de mais um banho quente, e divertindo-se ao ver que o telhado parecia se movimentar devido a sua visão afetada pela bebida, um grito do outro lado da caserna indicava que uma visita havia chegado.

— Deixe entrar quem for — ele gritou, indisposto a mexer o corpo cansado ou confiar em seu equilíbrio para qualquer coisa além de chegar ao banheiro.

— Não vai entrar. Soldado chamado Altur.

Altur? Timos se levantou e partiu em direção à porta sem estabilidade. Do lado de fora, Altur estava de pé, ainda com as vestimentas de batalha manchadas de sangue. Mantinha a cabeça baixa e, apesar de ter cumprimentado Timos com um resmungo, não disse nada por alguns instantes, por mais que Timos insistisse.

— O que foi, Altur? O que aconteceu?

Então, ele soube, assim que Altur olhou dentro de seus olhos com tristeza.

— Daniel? É isso? Ele morreu?

Altur balançou a cabeça.

— Ele foi ferido e está em coma, rapaz. Tudo tinha acabado. Mandaram que pegássemos tudo o que tinha sido retirado das carroças depois da batalha. Coisa simples, e fizemos isso depressa. Um daqueles centauros gigantes apareceu do nada. Galopando a toda. Foi aterrorizante. Ele veio diretamente para cima de nós. Eu mergulhei para fora do alcance dele a tempo. Daniel estava no caminho de uma das patas enormes dele. A pata arrasou a carroça ao lado da qual ele estava... bem, a carroça foi destruída. Todos pensamos que Daniel também tinha morrido, mas...

— Minha Deusa — disse Timos.

— Graças à Deusa ele não foi morto na hora. Ele estava rindo e se gabando por ter matado dois em um momento, seus dois primeiros, e no momento seguinte, era um monte de ossos quebrados, inconsciente e quase incapaz de respirar.

Timos sentiu tontura e se apoiou na parede.

— Os médicos do hospital não deixarão que ninguém o veja até amanhã. Dizem que ele vai se recuperar, mas não o suficiente para voltar a ser soldado. Vão pagar a pensão dele por morte. Ele continua inconsciente. Eu encontrei isto no armário dele quando fui esvaziá-lo. É o único pertence dele. Ele não tem família que possa receber isso. Acho que é algo de que ele gostaria que Joy, a namorada dele, cuidasse. — Ele mostrou um pequeno caderno, surrado e velho. — Pensei que seria melhor se você o entregasse a ela e desse a má notícia. Sei que vocês eram próximos. Pegue — disse ele e, depois de entregar o caderno, partiu.

O caderno de capa de couro trazia na capa palavras escritas com letras douradas: "Os ditados dos ancestrais de Ophan d'Carre". Timos o virou e folheou. Nunca o tinha visto. Em cada página, havia meia dúzia de aforismos a respeito de como uma pessoa deve ver a vida. Não era exatamente religioso, nem mundano. Era velho, e um tesouro para Daniel.

Timos suspirou. Joy saberia a notícia da boca de um amigo e receberia aquilo de suas mãos. Ele tinha que fazer isso, e faria naquele momento.

Com o coração pesaroso, ele percorreu as ruas ainda movimentadas até chegar à casa da senhora de Joy. Enquanto esperava na sala para que a empregada chamasse Joy – algo que ela disse ser impossível devido ao horário inadequado, antes de Timos contar por que estava ali –, ele leu diversos ditados e encontrou um ou dois que deram a ele, senão conforto, perspectiva. Eram os pensamentos destilados dos ancestrais, provavelmente dos antepassados de Daniel, tinham significado e davam uma certa compreensão. Mas os cérebros que os tinha criado há muito tinham morrido e, na melhor das hipóteses, eram espíritos agora. Ele se perdeu em pensamentos, imaginando se sua família e também se Daniel, e sim, até mesmo se os mortos entre seus inimigos, e os monstros assassinados, podiam, de alguma maneira, estar com ele em espírito, quando Joy chegou e os dois começaram a chorar.

By Stephen Leaton

CONHECIMENTO DO SÁBIO

Timos passou um tempo sem ver Daffyd depois do retorno deles. Aos poucos organizou os pensamentos confusos a respeito do que tinha acontecido em Almain. Certamente era inocente em sua mente. A ideia de que Timos se tornara um traidor, perdendo qualquer direito moral por fingir concordar com a traição de Lorde Culverden a Lorde Calaisy, ele descartou, corretamente ou não, como falsa lógica nas circunstâncias. Jurou a si mesmo e a seus ancestrais que não se envolveria nem apoiaria nenhuma outra atitude desse tipo por Lorde Culverden.

Timos observava com atenção aqueles que sabia terem estado na parte política da delegação. Não pareciam perturbados por sua presença, pelo menos não os poucos que encontrara. Sentiu, depois de alguns dias, que por enquanto estava seguro.

Ele soube, enquanto lia na cama numa tarde quente, que isso era mais do que podia ser dito dos dois dos soldados a pé que tinham acompanhado a delegação. Havia escutado a conversa de dois cavaleiros que acreditavam que as casernas estavam vazias e não se calaram ao entrar. Os dois estavam acomodados do outro lado do quarto, mas Timos conseguiu ouvi-los claramente. Os dois soldados agora estavam mortos, tinham sido assassinados em uma briga por terem falado de Almain em uma taverna. Coisas assim aconteciam de vez em quando. Será que os dois cavaleiros estavam se gabando das duas mortes como um objetivo alcançado em uma missão ou Timos estava interpretando demais?

Timos rapidamente apoiou o livro no peito e fingiu estar adormecido e roncando baixo. Um momento depois, a porta se abriu e se fechou e, depois de alguns minutos, para garantir, ele se espreguiçou como se estivesse despertando e olhou ao redor. Estava sozinho.

O que poderia fazer além de manter a boca e os olhos fechados? Tomava o cuidado de não ficar sozinho com nenhum de seus camaradas, andava no lado iluminado das ruas e dormia com as adagas curtas e compridas embaixo do travesseiro. Fazia as tarefas de acordo com o orientado e melhor, apesar das falhas. Sentia que se mantinha leal não apenas a seu vilarejo, mas também a Lorde Culverden, por mais errado que achasse que ele fosse. O Lorde, afinal, ainda cuidava das pessoas de sua cidade. Havia reconstruído fazendas e moinhos e reforçado a torre do relógio e as muralhas da cidade, tinha expandido as tropas e aumentado o número de hospitais, tornando-os mais sofisticados, além de outras coisas. Lorde Culverden era amplamente exaltado na cidade como generoso e gentil.

Era um negócio complexo. E exaustivo.

Os momentos livres dele não eram realmente livres. Ele estudava, trabalhava e passava o tempo lendo no hospital para Daniel, inconsciente, todo enfaixado e irreconhecível com tantas bandagens. Joy normalmente estava ali e, apesar de não ler para Daniel, entoava canções bonitas, e o coração de Timos ficava apertado pelos dois de tantas maneiras que ele às vezes tinha que sair do local antes de fazer um papelão. Timos costumava levar frutas e doces que guardava de suas refeições e os entregava a outros pacientes, para as enfermeiras, assistentes e médicos e, claro, a Joy.

Também encontrava outros visitantes ali, às vezes. Homens e mulheres que não tinham sido pagos por Daniel por produtos e serviços adquiridos por todo cidadão. Um dono de taverna com quem Daniel tinha uma lista modesta de bebidas consumidas ainda a serem pagas, um coureiro a quem Daniel havia solicitado para que amaciasse o couro das peças que usava e uma ou outra pessoa menos óbvia, e também aquelas cujo pedido de acerto de contas era mais do que duvidoso. Timos simplesmente pagou todos eles com o dinheiro que levava no bolso, sem saber que as enfermeiras estavam observando e contando tudo a Joy.

Timos estava competindo na Torre do Dragão, certo dia, com equipes contra monstros capturados, quando seu nome foi chamado no momento em que a fera nian de meia-idade foi solta. Seu lugar na formação foi tomado com facilidade por outro cavaleiro, e ele saiu tentando imaginar o que exigia sua presença agora.

Não era, como ele pensou que fosse, um chamado de Sir Daffyd. Era um tenente enviado por Lorde Culverden, levando uma mensagem. Timos leu que Sir Daffyd estava deixando os Cavaleiros Reais para se tornar ministro. Alexander havia sido promovido a Comandante dos Cavaleiros Reais em seu lugar. E Timos tinha sido promovido a tenente, imediatamente.

A ascensão impressionante de Timos a uma posição de liderança continuava a colocá-lo em situação conflitante com diversos companheiros ao longo dos meses. Mas a maioria das pessoas que conhecia sua história comemorava. Era conhecido como esforçado, capaz e, na prática, se mostrava um líder rígido, mas justo, que não tinha se esquecido de suas raízes. Visitava com regularidade não apenas os cavaleiros, Reais ou não, mas se esforçava para sempre conversar com membros da infantaria, às vezes falando sobre os companheiros vencidos, como Daniel, e com todas as pessoas de outras classificações do resto do exército, e também com civis. Sua energia era ilimitada, e o resultado oficial de seu trabalho satisfazia e superava o de seus colegas menos dedicados. Mas sempre tomava cuidado com uma coisa: nunca revelava suas dúvidas a respeito do Lorde Culverden que todos pareciam amar e respeitar.

Um dia, o Lorde pediu para que Alexander e ele começassem a planejar os detalhes da segurança para um grupo de diplomatas que viria de outras cidades da Aliança no mês seguinte. Timos, por ser a pessoa que estaria trabalhando em tempo integral durante a visita, teria que se concentrar em entender a agenda de compromissos, a organizar a acomodação e encontrar a melhor maneira de defender as rotas de acesso e proteger o grupo de qualquer incidente embaraçoso causado por cidadãos durante a visita.

Timos passou muito tempo pensando em como agir se mais uma vez ocorresse uma traição. Decidiu visitar a Velha Mary para ver se ela podia dar a ele detalhes úteis a respeito dos costumes das cidades das quais os visitantes viriam. Quando chegou lá, ela ficou encantada.

— Espere um pouco — disse ela, pegando algo atrás da mesa. Voltou para perto dele segurando um monte de papéis envoltos por um fio de couro grosso e por um laço típico da maioria dos registros do arquivo. — Acho que você pode se interessar por isto — disse ela ao entregar o volume para ele.

— O que é?

— É o trabalho de um famoso gênio do século passado, a Sábia Susan.

— Ela não foi a mulher que estudou a matemática da oferta e da demanda?

— Ela investigou muito mais. Foi o estudo dela que nos revelou a interconexão das pessoas. Vamos supor que você quisesse entrar em contato com alguém que trabalha no Forte do Dragão chamado Peter. Seria possível ir ao Forte e perguntar lá. Mas e se você perguntasse a todos os seus amigos se alguém o conhecia e pedisse aos seus amigos que perguntassem aos amigos dele até um contato ser encontrado dessa maneira? A Sábia Susan nos mostrou que, em média, só precisamos de um pouco menos do que tantos níveis de contato para encontrar alguém numa cidade de tamanho médio. Às vezes, podemos dar sorte e descobrir que um de seus amigos conhece Peter diretamente. Ou podem ser necessários vários níveis de amigos para conseguir. Mas pense na média.

— Certo, compreendo. Por que isso é interessante?

— Kollsvik. Como você sabe, aquela cidade se alia a todos os tipos de cidades selvagens, mas nenhuma delas confia nas outras. Lorde Kollsvik, como muitos, não revela a posição da cidade de forma alguma. A Sábia Susan mostra, com esses documentos, que cada cidade costuma orbitar seu local original. É, em parte, a psicologia de inconscientemente permanecer onde a pessoa se sentiu segura pela primeira vez. É, em parte, que as áreas ao redor do local da casa são onde a maior parte da atividade de teletransporte originalmente ocorre.

— Faz sentido. A vizinhança original será o mais familiar para esse Lorde.

— Isso mesmo. Então, ao mapear qualquer ponto de teletransporte conhecido na parte de uma determinada cidade durante a vida de seu Lorde, podemos ver que haverá um grupo de teletransportes da cidade naquela vizinhança.

Timos pensou muito.

— Ainda que seja assim, haverá outros grupos também.

— Exatamente. Ao analisar os momentos em que esses grupos ocorreram, devemos conseguir entender qual grupo em especial é o local favorito atual para o Lorde Kollsvik levar a cidade. Pode ser o local original ou pode ser outro local.

— Então, você está dizendo que Kollsvik estará dentro da área desse grupo ou pode voltar para lá em algum momento?

— Sim. Mas isso não te ajuda a descobrir exatamente onde no grupo ela está. Nem quando a cidade estará lá de novo.

Timos abaixou as mãos.

— Então, não temos muitas informações, mas creio que é um começo.

— É mais do que Lorde Culverden pode conseguir apenas esperando ouvir algo a respeito da posição atual via a rede mente a mente do Lorde. E estando em uma posição para se teletransportar imediatamente e atacar Kollsvik, que é como todos os Lordes costumam agir. Isso aponta um território no qual ficar de olho.

— Com certeza melhor que isso — disse Timos, começando a ganhar esperança. — Envolverá muito trabalho e espera. E será preciso haver batedores e espiões naquele território o tempo todo.

— As teorias da Sábia vão além. Quando o grupo atual é encontrado, a fase secundária começa. É onde o Lorde fala com aqueles que podem ter tido contato com ex-aliados de Kollsvik, que sem dúvida ficarão aflitos e dispostos a ajudar. Então, eles, por sua vez, ainda podem ficar em contato, se não com os aliados atuais, então com os vizinhos de Kollsvik na área do grupo. Só serão necessários um contato e uma série de mensagens para que a posição atual retorne a Lorde Culverden. Se for feito com discrição...

— Entendi!

— Se começássemos a marcar recentes visões da cidade de Kollsvik em um mapa, estaríamos começando o processo. Por acaso, é exatamente o que eu tenho feito há meses. Descobri diversos grupos que ele frequentou no passado, e agora descobri o que parecer ser seu novo grupo. Só precisamos manter o mapa atualizado com novas informações a respeito de onde ele invadiu recentemente e avisar Lorde Culverden. Deixemos que ele faça os contatos, e isso pode resultar na informação necessária. Ele ficará extremamente agradecido. O mesmo método não só se aplica a Kollsvik, mas a todas as campanhas futuras. Nunca foi tentado antes de você encontrar esses documentos, pois a Sábia Susan morreu de repente sem passar a informação ao Lorde Culverden de sua época. O trabalho estava perdido até agora.

— Mas você os encontrou, não eu.

— Uma mentirinha. Levar esse crédito não me beneficia com essa idade e na posição que tenho para ganhar a confiança do Lorde. Mas você faria um grande salto e teria mais chance de se envolver em qualquer contra-ataque que ocorresse.

Ele tinha que se apressar para ir a outro compromisso relacionado à missão diplomática que estava para acontecer, por isso agradeceu muito à Velha Mary e partiu correndo, carregando o monte de papel juntado às pressas embaixo do braço.

Mais tarde, naquela mesma noite, ele entrou de novo na câmera de arquivos para ter privacidade e conseguir se concentrar. À luz de uma lamparina a óleo, ele se entregou ao trabalho.

Demorou poucos minutos para encontrar as marcas de Velha Mary no mapa. Ela estava procurando não só Kollsvik, mas também outros dois arqui-inimigos. Logo compreendeu o sistema de cores dela e se viu observando a história das invasões e alianças de Lorde Kollsvik. O Lorde atual tinha herdado de seu pai, mas assim como Holder do Rei Terry Del, era um homem muito diferente. A cidade que tinha sido boa aliada das cidades por muitos séculos tinha se transformado em uma cidade desgarrada que realizava saques em poucos anos. Pronto, ali estava, a área onde a cidade viking de Kollsvik se localizava atualmente.

Agora, ele só precisava visitar Lorde Culverden, convencê-lo do trabalho e colocar o Lorde no caminho certo para usar a rede mente a mente dos Lordes com uma precisão que nunca tinha sido possível. Manteve-se ali por horas, escrevendo de vez em quando, enquanto formulava planos para conseguir o máximo de vantagens de Lorde Culverden quando desse essa informação a ele.

Estava aprendendo a jogar o jogo da política.

Quando Timos acordou na manhã seguinte, viu o sol entrando por um novo ângulo e, por um momento, pensou ter dormido mais do que devia depois da noite exaustiva na câmara dos arquivistas. Então, ele lembrou. Durante a noite, enquanto estudava sem parar, Culverden tinha feito um teletransporte agendado. Mas não era só isso. Ao amanhecer, Joy correu até as casernas, sem se importar com os chamados e gritos chocados dos outros homens, e agarrou Timos.

— Daniel acordou!

Isso bastou para acabar com quase todos os planos dele para aquele dia.

Daniel estava sentado na cama e, apesar de muito pálido e claramente com dor sempre que se movimentava um centímetro que fosse, estava vivo e feliz, e ouvia e respondia enquanto Joy e Timos o testaram por muito tempo. Timos só notou que Daniel tinha cochilado quando Joy apoiou a mão com delicadeza no braço dele, fazendo com que ele parasse no meio da história.

Ela sorriu, então inclinou-se para a frente e deu um beijo em seu rosto.

— Obrigada — disse. — Nem eu nem Daniel poderíamos querer um amigo mais querido e generoso.

Tudo pareceu melhor a partir daquele momento. Daniel foi se fortalecendo depressa ao longo da semana seguinte, mas nunca mais lutaria. Conseguiu alugar uma casinha com Joy usando o que ele gostava de chamar de fundo do enganador da morte, que finalmente foi pago, ainda que, a rigor, não totalmente.

E o próprio Timos estava ansioso para entrar em uma nova missão e sair da segurança diplomática.

Seu encontro com Lorde Culverden era para ter sido breve e agendado com dificuldade por sua secretária, durando apenas cinco minutos. Timos acabou passando três horas em reunião com o Lorde, que chamou o Sábio

Fram, Sir Daffyd e outros. A animação, conforme cada participante foi compreendendo a importância do novo método de obtenção de informação, foi enorme. Timos pediu para ficar um tempo sozinho com Lorde Culverden enquanto o restante pensava em estratégias, um pedido que logo foi atendido. Sozinho com o Lorde na salinha longe da reunião barulhenta do cômodo ao lado, Timos fez os dois pedidos. O primeiro foi a nova missão que ele negociou com sucesso, pacífica, emocionante: a exploração das ruínas da região encontradas perto do local para onde tinham sido teletransportados. Uma missão que ele lideraria com uma equipe que escolheria a dedo. Nunca tinha explorado ruínas. Lorde Culverden orientou-o a não levar apenas soldados com ele, mas também os civis: historiadores, cientistas e outros. O objetivo das expedições às ruínas era sempre, acima de tudo, recuperar tesouros que às vezes eram encontrados ali, deixados desde a época das primeiras guerras e ainda antes. Os Lordes também, com frequência, queriam proteger uma boa parte de suas forças. Enquanto as tropas exploravam ruínas, eram protegidas por magia. Acontecia o mesmo ali, pois havia várias cidades na Aliança de Culverden que estariam sendo teletransportadas para a missão diplomática, mas também havia cidades desconhecidas, e ele não queria correr o risco de perder todas as forças, no caso de um ataque inesperado.

Uma vaga em uma expedição a ruínas era muito disputado. Os membros da exposição teriam um período raro sem a espreita e o constante perigo de ataque repentino por parte de inimigos ou monstros. Claro que voltariam, mas poderiam aproveitar um intervalo naquele período que passariam longe.

O segundo pedido negociado por Timos foi ainda melhor. Foi feita a promessa de que Timos lideraria um dos contingentes em qualquer ataque contra Kollsvik que os Culverden fizessem, se e quando o inimigo fosse encontrado.

RUÍNAS

As ruínas não decepcionavam. Ninguém sabia quantos séculos ou milênios tinham passado desde que cada uma tinha sido abandonada, e aquelas eram, de fato, muito antigas. Eram formadas por blocos de pedra grandes demais para serem levados naqueles tempos sem a ajuda de muitas pessoas, animais de carga e, principalmente, tempo. As partes enormes se encaixavam com uma precisão inacreditável; nem uma folha de papel passava entre elas onde elas ainda estavam intactas. Em alguns pontos, havia rachaduras, mas Timos não sabia o que poderia tê-las abalado além de terremotos.

— Pode ser, mas parece que as rachaduras foram causadas pela água — disse Lauren, uma professora de ciências geológicas, quando Timos perguntou na primeira noite. — A água entra nas pequenas rachaduras e então se expande quando congela. Sempre que acontece, as rachaduras se tornam cada vez maiores e mais compridas, até haver essa separação. A mesma coisa pode acontecer com raízes de árvores, por exemplo, aqui, e às vezes é apenas a expansão da rocha em si por longos períodos de aquecimento e esfriamento das condições climáticas em falhas existentes. Todos esses processos demoram tanto que nos dá pistas para o mistério da idade real dessas ruínas.

— Da época em que os Lordes do Céu e os Dragões dominavam? — perguntou Timos.

Lauren olhou para ele com atenção.

— Você acredita nessas lendas?

— Você não acredita?

— Acredito. Pessoalmente, acredito... mas em meu trabalho, só posso dizer que a ciência ainda não provou nada.

Ela sorriu, e Timos sentiu o coração aparentemente se acender no fundo de seu peito. Ela era bonita.

— Mas os construtores fizeram isso e, independentemente de quem tenham sido e de quando foi feito, é realmente milagroso — disse ela.

E era.

A força tinha mais de mil homens e mulheres. Apesar de a maioria ser formada por soldados, havia também os operários de campo comuns – médicos, cozinheiros, operários, ajudantes e assim por diante. Todos tinham suas tarefas, mas todos estavam direcionados a uma parte de exploração, o que era incomum, diferentemente da maioria dos líderes. Timos acreditava que todo mundo devia dividir experiências o máximo que conseguisse. Não era bom apenas para o moral, era bom para conseguir realizar mais trabalho quando todos sabiam mais a respeito do que estava acontecendo. Enquanto se localizavam no labirinto de muros, alguns da altura de dez homens, mantiveram os mapas abertos para que pudessem encontrar a saída.

Quando uma parte encontrou uma câmara fechada na manhã do terceiro dia, a animação fez os soldados quererem trabalhar mais rápido para afastar a porta de pedra.

— Devagar — disse Frank, o Professor de história da expedição. — Não permitam que a animação da busca tomem conta de vocês. Precisamos fazer isso devagar e registrar tudo para podemos aumentar nosso conhecimento a esse respeito. Os outros Professores e Sábios vão nos matar se não fizermos isso.

Os operários entraram em um ritmo de retirar lentamente as camadas do tempo e de registrar cada uma delas meticulosamente nos mapas desenhados por Lauren e Frank.

Numa tarde quente, Timos estava lavando o rosto com um pano molhado quando um grito foi dado por um dos soldados e, depois, por vários. Todos correram para o local, uma pequena câmara já escavada que estava sendo registrada. Agora, estava cheia de pessoas dobrando o pescoço para espiar pelo buraco feito acidentalmente no que parecia ser uma parede firme de rocha por fora, mas que se abriu com um chute de um soldado entediado que estava esperando Frank terminar o mapa. Era apenas um gesso fino pintado de modo a parecer uma rocha.

Quando Timos tomou a liderança, viu primeiro vários soldados batendo na parede ao redor do buraco com os cabos das lanças e com as botas. A abertura chegava aos joelhos dele, do dobro de uma bola de futebol. Frank gritava para que eles parassem, mas eles não obedeceram. Na confusão de vozes, Timos ouviu os motivos para a desobediência antes mesmo de ver com seus próprios olhos. Gritos de "Ouro!" e "Diamantes e esmeraldas, bem aqui!".

Por mais que tenha afirmado ter se arrependido do que fez ao lastimar-se sobre o processo não científico com Lauren e Frank mais tarde naquela noite, corado devido ao vinho tinto, Timos também tinha sentido o afã de pegar o tesouro tomar conta dele ao ver o brilho atrás da parede e comemorou quando os soldados aumentaram o buraco, deixando-o do tamanho de uma porta. Ele entrou e observou copos e pratos de ouro, deixando de lado objetos escuros que mais tarde descobririam ser de prata manchada. Pegavam punhados de joias que pareciam ter sido despejadas no chão com carrinhos de mão.

Quando recobrou o bom senso e ajudou Frank a restaurar a ordem e a recuperar as joias e os metais preciosos das mãos dos soldados relutantes, devolvendo-os ao local onde estavam, duas outras câmaras internas tinham sido reveladas de modo parecido: uma batida nas paredes falsas, dessa vez com um machado e depois de toques sistemáticos por todas as superfícies.

A primeira sala depois da sala de tesouros mantinha um número alto de volumes antigos com capas que só podiam ser feitas de couro de Dragão, fato que deixou muitos desconfortáveis. De acordo com Frank, a escrita esquisita era uma escrita arcaica da língua usada séculos antes.

A última câmara era diferente, até peculiar. Primeiro, porque tinha apenas algumas prateleiras estranhamente entalhadas, além de depressões e colunas, feitas nas rochas. Nelas, estavam dispostos centenas de tábulas de cerâmica brilhantes com diversos diagramas matemáticos dos dois lados e, linha a linha, em uma escrita totalmente desconhecida que parecia "os arranhões de um lagarto irritado", segundo um dos soldados, uma mulher que era conhecida na cidade como comediante. A mesma linguagem aparecia nas bordas das prateleiras.

Segundo, sem exceção, os membros da expedição sentiram uma força dentro da câmara, e ninguém conseguia ficar ali dentro por muito tempo.

Frank pegou aquelas tábulas com uma animação que não tinha demonstrado nem mesmo com as outras maravilhas que tinham visto, e logo se perdeu observando-as, tentando entender seu significado e falando sozinho.

Apesar de a maior parte do tesouro pertence à cidade e ao Lorde, todos os membros da expedição, incluindo aquelas muitas centenas que tinham sido forçadas a continuar explorando o restante das ruínas, perdendo a diversão nas câmaras, receberiam uma pequena parte do tesouro assim que a expedição voltasse à cidade, como era costumeiro. Mas para os Professores, o interessante estava nas palavras gloriosas dos livros com capa de couro de Dragão e nas tábulas de cerâmica, e não no valor do dinheiro.

O trabalho de exploração do resto das ruínas foi interrompido, e todos os esforços se voltaram a, antes de qualquer coisa, catalogar os metais, as joias e os volumes valiosos antes de serem embrulhados e colocados em cima de animais de carga e carroças, e os artigos que eles tinham levado consigo ou encontrado no caminho parecendo menos valiosos foram guardados nas câmaras.

Resmungos foram ouvidos quando Frank e Lauren insistiram em deixar para trás alguns dos metais e das pedras preciosos para abrir espaço para mais materiais escritos. Mesmo depois de Timos ter se mantido firme, defendendo a opinião dos Professores, houve discussões. Os acadêmicos queriam deixar para trás metais preciosos não trabalhados e pedras preciosas não lapidadas. A lógica deles era de que havia informação científica na confecção das peças trabalhadas porque mostrava a tecnologia usada para produzi-la, mas não nos materiais não trabalhados. Os soldados queriam levar as peças brutas por serem mais valorizadas e, assim, receberiam suas partes mais depressa. Timos concordou com os Professores, mas, em vez de dizer isso, disse que, peso por peso, as peças trabalhadas, principalmente aquelas de idade e beleza inestimáveis, deviam valer mais do que as não trabalhadas. Por mais que demorassem mais a ser valorizadas, todos teriam melhores resultados se seguissem o plano dos Professores. Houve mais resmungos, mas no fim, a ganância prevaleceu.

Timos liderou a maior parte da expedição pelo resto das ruinas, mapeando conforme avançavam. Não encontraram mais tesouros, mas encontraram muita coisa interessante. Ele reservava todo o tempo que podia ao fim de cada dia para ajudar Frank e Lauren a medir e desenhar o interior daquela estranha câmara de tábulas.

— Precisamos levá-las conosco — disse Frank. — Agora sei o que elas são. Veja — disse ele, apontando para um símbolo em uma linha da tábula que ele segurava com cuidado, como se fosse uma casca de ovo. — É o símbolo dos Deuses do Céu para os Dragões. Isso é incrivelmente valioso, Timos. Os únicos exemplos de escrita do Deus do Céu já encontrados estão nas cavernas mais profundas dos indícios de ninhos de Dragão encontradas na natureza, arranhados nas paredes como grafite, acreditamos. Qualquer coisa além ou na superfície foi apagada pelo tempo há muito. Mas veja, estes foram perfeitamente preservados e são símbolos altamente sofisticados e regulares. Imagine! São registros do início dos tempos. Podem ter milhares e milhares de anos e, mais importante, podem trazer a sabedoria e o conhecimento dos próprios Deuses do Céu!

— Todas elas? — perguntou Timos, imaginando quanto espaço nos veículos elas ocupariam e estimando o peso de todas juntas. — O que acha de levarmos apenas algumas amostras? Elas passaram séculos seguras aqui, no mínimo. Com certeza nós...

— Não — disse Frank. — Elas podem ser a maior descoberta da história. São bem mais valiosas do que o ouro e as joias.

— Ele tem razão, Timos — disse Lauren, com os olhos verdes brilhando à luz da tocha. — Mas não podemos simplesmente pegá-las. É importante registrar a posição de cada tábula em cada prateleira. Pode ser esta a pista para traduzi-las. Também precisamos desenhar o modo com que as prateleiras e colunas estão entalhadas. A posição e orientação delas.

— Mas como podemos registrar a posição delas? — perguntou Frank.

Timos deixou que conversassem enquanto observava o resto do trabalho das forças de expedição, dando conselhos e incentivos conforme necessário. Todos estavam animados, os incentivos de Timos eram ouvidos de tempos em tempos pelo acampamentos conforme ele se aproximava e pensar em dividir um tesouro era algo muito energizante.

Ele voltou à câmara de livros e encontrou Lauren sentada à porta, rabiscando na terra com um graveto. Ela olhou para ele e sorriu.

— Não queremos marcas as tábulas. Mas a melhor ideia que podemos ter é fazer uma série de ranhuras nas bordas para indicar a prateleira e a posição. Mas o Frank não quer permitir nem mesmo isso. Ele insiste para que as tratemos como objetos sagrados.

Timos pensou um pouco e teve uma ideia.

— Venha, acho que há uma maneira.

Eles entraram na câmara de livros onde Frank estava de pé no meio do local, olhando para uma tábula.

— Posso? — perguntou Timos, e pegou o objeto com cuidado. — Veja. Registre em seu diário os caracteres escritos na tábula mais próximos de todos os cantos em cada lado. Assim, você terá um código de oito símbolos que descrevem cada tábula. É difícil que haja uma repetição nos padrões. Para reduzir essa possibilidade, coloque-as nas mesmas pilhas em que estão em cada prateleira e marque o material de embrulho com os códigos das tábulas contidas neles e a posição da prateleira. Cada página de seu diário representará uma prateleira. Em cima, escreva o número da posição da prateleira e os códigos de cada tábula nele. Nenhuma tábula precisa ser marcada dessa forma. Depois, você só tem que mapear as posições das estantes em um desenho de cada parede das prateleiras na câmara e copiar a linguagem na borda de cada prateleira. Inclua informações, como orientação ao norte, sul, leste ou oeste também. Registre alturas, profundidades, espessuras e comprimentos das prateleiras. Quando voltarmos a Culverden, você pode recriar tudo isso a partir dessas plantas, prateleira por prateleira, e então, colocar as tábulas na posição correta.

— Brilhante! — disse Frank.

Ele deu um tapinha nas costas de Timos, e Lauren o abraçou. Timos alocou para eles quatro bons soldados para ajudar com o trabalho e os supervisionava de vez em quando para ajudar. Todos fizeram turnos que não passavam de meia hora dentro de cada um deles. Eles se revezavam saindo por alguns instantes para descansar e voltavam para o que parecia uma forma fisicamente diferente de realidade para continuar com as tarefas.

Depois de mais três dias de trabalho, a expedição estava pronta para voltar para casa. Eles não puderam levar tudo. Apesar de terem conversado muito, Timos tinha conseguido enfatizar a necessidade de dar prioridade às tábulas. O saldo do tesouro e dos livros que não puderam levar foi cuidadosamente guardado dentro das paredes das câmaras internas atrás de destroços. Terra e limo foram enfiados nas rachaduras e, por fim, cobriram as paredes com terra. Ainda que outros exploradores entrassem e encontrassem aquele lugar entre todas as ruínas, pareceria ser apenas mais um monde de destroços na câmara (e a porta para ela também foi substituída), e eles seguiriam em frente, assim Timos esperava que acontecesse. Os outros objetos valiosos estariam seguros ali até outra expedição ser organizada, se Lorde Culverden assim quisesse.

A parte do tesouro que eles não conseguiram levar, mesmo sem contar os trabalhos por escrito, era mais do que valiosa para mudar para melhor a vida de todos eles, com uma polpuda parte para o fundo de bem-estar, quando voltassem para a cidade. Timos, abusando um pouco de sua autoridade, prometeu que insistiria para que todos os membros pudessem ser os primeiros escolhidos em outras expedições.

A caminho de casa, evitaram encontros e aventuras dos quais normalmente não fugiam, pois proteger o tesouro e os documentos históricos era primordial.

Eles mantiveram distância de dois monstros, um selvagem e um centauro gigante e, quando a equipe de Timos viu um batedor de um Lorde desconhecido se retirar depressa, uma equipe mandada por ele partiu em perseguição, mas evitou entrar em conflito.

Timos, como os outros, queria voltar ao que havia se tornado sua casa, principalmente por saber que estava em boa situação com o Lorde Culverden, dado o sucesso da missão. Mas uma outra parte dele temia aquilo. Por outro lado, não queria retomar a vida muito ocupada se isso significasse não mais estar perto de Lauren, Frank e de seus outros novos amigos.

Tais pensamentos pararam de repente quando se aproximaram da planície sobre a qual a cidade ficava. Podiam ver a fumaça no horizonte. Mesmo antes de conseguirem ver mais do que o topo das torres mais altas, conseguiram ouvir o som de metal contra metal e os baques secos feitos por enormes rochas batendo em muros fortes.

Mais uma vez, Timos estava voltando para a cidade de Culverden enquanto esta estava sendo atacada.

E dessa vez, Timos reconheceu o inimigo.

No chão, havia uma túnica comprida roxa e azul dentro do qual tinha sido costurado um escudo com linha verde, que talvez tivesse caído de um batalhão. As cores da cidade de Kollsvik. O bastião do Lorde Kollsvik, o bárbaro que tinha invadido o vilarejo natal de Timos, matado sua família e amigos e sequestrado seu irmão mais novo para ser um escravo, na melhor das hipóteses e, na pior, para ser morto.

By Stephen Leaton

REVISITAR

Não havia nada que Timos quisesse fazer mais do que partir para cima de seus inimigos.

Mas tinha que se obrigar a parar. Dessa vez, não era um entre muitos, mas um tenente dos Cavaleiros Reais, comandando uma força de mais de mil soldados e outras responsabilidades. Tinha que avaliar essa situação com cuidado.

À frente deles, estava o campo. Timos conseguia ver que havia muito mais agressores do que quando tinha sido pego pela última vez perto da cidade, encarando dois exércitos. Não havia sinal de nenhum aliado como Morven, como havia acontecido antes.

— Frank, quantos conjuntos diferentes de cor você consegue ver naqueles soldados? Tem Kollsvik, mas eu acho que também há outros.

Frank estreitou os olhos e levou a mão à testa para proteger os olhos do sol.

— Vejo... pelo menos três conjuntos. Não sou familiarizado com as roupas de Kollsvik nem com as outras. A maioria parece ser viking, mas, pelo menos, um outro exército com certeza é Yamato. Dá para saber pelos adereços de cabeça dos oficiais, mesmo à distância.

— Não vejo as cidades deles em nenhum lugar — disse um sargento sênior que estava com eles.

— Devem estar meio longe ainda. O que pelo menos quer dizer que esses exércitos não têm ajuda imediata.

— Sim, Sir Timos. Mas isso conforta pouco. Há dezenas de milhares de soldados em campo, e talvez outros se reunindo em outro ponto. É um grande truque esconder outra força atrás de um monte, ou até mesmo outra cidade. Veja! Os Dragões de Culverden estão no céu. Se eu não estiver enganado, Sir Timos, há um bando deles no sul. Provavelmente voltando de uma batida.

— Não consigo ver os portões de Culverden através das forças inimigas. Não vejo nenhuma cor de Culverden daqui, mas, com certeza, eles já devem estar em combate. Esses exércitos estão se reunindo estrategicamente: devem estar lutando fora do castelo.

— Concordo, Sir — disse o sargento.

A questão era o que fazer. Dizer isso em voz alta seria perder a confiança de seus homens. Relembrou tudo o que tinha aprendido sobre estratégia. Nada parecia muito adequado para aquela situação.

Ele decidiu.

— Leve alguns homens para seguirem os Cavaleiros Reais, sargento — disse ele, dando o nome de seus companheiros. — E, em seguida, volte com todos os sargentos seniores de todas as forças. Rápido, agora. — E ele olhou para a batalha que ardia perto do horizonte.

Atrás dele, escutou gritos de desânimo quando perceberam que teriam que deixar as carroças com o tesouro e seus condutores desprotegidos. Timos não viu os novos tenentes dando ordens aos civis, e os veículos com tesouros partindo em direção a grandes rochas afastadas a centenas de braças dali, nem viu alguns soldados virarem os cavalos para partirem naquela direção, com a intenção de afastarem suas bolsas de tesouros e então voltar.

Em poucos minutos, a maioria dos Cavaleiros Reais, incluindo os que Timos tinha nomeado, estavam todos à frente. Os sargentos demoraram um pouco mais e não estavam ali, mas Timos deu as instruções imediatamente. Não se deu ao trabalho de se repetir quando o restante chegou.

— Vocês todos estão vendo o que enfrentamos. Há pelo menos dois exércitos vikings, um deles é Kollsvik, que atacou Culverden em um lugar diferente não faz muito tempo, e um Yamato. Pode haver mais. Culverden não tem aliados capazes de ajudar, e seremos essenciais nessa luta ou morreremos. Deve ser vencida ou Culverden será saqueada. Estou dando ordens temporárias para que tenentes liderem um determinado número de Cavaleiros Reais. O restante deles deve trabalhar diretamente para cada novo tenente. Sei que isso não é comum, mas também não é um destino comum que enfrentamos. Meus motivos ficarão claros. Os sargentos mais experientes deixarão seus postos, e todos receberão a incumbência de cuidar de um ou outro desses novos oficiais como segundos-em-comando. Confio que vocês todos podem cuidar da organização disso.

Muitos dos Cavaleiros e dos sargentos agora pareciam em dúvida.

— Vocês têm conhecimento da tática que exige que todas as tropas sejam organizadas em uma formação triangula seguindo diretamente para o inimigo. Com escudos protegendo as partes de fora e o triângulo se mantendo firme, costuma ser uma formação muito eficiente. Vamos nos organizar dessa forma. Em algum momento, precisamos aceitar a possibilidade de nos atrapalharmos e de a formação ser desfeita... não, sargento, isso vai acontecer... e será quando, ao meu sinal, faremos uma formação diferente e inesperada. Imediatamente desfaremos o triangulo e nos posicionaremos em vários menores, todos com a infantaria com escudos por fora e cavaleiros e outros no meio. Estes se manterão próximos uns aos outros, e então voltarão a se unir em um enorme triângulo de novo.

"Durante essa fase, algumas forças inimigas de repente se verão cercadas por triângulos menores tentando se unir e serão afastados. Se as coisas forem bem, vocês devem conseguir derrubá-las conforme forem se reestruturando. Para fazer isso, precisamos formam as unidades de triângulo dos novos tenentes. Os sargentos mais velhos se distribuirão de modo equilibrado entre os triângulos e, então, entre o resto dos soldados. Vocês entenderam?

Depois de uma confusão inicial, a força foi dividida em partes ao redor de Cavaleiro Real. Alguns ajustes foram feitos para que houvesse pelo menos um arqueiro em cada triângulo.

— Agora, façam a formação gigante!

Isso foi feito depressa, com a liderança sendo tomada pelos Cavaleiros Reais e pelos sargentos de cada grupo.

Timos então deu a ordem para que todos saíssem do grande triângulo e se afastassem uns dos outros.

— É isso o que vai acontecer quando a formação se desfizer. Vocês enfrentarão os inimigos, cada um de vocês, sozinho. Não lutem. Em vez disso, corram até seus camaradas mais próximos e comecem a formar pequenos triângulos. Depois, movimentem-se como um grupo em direção ao mais próximo triângulo menor.

— A união em triângulos menores se vocês forem separados e a união desses triângulos em um outro maior é de responsabilidade de cada um de vocês. Não esperem ordens. Não se preocupem se entrarem no triângulo errado! — gritou Timos.

Com isso, os tenentes gritaram que os soldados tinham que girar no próprio ponto em que estivessem diversas vezes até ficarem zonzos para simular a confusão da batalha e, em seguida, imediatamente se aproximarem dos camaradas mais próximos para formar pequenos triângulos.

Foi um caos.

Mas, na segunda tentativa, os tenentes e sargentos encontraram maneiras de sinalizar como pontos de encontro com faixas, e as formações triangulares melhoraram, mas não muito. Muitos conseguiram, mas outros fracassaram. Os que fracassaram conseguiram, mais uma vez, formar um grande triângulo, mas, dessa vez, o resultado final foram dois grandes triângulos de cada lado do ponto de encontro. Os poucos desalinhados logo correram para se unir a um ou outro deles.

— Mais uma vez. Depois que vocês se separarem e girarem, procurem por outros ao redor. Se não conseguirem ver ninguém, corram na direção da cidade se puderem até encontrarem alguém. Dessa vez, os tenentes não vão ajudá-los. A velocidade é o mais importante quando vocês se afastam do apoio. Quanto antes conseguirem encontrar alguém e depois os outros, melhor. Esforcem-se totalmente para isso.

Muito melhor dessa vez, mas ainda com muitos erros.

— Não temos mais tempo para praticar. Mais uma vez — gritou Timos —, não importa se vocês entrarem no triângulo certo ou não, e não importa o tamanho dele. Entrem nos triângulos e retomem a formação com outros assim que puderem até a força ser grande o bastante para continuar seguindo em frente para o resto das forças da cidade. Sei que vocês têm dúvidas. Mas tem uma coisa: o triângulo gigante, dividindo os atacantes no meio conforme pressionamos para nos unir às forças da cidade, é a formação convenientemente exigida aqui. Não vamos nos afastar disso. O que é diferente é que temos uma estratégia para quando o triângulo se desfizer, para que vocês não lutem sozinhos. Até mesmo o menor dos triângulos em avanço é uma defesa e um ataque melhores do que três de nós sozinhos, cada um cobrindo as costas e os flancos dos outros. Significa que existe um chance de reformar o triângulo ou diversos deles e manter o avanço.

As opiniões dividiam-se, e Timos não esperava que todos obedecessem, principalmente porque a realidade de uma separação na formação causava pânico e apenas a necessidade de sobrevivência instante a instante. Mas era o que ele podia fazer para dar uma chance a eles.

Com isso, o momento de avançar não podia mais ser postergado, e as tropas formaram colunas marchando a toda velocidade, apesar de a cavalaria ter permanecido na infantaria dessa vez.

As colunas formaram um triângulo gigante perfeito no último minuto, enquanto eles seguiam diretamente para a retaguarda da força dos vikings, e a luta começou.

O triângulo se manteve por muito tempo. Eles estavam em número tão menor que o triângulo logo foi tomado, como uma ilha solitária no meio de um oceano de vikings. A formação se manteve firme, mas começou a se desfazer. Primeiro, uma ponta caiu, e o triângulo se desfez.

Houve muitas mortes entre as tropas de Timos.

Muitos soldados foram forçados a lutar sozinhos, e a maioria deles sucumbiu depois de um valente combate um a um. Simplesmente foram cercados pelos vikings e receberam golpes vindos de todas as direções.

Mas, para a surpresa dos vikings, em vez de a maioria das tropas de Timos lutar homem a homem, como esperavam, uma tática que logo acabaria com eles por eliminação, eles imediatamente fugiam de toda luta. Foi tão grande o choque diante de um comportamento tão desonroso que os vikings, em alguns casos, ficaram paralisados.

Mas essa tática colocou as forças de Culverden em pequenos triângulos justos de todos os tamanhos que pareciam impenetráveis para os vikings mal organizados. Os soldados lutavam uns de costas para os outros, e os pequenos grupos se movimentavam lentamente adiante. Então, sob o incentivo dos Cavaleiros Reais e dos sargentos, muitos dos triângulos menores se uniram e se tornaram maiores, e a vitória fácil e esperada foi posta em risco.

Os triângulos que se formaram se desfizeram e voltaram a se formar, desfalcados. Mas, a cada vez, a tática se tornava mais simples, e a vantagem se tornava óbvia para todos. Os vikings tinham pouca organização de modo geral e, apesar de certamente derrubarem muitas das formações menores e atacarem soldados nas formações maiores, o movimento das tropas de Timos como um todo foi bem-sucedido ao continuar penetrando, a se mover como uma vela no mar em direção aos muros da cidade.

Enquanto isso, Timos tentava colocar alguns dos triângulos menores perto de seu comando para formar um triângulo ao redor dele, mas não conseguiu. Os homens estavam muito concentrados em manter as formações menores e lutar para olhar ao redor e fazer parte de um exercício de grupo coordenado. Ele viu desanimado que seus soldados caíram, várias vezes, em formação ou não. Em seguida, também ficou isolado e não pôde ajudar. O fedor de carne de animais queimada misturada com o cheiro de fumaça no vento. Timos sentiu o sangue ferver quando partiu correndo a galope na direção de um viking com barba ruiva enorme, e passou por cima dele.

Havia corpos de animais e de pessoas e Timos gritou com eles em meio à poeira e à fumaça da batalha à frente e partiu naquela direção como um maluco, sem tomar cuidado com a própria segurança. Tudo o que importava para Timos naquele momento era se vingar daqueles agressores monstruosos.

O próximo encontro foi com um cavaleiro que usava uma armadura mínima. Timos se aproximou dele a toda velocidade, vindo por trás, e fez um corte enorme no pescoço do homem ao passar. Não parou para ver o homem cair, com o ombro partido em dois e gritando até o homem da cavalaria de Culverden aparecer alguns instantes depois atrás de Timos a acertar o inimigo no coração, por cima, com uma lança, enquanto ele se debatia no próprio sangue. O homem da cavalaria, que Timos pensou ser da tenda militar de Culverden, desapareceu de novo e Timos ficou sozinho. A tenda ficou abandonada, e muitos de seus esteios e laterais de lona tinham sido destruídos.

Continuando a seguir em direção à cidade, Timos encontrou um grupo de infantaria de Yamato se esforçando para orientar cavalos que puxavam uma carroça cheias de barris de petróleo e betume. Sem dúvida, era para aquilo ser despejado em pedras envoltas em tecido que seriam lançadas de trabucos que já estavam sendo acionados em direção às muralhas da cidade e por cima delas.

Timos seguiu ao longo delas e, em vez de lidar com os soldados, simplesmente enfiou a espada no fundo da lateral do corpo do primeiro cavalo que viu e seguiu, deixando o animal, que morria, fazer a carroça parar.

Então, chegou à confusão, uma mistura de cavalaria e infantaria dos dois lados.

Depois de um tempo em que não poderia dizer exatamente o que tinha acontecido, Timos se recuperou para suficiente para olhar ao redor e observar o progresso da batalha. Percebeu, chocado, que os invasores tinham o controle. Pontes temporárias tinham sido estendidas acima das trincheiras e do rio. Os muros da cidade não só tinham sido invadidos, como várias construções ali dentro já estavam sendo incendiadas. Soldados e cavalos mortos e feridos, dos dois lados, estavam espalhados pelo chão, e agora muitos cavaleiros sem montaria andavam por ali, e cavaleiros a pé de todos os lados lutavam desesperadamente com as armaduras pesadas, enquanto homens da infantaria, com menos equipamentos, partiam para cima deles, ou a cavalaria ainda montada os atacava.

Os gritos dos homens e dos animais pareciam saídos de pesadelos. A terra tinha virado lama avermelhada misturada com sangue em muitos lugares.

De repente, ele alcançou as muralhas da cidade e se aproximou de uma ponte para a qual seguiu. Foi quando se viu em meio a um grupo de soldados Yamato lutando furiosamente dentro dos portões, se lembrou dos civis e gritou por acreditar que, em sua negligência, por não ter pensado neles, todos agora estariam lutando e quase certamente morreriam.

Um baque no ombro esquerdo sobre a armadura fez com que ele virasse o cavalo. Um cavaleiro inimigo estava erguendo a espada para outro golpe forte. Timos se abaixou no cavalo, apontou a espada à frente do corpo e avançou com o cavalo. O outro cavaleiro conseguiu escapar com facilidade e tentou acertar o capacete de Timos. Felizmente não conseguiu, pois teria sido um golpe desastroso, ainda que não tivesse perfurado o metal do capacete. Timos aproveitou a oportunidade, quando o cavaleiro afastou o braço de novo para deslizar ainda mais para a esquerda, com a bota deslizando do estribo direito e, esticando o braço esquerdo com a lança, envolveu o pescoço do cavalo com o direito, torcendo para que a espada não estivesse ferindo o pescoço do animal. Ele agora estava posicionado no flanco esquerdo do cavalo, em um ângulo ruim para o cavaleiro alcançar sem se reposicionar. Enquanto isso, Timos conseguiu enfiar a lança diretamente de baixo para cima por baixo da malha do oponente e encontrou carne e osso. O homem berrou, e Timos, já correndo o risco de ser amassado entre os dois cavalos, não teve escolha a não ser continuar escorregando até ficar sob a barriga do cavalo e, em seguida, cair no chão. Ele passou pelas patas do cavalo, imediatamente voltou a montá-lo pelo lado direito e, ao subir na sela, conseguiu se reposicionar a tempo de ver outro cavaleiro inclinado à frente segurando-se no pescoço do cavalo e então escorregar para o lado, com o corpo preso ao cavalo com seus estribos. O cavalo do homem parou, e Timos partiu com seu animal para atacar dois homens da infantaria que agrediam um dos cavaleiros de Culverden sem montaria. Timos gritou para ele, que foi rápido o suficiente para agarrar a perna de Timos, enfiar um pé no estribo esquerdo quando o estribo de Timos ficou vago e então, eles partiram, em um exemplo perfeito de exercício de treinamento que parecia tão improvável que nenhum dos dois pensou que um dia o usariam. Timos o colocou no chão quase cem metros adiante e virou o cavalo em seguida para voltar à escaramuça.

Ele despachou mais dois homens da infantaria de Kollsvik e depois um terceiro, por cima do qual Timos foi forçado a saltar, cobrindo a si mesmo com os braços, com o pique no ar, e acertou a barriga do cavalo, com tanta eficiência que nem pareceu um mero acidente.

Timos abaixou-se na sela e quase caiu quando seu cavalo tropeçou e se endireitou em seguida. De algum modo, Timos tinha deixado a mão escapar da espada e o cavalo pisou nela. O casco a acertou bem na ponta de modo a fazer o cabo bater em uma rocha e a lâmina se dividir em duas. O cavalo estremeceu e parou totalmente. Ficou ali por um momento e então as patas da frente cederam. Era claro que o cavalo estava ferido, mas Timos não sabia onde nem com que gravidade. O que tinha que fazer era descer antes que o cavalo rolasse para um lado ou para o outro, amassando suas pernas. Ele bateu no chão, sentindo dor, e temeu ter torcido o tornozelo de novo, mas a perna aguentou seu peso. O cavalo se abaixou e, apesar de não rolar, Timos viu que o corte em sua barriga, causado pela lança do soldado quando ele passou correndo, era irremediável.

Ele levou a mão à bolsa atrás da sela e pegou seu falchion, uma lâmina curta, chata e larga, mas extremamente afiada. Era feita para fazer cortes rápidos graças à lâmina fatal, diferentemente de uma espada, com a qual podia aplicar golpes e também fazer cortes. Aquele tinha sido feito por Durant, que, apesar de seus muitos defeitos, ainda era o melhor artesão de metal na cidade. Timos fez a única coisa humanamente possível, que tinha aprendido na infância na fazenda e a qual tinha instruído em seu treinamento de soldado: deu um passo atrás e fez uma rápida oração aos ancestrais do cavalo e cortou seu pescoço de modo ligeiro e hábil. O cavalo olhou para ele enquanto o sangue jorrava e então abaixou a cabeça, sem rolar.

Ele olhou ao redor. Não havia cavalos ali perto e nenhum sinal de outros cavaleiros que pudessem dar uma carona a ele, que teve ciência, mais uma vez e com desconforto, de como eram pesadas a cota de malha e a armadura da cavalaria quando não estava em cima de um cavalo. Tinha que conseguir um cavalo ou começar a se livrar de todo aquele metal.

Com um cavalo, poderia voltar ao campo e a suas tropas. Sem dúvida, havia cavalos sem cavaleiros no campo, em algum lugar, mas lá dentro, ele conseguiria um com mais facilidade.

Timos passou pelos portões, levando o falchion com a lâmina sobre o ombro direito, a parte afiada voltada para a armadura. Imaginava poder praticamente escutar as críticas de seu mestre de armas e do ferreiro que tinham feito a lâmina enquanto esta raspava no metal, mas aquele era o melhor modo de se movimentar com pressa. A arma cumpriria seu papel quando chegasse o momento.

Dentro dos muros havia soldados de todos os lados, lutando em grupos no terreno externo e interno, e não havia cavalos soltos à vista.

Havia corpos por todos os lados, principalmente com flechas fincadas neles como se fossem almofadas de alfinetes. No terreno do lado de fora, havia madeira queimando e, nos corredores além dos muros, ele teve que passar por cima de lenhas que escondiam mais mortos embaixo delas.

Quando passou pelo último corredor comprido de muros internos, viu a água enchendo o pátio, com a profundidade de dois centímetros. As armadilhas deviam ser programadas para inundar as passagens subterrâneas. Seguiu para os estábulos, tentando desviar de cidadãos assustados e dos homens dos dois lados em luta, enquanto procurava um cavalo novo. Mas sua passagem estava muito bloqueada, e seu desejo de achar uma montaria e partir ao ponto onde estava o inimigo, que ele conseguia ver reunido fora dos portões, certamente protegendo um inimigo, e matar o máximo de homens que conseguisse, foi frustrado.

Ele viu uma abertura. Uma carroça abandonada cheia de trigo estava entre ele e um espaço vazio, e ele entrou nela depressa. Foi quase imediatamente impedido por um grupo de homens de Culverden que se afastaram de uma bola esfumaçada de betume que havia caído entre eles, fazendo barulho e causando gritos. Seu caminho até os líderes inimigos estava bloqueado de novo.

Frustrado, ele se virou para a esquerda e viu uma porta para as casernas dos escravos. Talvez existisse um caminho pelo outro lado.

Ele empurrou a porta, mas sentiu resistência. Jogou o peso do corpo ao tentar abrir a porta com os ombros e passou, quase tropeçando em uma pilha de roupas amarelas no chão, que era, na verdade, o corpo encolhido de um velho, com os olhos arregalados dentro do mar de rugas e assustado como Timos nunca tinha visto. Atrás do homem havia um grupo de pessoas igualmente idosas, homens e mulheres. Alguns cobriam a boca com o avental, com medo, e outros olhavam com temor, mas de modo desafiador também.

Mais além, Timos viu muitos outros espiando das portas. Alguns idosos, alguns jovens: todos usavam as mesmas roupas amarelas de escravos ou as roupas de cidadãos comuns.

Ele ficou parado por alguns minutos, observando-os enquanto eles também o observavam. Do lado de fora, o barulho era alto e caótico. Sons de aço contra aço, estouros de trabucos lançando pedras ou bolas de betume pela cidade, com gritos e berros de homens, mulheres e animais. Ali onde ele estava, parecia ser uma bolha, uma pausa para tudo aquilo.

De repente, foi como se um raio o acertasse e ele entendeu. Não voltaria para atacar o inimigo, apesar de tudo em seu ser pedir para que ele fizesse isso. Não se vingaria daquele inimigo pelo qual vinha esperando desde que encontrara a família assassinada no vilarejo, como tinha jurado fazer. Tampouco se sentia culpado por suas tropas estarem ali lutando sem ele. Timos confiava em seus Cavaleiros Reais, sabia que cumpririam seu papel assim como outros já tinham confiado que ele fizesse o mesmo no calor da batalha. Ele os havia armado com táticas e um objetivo, e não havia nada que pudesse fazer, arriscando-se de modo insensato, passando por aqueles portões, se tinha um novo dever, bem ali.

Ele faria o que era certo, e, portanto, a única coisa que podia fazer. Ficaria ali e protegeria aquelas pessoas. Não a cidade, não os soldados que eram seus camaradas, não a honra de Culverden propriamente dita. Nunca conseguiria abandonar os inocentes, pessoas que não eram capazes de se proteger, como as pessoas dos vilarejos de sua juventude. E se por isso perdesse a chance de encontrar e matar os líderes do inimigo, mesmo seu próprio Lorde, então era o que aconteceria naquele momento. Porque deixar aquelas pessoas à mercê do inimigo era a mesma coisa que abandonar seu povo. Eram inocentes, e ele morreria para protegê-las das tropas invasoras que estavam dentro dos muros da cidade.

Então, foi o que fez, não correndo para as ruas para ajudar os soldados de Culverden que ali lutavam. De uma nova maneira que era própria de Timos.

— Fechem a porta quando eu sair. Volto assim que puder ajudar vocês! — ele gritou. Saiu e simplesmente foi reunindo soldados de Culverden um a um conforme os via, e buscou mais. Sua posição e reputação eram tamanhas agora que os homens o seguiam, passando pela porta aberta. Quando Timos terminou, ele tinha reunido sete outros soldados que permaneceram hesitantes quando ele fechou a porta com força. Um deles, um homem enorme e careca, reagiu pegando uma cadeira de madeira pesada e enfiando-a embaixo da maçaneta. Aquilo não seria empecilho se houvesse uma tentativa determinada de invasão, mas era melhor do que nada.

Timos rosnou as ordens e logo, do caos, surgiu o esboço de um plano. Quatro soldados foram mandados para fora para buscar mais ajuda, enquanto Timos e os outros três organizavam as crianças maiores em grupos de vigilância às janelas e portas. Os observadores gritavam o que estava acontecendo do lado de fora, enquanto Timos e dois outros soldados decifravam os detalhes da melhor maneira que conseguiam.

A caserna era enorme. Timos nunca tinha entrado naquela. Havia aposentos de homens, mulheres e de casais. No centro ficavam as salas dedicadas às crianças do lugar. Quando o ataque começou, todos os civis correram para dentro para esperar o aviso para que saíssem e ajudassem a cuidar dos feridos ou dos invasores ou o momento em que os invasores entrariam para estuprar, matar e levar prisioneiros.

Enquanto faziam um levantamento e conversavam com os moradores, outros soldados chegaram sozinhos, em duplas e trios, vindos de fora. Homens que tinham sido separados de suas unidades e impedidos de voltarem a se unir a elas de todas as maneiras.

Estavam confusos: por que estavam ali? A principal obrigação de um soldado era sempre maximizar o ataque ao inimigo, e não permanecer escondido na cidade.

— Eu sei. Sempre foi assim. Faz sentido lançar todas as suas forças ao inimigo. Mas digo que não é certo, nem sempre. Quando há uma invasão, deve haver uma defesa. Das pessoas. Caso contrário, pelo que estamos lutando? Há muitos de nossos homens brigando lá fora. Mas há inimigos dentro dos muros e eles estão atacando as pessoas. Realmente importa onde lutamos contra eles? Aqui ou lá fora? Eles morrem de qualquer forma. E — disse ele, falando mais baixo —, com toda essa gente boa pronta para lutar com você, não importa o quanto sejam inadequados como guerreiros, certamente é uma vantagem a vocês, como soldados, no mínimo confundir o inimigo quando eles chegam.

Eles se entreolharam. Vários homens não se deixavam convencer. A honra deles, em sua opinião, estava em levar a luta ao inimigo, lá fora, não, como alguém disse, esconder-se com os servos. Timos mandou que eles se fossem e desejou que vencessem. Eles partiram, preferindo se arriscar para voltar à luta de qualquer modo e esperando ajudar na vitória de uma defesa. Mas aqueles que ficaram prometeram, como Timos, proteger aquelas pessoas, e eles entraram em um acordo. Na maioria dos casos, aqueles homens tinham esposas e filhos correndo risco em algum lugar da cidade.

Havia muitas facas pequenas, mas apenas uma espada entre os civis. Havia também alguns equipamentos agrícolas estavam ali para serem consertados ou utensílios variados de cozinha e outros itens domésticos.

Mas Timos via tudo como uma possível arma e mandou que os mais fortes cidadãos pegassem vassouras e esfregões e os usassem como porretes que poderiam acertar a cabeça ou o corpo de alguém ou poderiam ser agarrados nas duas pontas para serem usados para bloquear uns golpes. Outros ele tinha armado com facas de cozinha e garfos, além de espetos usados para assar carnes ao fogo. Toda pá, rastelo e enxada intactas o suficiente para causar prejuízos foram colocadas em uso, e logo as pessoas, até mesmo as crianças, tinham todos os objetos que podiam ajudar na defesa: blocos de madeira, um tijolo quebrado, até mesmo cadeiras foram quebradas para que as pernas pudessem ser usadas como pequenos porretes. Duas idosas ofereceram suas agulhas de costura que Timos achou que poderiam ser uteis em mãos treinadas para perfurar a cota de malha no combate individual, isso se sobrevivessem às armas de um invasor para poder se aproximar tanto. Alguns tiveram a boa ideia de amarrar as agulhas às pontas dos cabos das vassouras, para aumentar suas chances. Mas a palavra-chave era "treinadas". Aquelas pessoas não eram treinadas. Sabiam disso, apesar da cara de guerreiros que faziam.

Os soldados que chegaram depois elevaram o número para 17, e os civis, excluindo as criança, eram cerca de 150.

Timos explicou da melhor maneira possível e de um jeito ou de outro, a maioria dos soldados concordaram com o plano e organizaram grupos de residentes de modo que, em pouco tempo, eles acabaram reunindo várias unidades. Um grupo heterogêneo, na melhor das hipóteses, mas agora, absurda e estranhamente respeitáveis ao mesmo tempo. Dois dos soldados franziram a testa, resmungaram e não quiseram participar, e Timos mandou os dois irem embora. Eles correram em direção à porta e se foram.

Ele queria ir com eles.

Mas o que importava para Timos, no entanto, era que aquelas pessoas estavam mais fortes naquele momento do que quando ele as havia encontrado ao chegar. Havia um clima de desafio, de desespero, até, uma a sensação de que não eram vítimas passivas, que eram dignos se fossem derrotados lutando.

Enquanto os homens de Timos tentavam, rapidamente, preparar os residentes com as ideias mais básicas envolvendo o uso de uma arma, viam atitudes lentas e desajeitadas, o que era difícil para soldados profissionais testemunharem. A batalha do lado de fora continuava. Mas havia a sensação de que talvez estivesse um pouco mais silencioso, que o foco podia ter sido mudado. Os vigilantes confirmaram que a área externa do terreno estava vazia.

Com isso resolvido, por mais inadequado que fosse, Timos pensou nas outras casernas pela cidade. Cidadãos que podiam ser como aquelas pessoas pobres à frente dele. Cozinheiros, jardineiros, padeiros e, sim, ele pensou com o coração na boca, costureiros, historiadores e cientistas como seus amigos Joy, Frank e Lauren. E os Professores, como Velha Mary e os outros, todas as outras pessoas que ele conhecia, como cozinheiros, atendentes e mensageiros? Os homens e as mulheres dos armazéns e escritórios e até os homens da Fundição? E aqueles que se recuperam no hospital, e os médicos e as enfermeiras? A maioria devia estar dentro do castelo agora, milhares e milhares. Uma enorme defesa doméstica disponível se ao menos tivessem sido treinados e organizados.

Muitos eram ex-soldados que tinham se dedicado, mais tarde na vida, talvez depois de serem feridos ou por outro motivo, a outra profissão. Mas muitos eram como aquelas pessoas, operárias, e seus filhos, mal preparados para qualquer tipo de combate. Mas, e se pudessem ser soldados no futuro? Ele precisava conversar com Lorde Culverden sobre essa ideia maluca, se os dois sobrevivessem.

Timos estava pensando no que fazer em seguida quando um grito surgiu entre os vigilantes: os homens estavam partindo em direção às casernas.

Soldados oportunistas de Kollsvik estavam na cidade, isolados sem comando adequado, atrás de dinheiro, mulheres e escravos. Sempre a mesma coisa em todos os exércitos de todos os lugares. O melhor e o pior vêm das mesmas pessoas.

Gritos foram ouvidos vindos de fora, e então, batidas lentas e cadenciadas à porta. E foi só isso. Timos fez um sinal a seus homens, que se posicionaram à frente de seus grupos. Dois soldados se posicionaram dos dois lados da porta e um rapidamente tirou a barra que mantinha a porta fechada.

De repente, a porta se abriu com tudo e dois invasores caíram ali dentro, segurando um pesado carrinho de mão, e a roda de ferro da frente estava desequilibrada devido à falta de resistência repentina. Ouviu-se um rugido do lado de fora, mas dois guardas de Timos já tinham dado um passo à frente e atacado os homens que levavam o carrinho e não conseguiram se defender.

Por cima da confusão de carrinho e corpos, homens tentaram entrar, empunhando espadas e adagas. O rosto deles estava molhado de suor misturado à sujeira, e todos estavam com as túnicas e armaduras manchadas de sangue. Sua expressão era séria ou carrancuda, nenhum parecia simpático. Eles usam o roxo e o azul de Kollsvik.

Os dois primeiros invasores estavam em desvantagem e imediatamente tiveram que lidar com os dois soldados da porta. Os próximos que entraram passaram pela luta e pararam, surpresos ao verem tantos soldados esperando pelo que supostamente seria um alvo fácil, e também ficaram surpresos ao ver homens e mulheres de todas as idades segurando lamparinas, paus e facas. Naquele momento, Timos gritou ao fazer um gesto ao líder, um homem bruto com uma capa amontoada sobre seu ombro esquerdo. Houve uma confusão por todos os lados até que, com gritos de júbilo, as mãos dos residentes da frente e de seus soldados se erguem triunfantemente. Os invasores estavam deitados no chão ou quase isso. Sem hesitar, Timos passou a lâmina de seu falchion pelo pescoço do líder que tinha ferimentos abertos e não teria vivido por muito tempo, de qualquer modo. Timos não soube dizer, depois, se sua atitude tinha sido misericordiosa ou vingativa.

As comemorações se espalharam pelas casernas.

— Esperem! — gritou Timos. Demorou um pouco para chamar a atenção de todos, e conseguir o silêncio necessário para ser ouvido. Quando conseguiu, ele disse com firmeza: — Vocês venceram aqui e agora. Conseguiram. Podem fazer de novo. Pois é certo que, se Culverden não vencer essa batalha logo, mais e mais grupos como este virão para a luta. Mas podemos sobreviver mesmo assim. Vou deixar vocês nas mãos desses bravos soldados. — Ele fez um gesto para seus homens. — Vou sair e encontrar outros grupos como o de vocês para organizar a defesa.

Fez-se silêncio enquanto os moradores pensavam no futuro sombrio. Então, um grito foi dado no fundo por um dos observadores e todos logo se aproximaram dele.

Timos passou alguns segundos dando instruções aos soldados e aos residentes mais capacitados, e saiu dali acompanhado de muitos.

A área externa estava vazia, só havia corpos e os feridos. Fora dos portões, o som da batalha era retumbante. Estar tão perto dos portões, ter deixado que hordas de inimigos entrassem pelos portões significa que as coisas não estavam nada boas para Culverden.

Ao dobrarem a primeira esquina, eles foram ajudar quatro soldados de Culverden que lutavam contra um grupo de três Yamato, e então conseguiram o primeiro grupo de recrutas para a próxima operação de proteção das casernas. A caminho da próxima caserna de civis, eles evitaram se envolver com qualquer um dos grupos de soldados Yamato e Kollsvik que pareciam andar livremente naquela parte da cidade e queriam fazer saques.

O objetivo de Timos era organizar a defesa e não se envolver em lutas ali na região. Ele teve dificuldade para convencer os homens a segui-lo, mas estes se mantiveram firmes com ele, e o plano deu certo. Quando saíram daquelas casernas, partiram para as seguintes.

Quando chegaram à seguinte para explicar o plano, a notícia já tinha sido recebida por eles, como mágica, e Timos decidiu que poderia deixar que os outros completassem o trabalho. Havia menos soldados de Culverden para ajudar a cada nova organização, mas isso não parecia importar. O ânimo não estava exatamente bom entre os civis, mas havia determinação.

Assim, Timos decidiu levar a luta às ruas e atacar o inimigo ali. Ele levou os dois homens que tinham sobrado e voltou para a primeira caserna. Ficou feliz ao ver que os ocupantes tinham organizados postos de observação nos telhados e tinham se aventurado a tirar as armas dos mortos.

Timos levou sete dos soldados ali com ele para que sua pequena força tivesse agora dez membros. Eles começaram a caçar sistematicamente os pequenos grupos de invasores que estavam na cidade; começaram a atirar flechas de telhados e a criar emboscadas para pegá-los quando passavam pelas vielas.

Timos tinha subido com dois arqueiros a um telhado onde tinham uma visão clara para atirar, desmantelando um grupo de soldados Yamato que tinham se escondido atrás de um depósito. O saldo foi abordar o grupo de Yamato ao longo da construção vizinha – nem os Yamato nem a força terrestre conseguiam ver um ao outro, mas Timos conseguiu guiar os soldados de Culverden a partir de sua posição. Infelizmente, um dos companheiros de Timos foi atingido no antebraço com uma flecha atirada de baixo. Timos pegou o arco e atirou várias flechas sem sucesso enquanto os alvos se abaixavam sob os beirais ou atrás de barris.

Então, atrás deles, apareceu uma cozinheira, rastejando-se pelas telhas com o avental branco e levando um arco, que ela entregou a Timos com um punhado de flechas. Timos sorriu para ela e pegou a arma, agradecido. Ela voltou a passar por cima das telhas e desapareceu seguindo o caminho de volta pelo qual tinha chegado.

Timos tinha usado um arco apenas no treinamento, apenas algumas vezes. Entendia o suficiente para saber como carregar e atirar com ele e, mais importantes, sabia que ele vencia obstáculos com mais força do que as flechas. Ele mirou com cuidado e lançou a primeira. Errou o alvo e acertou uma parede com um baque. A segunda flecha fez exatamente o que ele queria que fizesse. Passou por cima da frente de um barril, foi para o outro lado, diretamente no soldado que havia acabado de se esconder atrás dele. Os soldados no chão estavam posicionados, e Timos acenou para que eles atacassem. Dois dos invasores foram mortos e os outros três invasores foram vistos pela última vez fugindo em direção a um dos portões laterais por onde pudessem escapar, mas seriam pegos de novo na batalha ou seriam derrubados por qualquer defensor que por acaso estivesse ali.

A equipe voltou a atravessar a cidade. Quando cruzaram do pátio à viela, da rua para o alpendre, viram mensageiros correndo entre as casernas. Para ele, tudo era muito óbvio agora. Era aquilo que a defesa de uma cidade deveria sempre incluir, e ele ficou pensando que era o que faltava em Culverden. As outras cidades tinham sistemas de defesa de civis?

Timos percebeu que o sistema estava em funcionamento e que podia cuidar de sua outra necessidade – encontrar seus amigos. Pelo menos dentro da cidade, a maré estava mudando. Ele disse à equipe que voltaria para a batalha, e eles prometeram seguir em frente sem ele, checando as casernas recém-defendidas de vez em quando enquanto continuavam a busca.

Dentro dos estábulos, respirando profundamente e preparando um cavalo, ele tomou consciência de uma mudança nos sons da batalha. Não havia mais batidas de metal, e os gritos que ele escutou mudaram, deixando de ser de medo ou ira para gritos de alegria. Ele montou no cavalo e foi até o portão principal, onde foi encontrado por homens que vinham do campo de batalha.

— Os Dragões estão voltando! — disse um homem com a mão no antebraço ferido, com a cota de malha estragada pelo que pode ter sido um golpe de pique.

Ele parou o homem.

— O quê? Os Dragões?

— Sim, senhor, os Dragões voltaram e assim que eles apareceram no horizonte, o inimigo recebeu a ordem de se retirar!

Timos nem sequer sabia que os Dragões estavam longe. Até onde sabia, estavam sobrevoando armas de cerco e seus grupos lançavam petróleo e betume.

— A maioria deles tinha partido para explorar locais longe daqui dias atrás, senhor. Houve muita discussão, senhor. Ninguém achava boa ideia que todos os Dragões se ausentassem de uma vez, entende?

E Timos pensava a mesma coisa. Ficou tentando imaginar quem tinha tomado aquela decisão. Não era comum que Lorde Culverden cometesse um erro tático como aquele. O inimigo sabia disso? Um arqueiro que estava ouvindo se aproximando mancando, com um curativo manchado de sangue no joelho, e disse:

— Não é isso, homem. A retirada começou bem antes de os Dragões poderem ser vistos. Não, é algo totalmente diferente o que está fazendo o inimigo se retirar.

Mais e mais soldados, a maioria ferida, todos exaustos, mas muitos também emocionados, começaram a passar pelos portões.

— Se ao menos o Lorde não estivesse doente — disse o primeiro soldado, que não conseguiu dizer mais nada ao partir, respondendo a um chamado de seus companheiros para acompanhá-los na perseguição de um grupo inimigo que tinha aparecido entre duas construções e tentavam partir sem serem vistos.

O que tinham dito? Lorde Culverden estava doente?

Ele passou pelos portões e viu apenas forças de Culverden. O inimigo havia partido, deixando armas de cerco, quebradas ou ainda funcionando, sem se importar em levar mortos ou feridos. À distância, viu uma multidão deles, num borrão, seguindo para o horizonte em todas as direções, mas perto do campo de batalha não havia ninguém. Havia alguns grupos de soldados de Culverden ali, mas eles não estavam muito dispostos, aparentemente, e por fim todos desistiram e voltaram para casa. Nas horas seguintes, Timos ajudou carregando os mortos ou feridos com o cavalo, às vezes seguindo com dois, levando-os para os hospitais.

Ele ficou feliz por saber que os civis da expedição estavam todos sãos e salvos e voltando com muita ajuda para carregar e puxar as carroças com tesouros e pacotes dos soldados animados. Frank e Lauren estariam ocupados demais para interromper, até o tesouro e o conhecimento trazido de volta fossem guardados com segurança na Faculdade ou na Torre dos Sábios. Ele enviou uma mensagem dizendo que tentaria vê-los mais tarde.

Ao fim daquele período, estava adormecendo enquanto andava e um médico disse que ele tinha que descansar. Timos aproveitou a oportunidade para se deitar no chão atrás da tenda do hospital e dormiu por cerca de dez minutos até ser despertado por alguém que pensou que ele estivesse ferido. Ele sorriu, esforçou-se para ficar de pé e agradeceu à jovem enfermeira.

Olhando ao redor, viu que havia muitas pessoas para continuar o trabalho. Os civis tinham surgido, e ele decidiu que a melhor coisa a fazer era descansar direito. Voltou a entrar na cidade, tomou um banho, comeu um pedaço de queijo duro deixado nas cozinhas e bebeu uma garrafa inteira de leite. Isso o alimentou o suficiente para se sentir culpado apenas por ir para a cama. Ele olhou ao redor por um tempo, tentando encontrar Sir Alexander, e concluiu que ele ainda devia estar no campo. Então, decidiu que pelo menos devia contar tudo o que pudesse a Sir Daffyd ou a Lorde Culverden, e descobrir o que tinha acontecido durante sua ausência. O castelo era mais próximo do que o distrito no qual Sir Daffyd agora vivia e, pensando bem, era capaz de Sir Daffyd estar lá fora, ajudando. O Lorde devia estar do lado de dentro, já que estava doente. Bater à porta do castelo fez com que o porteiro espiasse para ver quem era e o deixasse entrar. Ali dentro, Timos percorreu os longos corredores até chegar aos aposentos do Lorde, onde foi recebido por dois guardas.

— Desculpe, senhor. Ninguém, nem mesmo alguém de sua posição, pode entrar, são ordens do médico, senhor.

— O que ele tem?

— Foi algo que o acometeu há cinco dias, senhor. Febre, e então, disseram, vomitou sangue.

— Entendo. E quem está no poder enquanto o Lorde se recupera?

— O estranho nisso, senhor, é que é o líder da Fundição, o mestre Durant.

— Durant? Por quê? Pensei que pudesse ser Sir Daffyd ou um dos outros ministros.

Os guardas olharam para baixo.

— O problema, senhor, é que Sir Daffyd morreu da mesma doença um dia antes de o Lorde adoecer. E o mercador Rufus, que Deus o tenha. Muitos outros ministros também. E Sir Alexander e...

— O Lorde está doente e não pode ser perturbado — disse o outro guarda.

— Isso mesmo. Ele nem está aqui, de qualquer modo. O quarto está vazio. Ele...

Mais uma vez, ele foi interrompido.

— Acho que não deveríamos estar falando disso, Derek — disse seu companheiro com um rosnado. — Vamos fazer a guarda e deixar que os outros pensem o que quiserem. Então, senhor, sinto muito, mas teremos que pedir para que o senhor vá embora. Ninguém pode entrar aqui nem visitar o Lorde onde ele está no momento, somente o mestre Durant e seus homens. Foi o que nos mandaram dizer. — O guarda olhou para Derek, e então para Timos. — Ele nem sequer está aqui. O quarto está vazio. O senhor vai ter que procurar outra pessoa, que não seja nós para obter informações, senhor, com todo respeito.

Os dois soldados trocaram um olhar e olharam para a frente como se Timos não estivesse ali.

— Tudo bem, homens. Obrigado por me receberem — disse Timos e desceu o amplo corredor onde quadros de Lordes anteriores o observavam.

Mestre Durant? Timos sentiu um aperto no peito. Ele não amava o Lorde Culverden como muitos dos cidadãos amavam. Mas respeitava a maior parte de suas decisões e atitudes, com exceção dos casos e Almain e Calaisy. Ele sempre agia de modo a proteger a cidade. De qualquer modo, Timos sabia que sua obrigação era com seu Lorde.

Aquelas mortes e a doença do Lorde. Certamente havia mais coisas ali do que parecia. Se Daffyd, Rufus e Levix, e sabe-se mais quem do alto escalão estavam mesmo mortos, então quem assumiria se o Lorde também morresse?

Então, Timos se deu conta. Era possível que o Lorde não tivesse indicado um sucessor ou, se tivesse, que tivesse sido um dos ministros, e alguns deles pareciam ter sucumbido à doença misteriosa. A menos que Lorde Culverden tivesse indicado alguém para substitui-lo antes de sua morte, a cidade também morreria, de acordo com tudo o que havia sido contado.

Então, quem seria o indicado? Com certeza não... e ele sabia que Durant estava esperando por isso. Será que estava mantendo o Lorde afastado de todo mundo para que ninguém mais pudesse ser nomeado? Seria possível que Durant estivesse por trás das mortes e das doenças, de alguma forma?

Não. Tamanha traição era algo impensável.

REVELAÇÃO

Ele voltou para seu quarto e se deitou para pensar um pouco antes de voltar a dormir, exausto. Ele se levantou de manhã, tomou um copo de suco, pegou uma maçã e uma salsicha para levar consigo e foi para a Faculdade. Estava aliviado por saber que Lauren e Frank tinham voltado ilesos assim que o inimigo se retirou e estavam agora na Torre do Sábio colocando os livros com capa de couro de Dragão e as tábulas do Deus do Céu em ordem.

A Velha Mary estava bem, mas sofrendo. Dois de seus colegas mais velhos, infelizmente, tinham deixado a tranquilidade de seus quartos cedo demais, pensando que a batalha estava ganha, e tinham sido atacados na rua por um grupo de saqueadores que talvez nem fossem inimigos, mas oportunistas do lado criminoso da cidade. Ninguém tinha certeza.

— Mas já chega disso, Timos. Você tem muito para fazer agora.

— O que você quer dizer, Mary?

— Estou falando do Lorde. Você sabia que dizem que o Lorde está morrendo?

— Soube — disse Timos, e contou sua conversa com os guardas perto do quarto do Lorde.

— O que dizem é verdade, mas não é tudo. Daffyd e Alexander não só estão mortos, como quase todo o gabinete, só sobraram os ministros dos Celeiros e da Construção. Estão escondidos. Pior, o filho bebê e a esposa do Lorde também morreram. Athena ainda está em segurança, graças aos ancestrais. Pensaram que Rufus também tinha morrido, mas continua vivo e consciente, apesar de extremamente doente. É estranho que essa doença tenha atingido tão violentamente e apenas um pequeno círculo tão poderoso. — Ela ergueu uma sobrancelha. — As únicas pessoas que podem vê-lo são Durant e o sargento que ele recrutou, Dalaneous. Estamos preocupados, pensando que ele pode estar esperando que o Lorde o indique como seu sucessor, agora que a esposa e o filho dele se foram. Se não houver alternativa, o Lorde vai se sentir na obrigação de indicar Durant simplesmente por saber que está ali, vivo, e que a menos que faça algo, a cidade morrerá com ele.

— O que posso fazer?

— Acho que você sabe a resposta para isso, Sir Timos.

Timos inicialmente se sentiu confuso. Até perceber o que a velha professora estava sugerindo.

— Eu? O que eu poderia fazer em relação a isso? Ainda que eu soubesse quem apoiar, não poderia desafiar Durant a colocar essa pessoa no poder! Seria errado. Mestre Durant foi indicado como segundo-em-comando de modo válido, independentemente do que pensemos sobre isso. Quem é o próximo na sucessão, afinal? O Ministro dos Celeiros? Um daqueles Sábios estranhos com sua magia? Quem? E quem decide?

Velha Mary ficou em silêncio e franziu o cenho. Timos esperou, mas ela se recusou a dizer qualquer coisa.

— O que devemos fazer, Mary?

Ela suspirou.

— Timos. Você está deixando de ver o óbvio. Tem que ser você.

Timos ficou assustado. Ele olhou para a velha professora.

— O quê? Eu? Você está mesmo sugerindo que eu devo me oferecer como novo Lorde, desafiar o Mestre Durant e, de alguma forma, lutar para entrar nos aposentos do Lorde para fazer com que ele indique a *mim* como seu sucessor? Enlouqueceu?

— Posso ter enlouquecido, Timos, mas em uma coisa estou totalmente sã: não sou só eu, são os outros professores e sábios que vêm essa grandiosidade em você, como viram Daffyd e Alexander, e o pobre Rufus e outros no gabinete e além. A cidade toda está em polvorosa agora, tantos os militares como os civis, a respeito de sua formação de uma força de defesa civil. Estão falando disso em todo o exército, sobre essa tática de reforma. As pessoas estão pedindo para que ela seja introduzida no treinamento imediatamente. Se a pessoa certa com as qualidades certas não for selecionada, a transferência do poder não ocorrerá, e a cidade morrerá de qualquer modo. Estamos todos convencidos de que Durant não só é uma pessoa ruim e perigosa, como também não tem as qualidades especiais que garanta essa transferência de poder. Você é a melhor opção, sob todos os aspectos.

Timos não fazia ideia do que fazer ou dizer em seguida. Aquilo era absurdo. Depois de tentar entender, sem sucesso, ele disse:

— Mas eu não quero. Ainda que tudo o que você diz sobre mim fosse correto, o que eu duvido, simplesmente não quero ser um Lorde. Meu desejo é encontrar o Lorde que matou minha família e meus amigos e resgatar meu irmão, se ele realmente sobreviveu ao ataque. E então voltar para um vilarejo desconhecido e levar uma vida calma...

— Timos, isso não é possível agora. Você tem uma obrigação não apenas com seu irmão, mas com o povo dessa cidade. E essa obrigação é mais imediata e bem maior do que seu irmão, pelo menos no momento. Milhares e milhares correm risco de morte. A cidade toda – incluindo você – desaparecerá se a escolha não for a certa. Uma das melhores qualidades em um novo Lorde, apesar de nem sempre ser presente, é a falta de vontade de assumir a posição para a qual é adequado. Lorde Culverden não é uma pessoa perfeita, mas nem mesmo ele queria ser Lorde quando chegou a vez dele, pois tinha objetivos pessoais de acumular fortuna. Teria preferido tomar decisões fora do trono do que nele. Mas nem mesmo ele teve opção quando chegou o momento. Ele se tornou o Lorde e simplesmente ajustou suas ambições de modo diferente, não um modo que tenha despertado muita simpatia por parte dos Professores. Ele é manipulador demais para nosso gosto. Mas em você, vemos algo diferente.

Timos levou as mãos à cabeça, que girava.

— Olhe, converse com seus amigos. Seja honesto e pergunte para eles diretamente. Não esconda deles o que eu disse. Eles devem te dar uma resposta honesta e bem fundamentada. Sei que dirão o que pensam porque eu vi o tipo de pessoa com quem você tem amizade, e pode confiar neles. Mas Timos: você deve agir depressa e se apresentar ao Lorde, e deve ser indicado antes que ele morra. Se eu estou correta, ele tem apenas o tempo suficiente para que Durant faça com que ele comece o ritual de nomeação, seja como for.

Depois disso, ela o mandou embora, e ele se viu caminhando no corredor, mas não sabia para onde.

O "onde" foi respondido quando ele bateu à porta de Joy e de Daniel. Para sua surpresa e alegria, quem atendeu não foi Joy, como Timos estava acostumado, mas o próprio Daniel, que abriu muito a porta e, passando uma muleta para o braço oposto, envolveu Timos no que no passado seria um abraço forte, mas que agora, era apenas um toque leve.

— Pela Deusa! Você está andando, Daniel! — exclamou Timos.

Joy cumprimentou-o com um abraço e um beijo no rosto, e falou com animação sobre como os soldados tinham se organizado no último minuto em uma unidade civil de autodefesa. Timos assentiu como se fosse a primeira vez que ouvia sobre isso. Uma hora depois, os três se sentaram ao redor da lareira, onde uma sopa estava fervendo em uma panela preta de ferro. Timos se levantou e disse que não queria prolongar as boas-vindas, prometendo visitá-los de novo em breve. Todos estavam bebendo cidra, e Daniel tentou fazer Timos beber algo mais forte, mas ele declinou e em seguida mudou de ideia ao se lembrar do que estava acontecendo no castelo.

Joy ficou em casa enquanto Daniel e Timos foram para a taverna. Todos ali queriam comprar bebidas para Timos, e ele e Daniel demoraram um pouco para encontrar um canto tranquilo para se sentarem.

Daniel ouviu com atenção o que Timos contou a ele a respeito de sua conversa com a Velha Mary. Então, para a surpresa de Timos, em vez de rir da ideia de Timos assumindo aquele papel, Daniel apenas assentiu lentamente e ficou pensando antes de bebericar o vinho.

— Faz sentido, Timos. Pense bem. A cabeça da maior parte dos homens do governo foi cortada. Você permanece sendo o oficial de mais alta patente, por ser tenente dos Cavaleiros Reais. As comissões feitas por você se reverteram agora, então você de fato é o único tenente nessa divisão. O Comandante do exército deve sempre vir dos Cavaleiros Reais e assim, apesar de haver outros Comandantes de Arqueiros e assim por diante, você é o oficial mais alto.

— E mais. Tem algo de especial em você, Timos. Você tem um intelecto aflorado e integridade rara. Não, faz sentido que seja você, acima de qualquer um.

Timos estava prestes a admitir a Daniel que tinha tentado fugir da cidade, quando Daniel franziu o cenho a algo atrás de Timos. Timos sentiu um tapa no ombro. Virou-se, pensando que veria outro homem ou mulher determinados a agradecer a ele por mais do que ele tinha feito. Mas ele se viu olhando dentro dos olhos de um Capitão da Guarda totalmente preparado e, atrás dele, estavam oito guardas igualmente preparados para enfrentar problemas. Timos levantou-se e se virou, e o Capitão levou a mão à adaga.

O problema, aparentemente, era Timos.

— Você. Venha conosco — disse o Capitão.

— O que é isso? — gritou Daniel quando ficou de pé. — É Sir Timos, que salvou muitas vidas na invasão!

— Sente-se. Vamos levá-lo embora. Ele está preso.

— Preso? Por quê? — perguntou Timos, afastando a mão do homem de seu ombro.

— Mantenha sua boca fechada. Vamos.

Ao redor, mesas ficaram em silêncio quando ficou claro que algo estava estranho. O Capitão olhou ao redor e algo que ele viu no rosto dos homens que estavam bebendo fez com que ele ficasse atento.

— Isso é jeito de abordar um Cavaleiro Real muito competente? — Surgiu uma voz vinda de algumas mesas à frente.

— Sim, isso mesmo — disse Daniel, olhando ao redor, olhando para a frente. — É Sir Timos para meros guardas. E Capitão deles.

O Capitão engoliu em seco. Aquilo podia não ir tão bem quanto ele tinha pensado.

O Capitão franziu o cenho.

— Se alguém quiser brigar comigo e com meus homens, seja bem-vindo. Mas como somos os únicos prontos para uma briga de verdade e vendo que agora estamos agindo de acordo com as ordens do Lorde interino, acho que vocês verão que vamos vencer, independentemente de termos que pedir reforços. Vocês, que chegarem aqui sem se ferir, serão amarrados e levados à torre para um castigo, e será pior por interferirem em assuntos importantes.

— Lorde interino? — perguntou Daniel.

— Sim. Lorde Culverden está doente. E enquanto ele se recupera, é o Mestre Durant quem está no comando. Venha. Eu me refiro ao Sir Timos. — E o Capitão olhou ao redor com nervosismo. Atrás dele, espadas foram embainhadas e foram ouvidos os barulhos que homens indecisos de armadura fazem no silêncio antes de um possível conflito. Aqueles guardas não estavam tão comprometidos, assim como o Capitão dava cada vez mais impressão de que gostaria de não ter sido escolhido para aquela tarefa, que deveria ser simples.

Timos olhou diretamente nos olhos do Capitão e, em seguida, dentro dos olhos dos guardas (ou de quem olhasse para os dele).

Fez-se uma pausa.

— Certo. Eu escolho ir com o senhor, Capitão. Não desejaria que nada de ruim acontecesse a essas boas pessoas.

— Não, Timos, você não pode ir. Eles querem ferir você, ou alguém quer. É Durant. Ele sempre teve algo contra você — disse Daniel, com o rosto tomado pela ira ao dizer essa última frase ao Capitão.

— É melhor dessa maneira. Você ficaria melhor se contasse a todos os seus amigos e colegas o que aconteceu. É mais difícil fazer coisas sombrias às escondidas se tudo estiver sendo vigiado pelas pessoas.

As pessoas começaram a vaiar e a sibilar e a movimentação na taverna lotada sugeriu aos guardas que uma saída rápida era algo prudente. Eles cercaram Timos, de frente para as pessoas ao redor.

Se Timos tivesse demonstrado sinal de resistência, teria sido facilmente dominado pelos guardas. Mas isso também quase certamente teria gerado ação instantânea contra eles, da parte de muita gente, pessoas encorajadas pelo álcool, iradas por gostarem muito do homem que estavam levando embora, entre eles uma grande proporção de soldados muito experientes que ainda estavam irritados depois da expulsão dos invasores.

Mas Timos se movimentou lenta e calmamente, com a cabeça erguida e um sorriso no rosto. Ele não queria brigar ali e sabia que se a briga começasse, ele acabaria na mesma posição, mas com muito mais ira contra ele da parte de Durant e dos guardas que estavam, justiça fosse feita, apenas agindo conforme as ordens recebidas. Além disso, ele, Timos, era um servo do Lorde, por mais que não concordasse com suas ordens ou com as ordens do Lorde interino.

O ar da noite ainda estava frio. Timos viu a estrela vermelha na constelação Corvus que havia acabado de surgir no horizonte.

O Capitão da guarda recobrou a confiança, assim como os guardas, e todos pareceram relaxar.

— Não sei por que querem prendê-lo, Sir Timos — disse o Capitão, prevendo a pergunta de Timos. — Fiquei surpreso quando me mandaram prendê-lo.

— Não importa. Você está fazendo o que mandaram.

Eles continuaram caminhando, os guardas conversando sobre suas experiências na batalha, várias histórias com detalhes familiares para torná-las mais interessantes.

No castelo, Timos foi entregue aos guardas. Surpreendentemente, um deles era Altur, que se recusava a olhar nos olhos de Timos. Ele foi levado à sala principal da recepção. Ali, mandaram que ele se sentasse e ele esperou. Depois de meia hora, uma trombeta foi tocada. Os guardas pareceram tão confusos quanto Timos até um grito vindo do outro lado do salão mandou que eles se levantassem para o "Lorde Interino Durant de Culverden"! E com isso, dois guardas saíram pela porta do outro lado levando piques. Eles pararam alguns metros além da porta e se encararam, segurando e erguendo os piques de modo a cruzá-los nas pontas. Por essa porta improvisada, entrou o Mestre Durant, vestindo roupas de Lorde e correntes. A majestade planejada do momento se perdeu no caminho longo que Durant e seu grupo tiveram que percorrer pelo espaço enquanto Timos observava, de braços cruzados. Quando Durant tropeçou na barra da roupa, Altur hesitou.

— Ah, Timos, é um prazer vê-lo de novo.

— Durant.

— Lorde Culverden ou Lorde Durant, para você.

— Mas você não é nada disso.

— É só uma questão de tempo. Meu predecessor está sucumbindo depressa. Uma coisa terrível, essa doença misteriosa. Vamos perder um grande homem.

O sorriso de Durant irritou Timos. Mas ele tinha que manter o controle.

— Ainda assim — disse Durant —, tenho certeza de que conseguirei substitui-lo. — Mais uma vez, aquele sorriso terrível.

Ele pediu que todos dessem vários passos para trás para que eles pudessem conversar em particular.

— Timos, você, sem dúvida, está curioso para saber por que está aqui. É porque, como eu, você está tomando seu lugar na história. — A voz dele estava baixa e rouca.

— De que modo?

— De um modo útil. Na verdade, você já deu essa ajuda a mim. O porquê de você estar aqui é apenas a conclusão da barganha.

— Barganha? Do que você está falando? Isso é mais uma de suas atividades criminosas?

— Bem, a barganha eu fiz para poder salvar a cidade. E fale baixo. Essas pessoas não precisam ouvir isso.

Timos franziu o cenho. Como era possível que Durant tivesse feito qualquer coisa assim? Então, ele se deu conta.

— Você quer dizer que fez um acordo com os invasores? — Ele não tentou ficar quieto e conseguiu ouvir os guardas atrás dele se remexendo.

— Claro. Foi o mais certo a fazer pela cidade e pelos cidadãos. O... velho Lorde Culverden estava determinado a se defender contra o ataque. E eu sabia que ele estaria, por isso agi com antecedência.

— Antecedência? Você está dizendo que *sabia* que o ataque aconteceria?

— Tenho minhas fontes de informação, sim. Assim como Lorde Culverden deveria ter tido. Mas ele fracassou no dever de orientar, por isso ficou a meu cargo decidir o melhor para a cidade.

— E escolheu deixar que o ataque fosse feito? Como pôde?

— Não permiti que fosse feito. Não sou tolo. Eu só podia fazer um acordo que desse a Lorde Kollsvik o que ele precisava sem nos destruir totalmente como ele poderia ter feito.

— Então você *nos* traiu?

Mais sons vindos dos guardas.

— Não é verdade. Você não nos deu ouvidos, Timos. Não vendi Culverden. Eu a salvei da destruição — disse Durant, com a voz mais alta, depois voltou a falar mais baixo. — Concordei em deixar vazar informações a Lorde Kollsvik sobre as defesas e sobre os planos de Morven e de alguns membros de nossa Aliança que não estavam fazendo muito por nós. Em troca, ele nos enfraqueceria um pouco, não nos destruiria. Teve que continuar com o ataque para passar a impressão certa a todos os nossos aliados. E secretamente devemos nos unir a sua Aliança em troca pela futura proteção e uso do resto das informações que temos sobre nossos aliados. Achei que foi um bom negócios. Você não?

— Tem mandado informação a ele todo esse tempo? Como?

— As... digamos, atividades marginais nas quais você tem certa experiência com aqueles maltrapilhos nojentos das ruas. Foi necessário que eu não só levantasse uns fundos dessa maneira, mas que os usasse para entrar em contato com alguns dos tipos de mercadores muito discretos que fazem negociações com as cidades de mais do que apenas produtos. Tais serviços não são baratos.

— Lorde Culverden e o gabinete nunca concordarão com isso!

— Lorde Culverden não tem escolha. E o gabinete, bem, boa parte dele está sofrendo da mesma doença do Lorde e o restante está... podemos dizer... incapacitados.

— Você quer dizer envenenados.

Durant sorriu.

— Por outro lado, durante o ataque, outra coisa me ocorreu, e eu pude convencê-lo a se afastar imediatamente. Então, apesar de termos sido prejudicados, é só um pouco em comparação ao que poderia ter sido ou ao que poderia ocorrer se esse acordo não fosse concluído. Vamos lá, você sabe que o Lorde Culverden teria feito exatamente a mesma coisa, não é? Ele não é nenhum santo, ou é? — Uma piscadela conspiratória.

— E para que o convenceu?

— Que bom que você perguntou, Timos. É a melhor parte. — Ele sorriu. — Consegui mandar uma mensagem para ele durante a batalha. A de que eu tinha sob meu controle a pessoa que ele tinha jurado encontrar e torturar. O homem que o havia quase cegado com uma pedra. Você, Timos. Então, agora, em troca, você será entregue a ele. Amanhã cedo.

— Não tem como você conseguir, Durant. O Lorde é o único que pode fazer de você seu sucessor, e ele nunca fará isso. — Timos notou que seus punhos estavam cerrados com força. Ele tinha que se manter mais calmo.

— Fará, sim, e ele sabe que não tem escolha. Está sendo cuidadosamente mantido em seu quarto e não recebe visitas... por sua saúde, você entende. Infelizmente, isso também quer dizer que a única pessoa que ele verá para poder fazer o ritual de sucessão será eu. Como sou modesto, não terei escolha, a não ser aceitar. Pois, se isso não acontecer, o velho Lorde Culverden não passará sua posição adiante, e a cidade e todos os seus habitantes simplesmente deixarão de existir.

— Deusa!

— E como garantia, se alguém que não eu for nomeado, Lorde Kollsvik está pronto para teletransportar toda sua Aliança e acabar com a cidade. Então, eu diria que sabemos exatamente o que vai acontecer, não é?

Durant sorriu e se virou para sair. Parou e olhou para Timos de novo.

— Você, claro, será o convidado especial do Lorde Kollsvik. Imagino que não vai gostar disso, a julgar pela bronca que escutei quando ele estava amaldiçoando você. Você, claro, será mantido vivo. Pelo tempo máximo possível. Mas não será uma vida agradável com os instrumentos do torturador.

Timos estava chocado demais para responder. Durant partiu com seu guarda, e Timos foi tirado dali. Os guardas, incluindo Altur, o levaram depressa para fora do Castelo em direção às ruas quase desertas e chegaram a uma bela casa. A porta já estava aberta e mais dois guardas esperavam por eles. Ele pôde usar o banheiro sob a vigilância de dois guardas e foi levado para dentro de uma sala, que foi trancada em seguida. Apesar de ser mais luxuosa do que qualquer quarto que ele já tivesse visto, as janelas estavam cobertas, e os guardas parados do lado de fora significavam que ele ficaria ali até quanto Durant quisesse. E seria até o dia seguinte, quando seria entregue a um homem cruel que só queria torturar Timos enquanto pudesse ser mantido vivo.

VISITANTE

Algum tempo depois da meia-noite, Timos adormeceu em sua cadeira, algo que ele teria jurado, cinco minutos antes, estar agitado demais para fazer. A exaustão tomou conta dele.

Ele despertou quando chutaram as pernas da cadeira para fazê-lo cair no chão. Alguém chutou sua barriga com uma bota, e ele ficou sem ar. Enquanto tentava entender o que estava acontecendo, viu um rosto familiar irritado olhando para ele.

— No chão, que é seu lugar, Timos — disse seu agressor.

— Shaun. Sem dúvida, você faz parte dos esquemas nojentos de seu tio — disse Timos, ofegante.

— Não é da sua conta, seu porco.

— Por que você está aqui? — perguntou Timos, temendo ser o momento de ser levado a Kollsvik.

— Não podia deixar que você partisse sem saber o que sinto em relação a você — disse Shaun, e ergueu o pé para chutar Timos de novo.

Mas não completou o movimento.

Atrás dele, alguém se remexeu e gritou, e, de sua posição, Timos conseguiu ver apenas que havia agora vários soldados na sala com eles. Shaun de repente se jogou para trás quando duas mãos gigantes puxaram seus ombros e ele caiu no chão. Timos viu que os guardas estavam sendo forçados contra a parede oposta por diversos homens e o que parecia ser uma mulher vestida como um guarda – havia algo familiar em seu perfil e então, ela virou a cabeça.

— Lauren! — gritou ele. — O que está fazendo aqui? Não deveria...

— Depois — disse uma voz familiar. Uma mão desceu e colocou Timos de pé. Estranhamente, o homem usava uma touca de lã cobrindo o rosto, com as aberturas para os olhos feitas de qualquer jeito, desalinhadas.

Do outro lado da sala, os guardas de Durant e Shaun foram amarrados com cordas e amordaçados.

— Isso os conterá por um tempo. Vamos! Precisamos correr! — disse um dos resgatadores. Fora da sala, atravessando o longo corredor, passando por escravos assustados e guardas solitários que nada podiam fazer além de se encolherem contra a parede diante do assassinato de mais de meia dúzia de homens fortemente armados e com armaduras. Eles passaram por corredores e portas e saíram nas cozinhas do castelo.

— Ali! — gritou o homem com a máscara de lã, apontando para uma porta grande de madeira. Timos reconheceu a voz naquele momento. Altur!

Todos correram na direção indicada e de repente estavam do lado de fora, no frio. Apenas quando dobraram uma esquina depois de outras duas construções Timos notou que alguém estava faltando.

— Altur está lá atrás — gritou ele. — Precisamos voltar e...

— Não, Timos. Faz parte do plano. Ele vai voltar para os guardas e entrar no lugar. Precisaremos dele lá mais tarde — disse Lauren, que estava sorrindo, suando e ofegante.

Timos não teve opção, precisou seguir em frente. Em pouco tempo, estavam saindo pelos portões da cidade e mantiveram um ritmo rápido até entrarem em uma estrada secundária e adentrarem uma propriedade. Passaram por campos recém-arados, mais devagar agora porque estavam sem energia, e então entraram em um velho celeiro em ruínas.

— Aqui — disse um dos resgatadores.

Do lado de dentro, pessoas saíram das sombras. Daniel e atrás dele, Joy. Sir Randolph. Beth, da fundição. E muitos outros.

Timos estava confuso. De onde tinham saído todos os seus amigos?

Em pouco tempo, outros chegaram e eles trocaram tapinhas nas costas e cumprimentos.

Lamparinas foram acesas. Jarros de água se materializaram de algum ponto e depois, pães e frango cozido. Timos comeu e bebeu mecanicamente, e sua força começou a voltar, juntamente com novos acessos de adrenalina enquanto ele pensava na traição de Durant.

— Preciso contar algo a vocês — disse ele, em voz alta. — Durant...

— Sabemos de tudo isso, Timos — disse alguém, com a voz baixa, atrás dele.

Lauren.

Ela enganchou o braço no dele e deu um beijo em seu rosto.

— Altur, Daniel e Joy reuniram todo mundo e deram a informação, e então começou a criar o plano de resgate. Descanse um pouco. Muitas coisas estão acontecendo. Veja ali.

Ela meneou a cabeça em direção à porta do celeiro que se abriu de novo. Três pessoas com casacos de pele entraram e olharam ao redor. Ao ver Timos, eles se aproximaram.

Eram Mary, a Professora, e dois colegas dela. No estado em que estava, Timos não conseguia se lembrar dos nomes deles.

Aos poucos, tudo fez sentido com mais detalhes. Altur estava tão confuso quanto todos os outros quando de repente passou a acompanhar Timos para ver Durant. Claro que ele tinha ouvido tudo o que Timos e Durant tinham discutido.

Apesar da revolta com a traição de Durant, ele tinha conseguido controlar a língua.

Assim que deixou Timos na casa do mercador, onde ele esperaria para ser entregue ao inimigo pela manhã, foi dispensado. Ele e dois dos outros decidiram depressa que tinham que fazer alguma coisa e correram para encontrar Daniel. Daniel e Joy tinham acabado de voltar de uma conversa com a Velha Mary, que havia sugerido mandar homens disfarçados de guardas. Lauren também estava ali e tinha exigido ser incluída, mas os outros discordaram, pois era muito perigoso – ela não era uma guerreira.

Altur acrescentou um novo detalhe ao procurar Shaun, fingiu estar embriagado. Tirou Shaun da cama. Irritado, Shaun ficou muito interessado em saber que Timos tinha sido preso e aceitou a sugestão de Altur para que se divertissem um pouco com Timos antes de este ser levado embora. Shaun foi com Altur, que ele pensou estar com inveja de Timos, e seus amigos, todos eles fingindo ter algum tipo de mágoa em relação a Timos, e eles partiram pelas ruas escuras em direção à casa do mercador, onde Timos era mantido.

Ao longo do caminho, Lauren acompanhou o grupo de longe, disfarçada de soldado. Ela havia ficado furiosa quando Altur se recusou a permitir que ela fizesse parte da equipe de resgate. Quando perceberam que ela estava com eles, já era tarde demais, e se causassem confusão na frente de Shaun, correriam o risco de estragar o plano.

Shaun perturbou os guardas, inflou o peito e disse ter ligação com Durant, afirmando ter sido enviado por Durant para interrogar o prisioneiro. Os guardas abriram a porta, e ele correu para dentro, encontrando Timos. Altur e os outros tinham tomado a sala, por isso os guardas não puderam fechá-la, e a luta começou.

Parecia que muitas pessoas a quem Timos conhecia bem estavam no celeiro, desde alguns de seus amigos dos Cavaleiros Reais até os homens da infantaria com que ele treinava.

— Mas o que acontece agora? Para onde posso ir? Não posso ficar na cidade. Todos vocês estarão em perigo se não forem para casa agora e esquecerem tudo isso. Tenho a impressão de que não conseguiremos vencer e todos vocês estarão perdidos quando Durant descobrir o papel que tiveram nisso. Por favor, me deixem. Vou sair da cidade e voltar para meu vilarejo. Vou dar um jeito. Qualquer um.

— Não, Timos — disse a Velha Mary. — Pode ser que isso faça sentido para você, e você pense que pode proteger todos nós, mas está enganado. Deixar a cidade e os cidadãos, dessa forma, nas mãos de um traidor de seu próprio povo, um homem cuja ambição sem limites causou mortes em uma invasão que possivelmente teria sido evitada se ele simplesmente tivesse contado sobre ela ao Lorde Culverden. O Lorde poderia ter decidido fazer uma defesa diferente, chamar seus Aliados ou simplesmente teletransportar a cidade para longe do perigo. Esse homem admitiu ter envenenado o Lorde e os membros do gabinete, seu consultor pessoal, o Sábio Fram, e só os ancestrais sabem quem mais para conseguir ser bem-sucedido mantendo todos, exceto ele próprio, longe do Lorde. O Lorde não terá escolha, terá que nomear Durant como seu sucessor. E então, como todos ficaremos, com um tirano como Lorde? Lorde Culverden está longe de ser perfeito. Suas maquinações e manipulações são desonrosas sob muitos aspectos. Mas ele sempre atuou em benefício da cidade e de seus cidadãos. Durant é uma criatura muito diferente.

— Mas o que pode ser feito? — perguntou Timos, exasperado.

— Eu te dei a resposta quando nos vimos da última vez, Timos. Você tem que ser o novo Lorde.

— Mas como? Não tenho qualificação para isso. Mas isso não é nada. Não temos como impedi-lo. Tudo o que sabemos indica que Durant será o Lorde em breve. Pode ser até que ele já seja!

— Há outra parte do plano, Timos — disse Lauren, baixinho. — Ouça a Velha Mary.

A noite avançou. Havia pouco tempo, mas por fim, tudo estava pronto. Muito antes do amanhecer, o grupo se dispersou.

By Stephen Leaton

REUNIÃO

Timos achava que o plano não tinha chance de ser bem-sucedido. Mas não podia discutir com o princípio que eles respeitariam. Tinham que tentar. Durant era criminoso, corrupto, traidor e preparado para usar e, sim, sacrificar os cidadãos inocentes que todos deveriam proteger, o Lorde, principalmente. Como ele poderia permanecer no castelo, realizando seus planos sem contestação? E se não agissem, quem agiria? Apenas alguns sabiam o que estava acontecendo e o perigo que Durant representava. Aquele grupo pelo menos tinha essa noção e estava pronto para agir, ainda que isso não levasse a nada.

Os professores partiram. Timos pediu para Joy e Daniel, nenhum dos quais era capacitado para lutar, para continuarem a organizar as pessoas para visitar casas e todas as tendas e alistar o máximo de indivíduos que pudessem para espalhar a informação. Isso não daria ao grupo nenhuma ajuda prática no que estavam prestes a tentar – era tarde demais para isso. Mas, pelo menos, os cidadãos saberiam a verdade do que tinha acontecido e talvez, de alguma maneira no futuro, pudessem consertar as coisas.

No entanto, naquele momento, Timos e seus companheiros tinham uma tarefa a fazer. O plano exigia que eles fossem ao castelo com metade deles vestidos de agricultores com o mínimo possível de peças de armadura escondidas por baixo das vestes, todos escondendo a presença de adagas curtas e compridas atrás das capas.

A outra metade estava vestida como guardas armados. Timos estava nesse grupo, com a cabeça escondida em um capacete fechado. Quem olhasse veria apenas alguns infelizes sendo levados para o castelo sob a ponta de espadas empunhadas para serem presos ou interrogados. Isso tinha várias vantagens, incluindo a proteção daqueles que não tinham uma armadura completa dentro de um círculos de guardas armados, e os próprios guardas tinham armas já empunhadas prontas para serem usadas.

Lauren estava no grupo dos que fingiam ser prisioneiros. Ela exigiu participar, apesar de Timos insistir para que ela ficasse fora daquilo.

— Você é uma cientista, não um soldado — disse ele. — Deixe isso conosco.

— Fará com que todos nós pareçamos muito mais reais se houver uma mulher no meio do grupo de prisioneiros — disse ela ao fim de um argumento acalorado. — Além disso, já faço parte. Vou e pronto.

— Pelo menos, seja um dos guardas — disse Timos.

— Não. Não há armadura para o corpo de uma mulher aqui e está tarde demais para partir à procura de uma. Temos que ir. Agora.

Ninguém os perturbou na rua, apesar de eles receberem olhares levemente curiosos dos farristas que voltavam para casa ou que estavam nas rua. Era preciso ser um cidadão corajoso para abordar uma unidade de guardas da cidade. Felizmente, não encontraram nenhum outro soldado, pois temiam que oficiais fizessem perguntas. No horário combinado, Altur os encontrou no portão da cozinha para permitir sua entrada. Continuaram com a encenação enquanto seguiam para dentro do castelo, caminhando depressa para evitar interagir casualmente com as pessoas que vissem. Ao final de um determinado lance de escada, Altur olhou ao redor e fez um sinal. Todos se abaixaram para passar por uma porta pequena que os escravos usavam para acessar passagens de atalho e evitar os corredores principais. As passagens eram apertadas e usadas apenas quando o castelo estava tomado por muitos convidados ou se um assunto fosse muito urgente para usar os caminhos normais. Aquela passagem em particular há algum tempo não era usada, a julgar pelas teias de aranha.

— Obrigado, meus ancestrais — alguém sussurrou. — Nunca senti tanto medo na minha vida, e já lutei contra monstros e sobrevivi a batalhas grandes Há algo estranho em ser invasor de sua própria...

— Pare com isso — disse Timos. — Melhor não pensar assim ou sua determinação diminuirá. Lembre-se de que não estamos invadindo nosso castelo. Estamos aqui para encontrar um inimigo que quer prejudicar a cidade e seus moradores, e precisamos detê-lo. Temos todo o direito de estar aqui.

Eles passaram pela passagem escura e então por outra que dava continuação ao caminho. Mas mais adiante encontraram uma escada estreita e sussurros e palavrões foram ouvidos enquanto ombros e cotovelos raspavam nas paredes enquanto todos subiam. No alto da escada, Altur parou diante de uma porta. Fez um sinal para que todos se calassem e por alguns instantes todos ficaram paralisados nos degraus. Ali não havia teias de aranha e era possível ouvir sons abafados do outro lado da porta.

Altur deu três batidas leves na porta, tão leves que ele torcia para que não fossem notadas por ninguém que não estivesse à espera delas. De repente, fez-se silêncio do outro lado.

A porta foi aberta com um rangido. A luz invadiu e cercou a silhueta de uma figura com capa e capuz e todos ficaram tensos e levaram as mãos aos cabos das armas.

— Silêncio. Vamos — e a silhueta se afastou da porta. Timos acompanhou Altur para dentro da sala, acompanhado pelos outros, um a um.

— Primeira parte concluída — disse Velha Mary, pois ela os havia deixado entrar. — Bem-vindos às salas de estudo do castelo.

Quando todos entraram e encontraram um lugar entre as estantes, a Velha Mary se direcionou a todos eles.

— Muito bem, pessoal, é um prazer. Reunimos mais informações desde que os deixamos no celeiro. Infelizmente, não são boas notícias.

Ela deu um passo ao lado e fez um gesto para duas pessoas de pé na sala ao lado. Alguns de vocês conhecem a grande doutora Oblar, que tem tratado de Lorde Culverden, e este é o Sábio Zetkje. Oblar, por que não começa contando o que contava antes de essas pessoas chegarem?

A médica deu um passo à frente. Timos ficou surpreso ao ver como ela era jovem para ser a principal médica da cidade, mas conhecia a reputação dela de médica e administradora brilhante. Muitos de seus colegas soldados diziam que tinham sido curados devido à ampla modernização e atualização dos hospitais, algo que ela tinha feito nos últimos anos.

— Não posso dizer que tenho "tratado", Mary. Durant não me permite examinar Lorde Culverden pessoalmente. Tenho que fazer o melhor que posso a partir das descrições que Durant faz dos sintomas e pedir para Durant auferir seu pulso e pressão sanguínea, entre outras coisas. Não posso entrar no quarto e tenho até que ficar longe da porta, no corredor. Seria ridículo e quase cômico não fosse a seriedade da situação.

— Então, você não examinou o Lorde desde que ele adoeceu? — perguntou Timos.

— Não. No começo, tentei entrar para examiná-lo, mas os guardas não permitiram minha entrada. Então, Durant o levou à Embaixada e, a partir de então, sempre havias guardas na porta para me impedir de sequer tentar.

— Ele está tão doente quanto nos disseram?

— No mínimo, eu diria que ele está pior. Ainda consegue beber água, mas não alimentos. Se Durant está sendo verdadeiro no que me conta a respeito dos sintomas... e lembrem-se, Lorde Culverden está tão mal que ele nem sequer tenta levantar da cama para impor sua autoridade sobre Durant... ele não durará mais do que algumas horas, ou um dia, no máximo.

— E a doença...? — perguntou Timos.

— Vamos continuar fingindo e chamando de febre. Mas sejamos francos. Os sintomas são de dois envenenamentos. O primeiro de algo para deixá-lo inconsciente por dias até o resto ser morto pelo segundo veneno. Especificamente, com a raiz de rathen, uma árvore. Então, ele acordou e tinha voltado a ser envenenado com rathen cerca de 24 horas atrás. Acredito que só depois ele soube da morte dos outros.

— O envenenamento por *rathen* traz uma morte dolorosa e inevitável. Segue o mesmo padrão e tempo de ação em toda vítima. O último estágio acontece cerca de três horas antes do último suspiro, quando bolhas de sangue aparecem e estouram por todo o corpo. Prescrevi um sedativo pesado por enquanto. Mas terá que ser despertado quando as bolhas aparecerem, caso contrário, não vai conseguir nomear um sucessor. E é nesse momento em que Durant ficará lá sozinho com o Lorde, abandonando a encenação e contando a verdade do envenenamento a Lorde Culverden, forçando o Lorde a nomeá-lo ou arriscar fazer com que a cidade deixe de existir. — O rosto da Velha Mary estava retorcido de ira.

— Por que não podemos entrar e resgatá-lo? — perguntou Timos. — Com certeza podemos juntar pessoas em número suficiente para superar os guardas, independentemente de quantos sejam.

— Receio que não, Sir Timos — disse uma voz baixa e rouca. Sábio Zetkje. — Lorde Culverden está preso, não em seus aposentos aqui no castelo, mas no andar do Embaixador, em uma ala da Embaixada.

— Ah — disse um dos outros Professores presentes. Arden, era esse o nome dele. Dizem que tinha mais de cem anos. Seus membros eram como gravetos finos, e sua pele era flácida, mas os olhos eram verdes e brilhantes. — Com um geas no quarto dele, imagino? É isso, então. Não podemos fazer nada.

Ouviu-se um suspiro coletivo e um desânimo palpável na sala.

Timos olhou para cada rosto triste.

— Nunca fui à Embaixada. Ela não é usada apenas quando há reuniões da Aliança?

Arden respondeu dessa vez:

— Cada suíte da ala do Embaixador da Embaixada fica em um dos longos corredores nos andares de cima. Cada suíte tem seus próprios quartos, banheiros e cozinha. Um Embaixador chega e se hospeda em uma dessas suítes com suas aias e seu grupo entram em suítes idênticas dos dois lados. Há centenas de suítes assim. Estão todas vazias no momento. É uma área de isolamento ideal para manter o Lorde.

— O Lorde está sendo mantido em uma no terceiro andar, no meio do corredor — disse Zetkje.

— O que é esse geas de que o Professor Arden falou?

O Sábio suspirou.

— É um feitiço de proteção. Toda cidade garante a pureza e a segurança de qualquer Embaixador que esteja ali para a Aliança ou outras reuniões. As portas de saída dos corredores são fortes, mas não o suficiente para um ataque determinado. É preciso mais. Sei que você trabalhou na Fundição, Sir Timos.

— Sim.

— E enquanto você estava ali, por acaso viu algumas das armas de mithril, armaduras e outros equipamentos sendo feitos?

Timos tentou se lembrar.

— De longe. Eu não podia trabalhar com eles. Por quê?

— Como você sabe, o mithril é um metal raro com características mágicas. Quando somado a certas substâncias, normalmente outros metais, pode ser ativada em seu estado derretido com certas... práticas. A maior parte de seus usos é apenas para o Lorde. Diversos capacetes, se forem usados dão determinadas qualidades à cidade. Mais poder de cura aos hospitais, por exemplo, ou produção de alimentos e mineração mais rápidos. Mas tudo tem um preço. Passar para um novo conjunto de objetos mágicos pode desenvolver novas qualidades, mas à custa da remoção dos últimos objetos e suas propriedades. Uma qualidade sobe, mas outra desce. Uma parte importante do trabalho de um Lorde é avaliar continuamente as necessidades atuais e futuras da cidade e mudar a mistura correta de armamentos para equilibrar e garantir o melhor uso dos recursos.

— Mas o que isso tem a ver com Durant e a Embaixada?

— Não se sabe muito, mas não é só o Lorde quem pode se beneficiar com tais objetos. Eles são feitos pelo Mestre da Fundição em conjunto com muitos outros, incluindo um Sábio de minha guilda. Alguns desenvolvem as armas para os Heróis, outros, para os Dragões. E algumas são forjadas especificamente como símbolos para os feitiços de proteção para visitar embaixadores. Cada embaixador quando chega traz um token de geas forjado em sua cidade, algo único. Sua única função é criar um feitiço de proteção ao redor da suíte toda ou das suítes reservadas para aquele Embaixador pela duração da visita.

"Depois, os tokens tradicionalmente são entregues à Fundação anfitriã, onde o mestre os derrete, e o feitiço, desse modo, é liberado e a suíte é entregue à cidade anfitriã. Os materiais são recuperados para serem usados em outros objetos mágicos pela cidade anfitriã como uma espécie de presente do embaixador.

Timos começou a entender.

— Então, Durant fez um desses para si para a suíte dentro da qual o Lorde está sendo mantido?

— Muito improvável. Isso exigiria que um Sábio e outros estivessem ali com ele. Não. É muito mais provável que, em vez de derreter todos os tokens de geas da última vez em que a cidade recebeu embaixadores, ele tenha guardado um.

— Como pode tê-lo usado se estava codificado para o embaixador visitante?

— Aí é que está — disse o professor Arden. — O token de geas reage ao embaixador e a todos a quem ele der autorização para usá-lo. Desse modo, sua equipe pode agir, buscar documentos, preparar os quartos dele, coisas assim. Quando o token de geas não mais é necessário e é entregue de volta pelo embaixador ao mestre da Fundição, o mestre passa a ser autorizado.

— De qualquer maneira, é o mesmo resultado. Poderíamos forçar Durant a nos dar o símbolo? — perguntou Timos.

— Não. O feitiço é tamanho que o símbolo não autoriza nenhuma pessoa, a menos que o detentor o entregue de livre e espontânea vontade — disse Zetkje.

Fez-se silêncio por um ou dois minutos até Altur dizer:

— Deve haver algo que possamos fazer!

Mais um minuto se passou.

Então, Timos disse lentamente.

— Deve haver. Diga, o que acontece no ritual?

— Ninguém sabe, além do Lorde — disse Zetkje, erguendo as sobrancelhas para os professores, que assentiram.

— E os outros quartos da Embaixada estão desocupados?

— Sim — disse a doutora Oblar. — Há guardas na entrada e há dois guardas na porta da suíte do Lorde, mas só.

— Com que frequência Durant o visita?

— Depende. Eram duas vezes por dia, no nascer e no pôr do sol. Mas, ultimamente, tem sido mais frequente. Devido ao tempo, acho que é de se esperar que ele faça visitas de duas em duas horas ou até com mais frequência. Ele vai querer ver as primeiras bolhas de sangue aparecer e então vai ficar com Lorde Culverden até ser nomeado ou a cidade fracassar.

Timos pensou um pouco, levantando a mão para impedir que as pessoas interrompessem seus pensamentos.

— Doutora Oblar, volte para a Embaixada e fique ali. Assim que Durant vier e partir, avise-nos o mais rápido possível. Vamos. Nós temos muito o que fazer. Sábio Zetjke? Pode pegar algumas coisas de sua oficina? Não sei exatamente de que precisamos, mas sei o é preciso ser feito.

Timos e Zetkje abaixaram a cabeça juntos por alguns minutos, e Zetkje pegou papel e caneta emprestados dos professores. Ele fez esboços e anotações. Então, o Sábio se endireitou.

— Deixe comigo. Vou precisar, vejamos... de quatro ajudantes.

Timos explicou o plano aos outros, depressa. As pessoas reagiram assoviando baixo e expressando dúvidas.

— Ouçam — disse Timos. — Há pouca chance de isso dar certo. Sei disso. Mas é a única coisa que podemos tentar, a menos que alguém tenha uma ideia melhor.

O silêncio foi a resposta.

— Então, vamos tentar. Só podemos fazer isso. E vamos morrer se for preciso — disse Altur. — Não temos nada a perder.

Quando os preparativos foram feitos, foi preciso esperar. Enquanto os outros repassavam os planos, Timos aproveitou a oportunidade para conversar discretamente com a Velha Mary, enquanto ela ajudava os outros professores que carregavam montes de pergaminhos e livros tirados das mesas e levados para as prateleiras, para não ficarem ao alcance de seus convidados.

— Estou determinado a lidar com Durant. Mas não consigo aceitar sua insistência para que eu seja o próximo Lorde, mesmo que consigamos chegar a isso.

— Timos, provavelmente há umas dez pessoas qualificadas por posição e experiência e, sim, por personalidade. Não importa que possa haver alguém em algum lugar desta cidade que tenha mais experiência ou mais idade. O destino colocou você nessa posição aqui hoje. Você é qualificado na característica mais importante. É conhecido por ser corajoso, por ser mais esperto do que quase qualquer soldado. Você aprende depressa e faz isso porque é o certo. Acima de tudo, você é amado por muitos na cidade porque se importa com os outros e com seu dever acima de si mesmo. Olhe ao seu redor. Todas essas pessoas estão aqui porque te amam e confiam em você. É sua honra, sua integridade e seu caráter que tornam você adequado. São as circunstâncias da posição em que Durant te colocou, a conversa na cidade a respeito de suas atitudes para defender os inocentes e para brigar com intensidade e inteligência, tudo isso aumenta a lenda de seu ser. Agora, a ação de resgate coloca você no momento, lugar e com a oportunidade de fazer o que é preciso. Negar todas essas pessoas e todos aqueles que estão na Cidade que estarão à mercê desse monstro, ainda que eles não saibam, é fazer a coisa errada. Não agir contra o mal é permita que ele triunfe.

Timos abaixou a cabeça e olhou para os próprios pés.

— Acho que não sou capaz.

— Timos. Pare de repetir isso. Eu compreendo. Mas olhe para mim. Confie em mim quando digo isto: antes de alguém se tornar um Lorde, essa pessoa não é totalmente capaz. Ela é crua. E, no seu caso, existe quantidade suficiente de cada um dos ingredientes e mais do que suficiente. Tornar-se um Lorde vai mudar você. Não como mudar de trabalho ou para uma casa nova. Vai mudar você de verdade. Apenas quando for nomeado você terá qualificação total para ser um Lorde. E lembre-se: se você se tornar o Lorde, será o único Lorde desta cidade e, por isso, exatamente o Lorde certo.

Timos achou essa lógica meio estranha, mas não disse mais nada. Havia muito a se fazer antes de ter que enfrentar essa decisão. Ainda que passassem para a parte seguinte do plano, o óbvio que parecia que ninguém estava vendo era o que o Lorde Culverden queria. Mas tudo isso tinha que ser deixado de lado por ora. O que estava em jogo era continuar com o plano.

RITUAL

Um mensageiro chegou a eles, enviado pela doutora Oblar, vindo da Embaixada. Durant e seu grupo tinham acabado de deixar a suíte do Lorde na Embaixada e seguiram para os Dragões. Ele havia instruído Oblar para esperar por ele na Embaixada. Voltaria dentro de uma hora.

— Ótimo. Sairemos pelas cozinhas. Depressa! — disse Timos.

O caminho percorrido pelas passagens de serviço foi muito mais rápido dessa vez, e eles saíram para o pátio em pouco tempo. Eles se dividiram em dois grupos, conforme tinham combinado.

Estava na mão dos ancestrais agora.

Enquanto isso, o mestre Durant estava chegando ao Forte do Dragão.

— Vamos precisar de Dragões para voar para o leste e para o norte amanhã à noite — disse ele ao mestre de Dragões. — Eles todos levarão bolsas diplomáticas e marque bem: todos devem chegar a seu destino ao mesmo tempo. É importante que nossos novos aliados não se precipitem e que todos assinem seus novos contratos de aliança antes de conversarem. Aqui está um mapa da área. As posições conhecidas das cidades às quais preciso que seus Dragões cheguem às 18 badaladas amanhã são esta, esta, esta e esta. Vamos calcular o tempo que cada Dragão tem para sair daqui para chegar à cidade de destino no momento certo, sim?

Meia hora depois, satisfeito, ele voltou ao castelo, entrou nos cômodos que tinha que entrar e se lavou para tirar dele o fedor dos animais. Nesse horário, no dia seguinte, ele estaria acomodado nos quartos do Lorde e tudo seria diferente. Enquanto estava na água, compôs em sua mente um obituário adequadamente honesto para o recém-falecido Lorde Culverden, um dever que secretamente adoraria fazer enquanto mantivesse a expressão de tristeza e preocupação, enquanto também confirmasse seu compromisso como o novo Lorde da Cidade de Culverden, por direito. Em seguida, haveria mudanças a fazer.

Por um breve momento, enquanto se secava e vestia roupas limpas, tentou imaginar o que aquele inconveniente do Timos podia estar fazendo, preso na casa do velho mercador. Como novo Lorde, provavelmente não teria tempo para vê-lo pessoalmente, mas tinha certeza de que Shaun ficaria bem feliz ao se livrar de Timos quando este fosse arrastado, acorrentado, até a cidade de Kollsvik, onde o Lorde Kollsvik, muito malvado, estava esperando para se vingar dele pela perda de seu olho.

Não havia tempo para comer e, na verdade, ele estava se sentindo meio nauseado com a animação do que poderia acontecer logo. Chegou o grupo de seis guardas e, juntos, eles partiram para a Embaixada, torcendo para que fosse a última vez por um tempo, se a médica estivesse certa. Ele a manteria também. Era muito boa, ainda que meio independente. Lorde Culverden havia permitido que ela ganhasse muito poder, permitiu todas aquelas reformas caras. Durant acabaria com isso em breve.

Na entrada da Embaixada, havia acabado de ocorrer uma mudança de turno, e as coisas não ocorreram tão tranquilamente quanto ele queria. O tolo responsável pelos guardas não o reconheceu. Um ou dois minutos foram desperdiçados enquanto ele gritava para o idiota, dizendo que de fato era o mestre Durant, o Lorde interino e, sim, apesar de ser verdade que ninguém podia entrar, isso não servia para ele!

Quando chegaram ao corredor central, Durant estava de mau humor. Seus punhos estavam cerrados, e seu coração batia acelerado. Ele precisava se controlar. Parou e respirou lenta e profundamente, com os olhos fechados, ignorando os olhares que seu grupo lançava a ele. Durant pediu água, e alguém foi buscar. Precisava deixar todos os sentidos prontos, calmos, focados. Ele estaria negociando o momento mais importante de sua vida em breve e, sim, era importante para a cidade toda. Era o único que podia salvar todos eles, afinal, e tinha que cuidar para que o Lorde moribundo o indicasse e não permitisse que todos desaparecessem.

Pela primeira vez, Durant sentiu o medo passar da barriga, correr pelas veias e chegar ao coração. Ele se endireitou e contou uma piada grosseira para relaxar todo mundo, e então passou pelos corredores da recepção e subiu a escada.

Eles dobraram a esquina do longo corredor, e Durant tocou o token de geas ao redor do pescoço, preso no fio de couro. Lá em cima, a porta da suíte onde o Lorde estava sendo mantido estava protegida por dois guardas. Quando se aproximou, de um banco à frente dos guardas, a doutora Oblar se levantou e meneou a cabeça para ele. Dois ou três dos guarda-costas de Durant riram. Oblar tinha sido assunto de piadas nojentas de Durant alguns minutos antes.

— Pode ser que ele esteja febril, sem fôlego e muito sensível à luz. O senhor deve procurar bolinhas vermelhas como cabeças de alfinetes. Elas começarão no peito, mas ele ficará coberto com elas poucos minutos depois de elas aparecerem. Elas crescerão ao longo de duas horas, e então explodirão. É desagradável, mas ele não sentirá dor com elas. Essa parte já passou para ele.

— Então, ele tem mais uma hora?

— Mais ou menos, sim. Os pulmões dele ficarão congestionados, e em seguida o coração vai falhar. Ele vai morrer sem ar ou por uma parada cardíaca.

Algo terrível ocorreu a Durant.

— Os pulmões dele? Mas ele vai conseguir falar, certo?

A médica olhou para ele, e ele viu que ela sabia exatamente o que estava acontecendo.

— Sim. Na última meia hora, vai ter mais dificuldade, mas vai conseguir até poucos minutos antes do fim. E, antes que pergunte, ele estará lúcido.

Durant respirou fundo de novo e meneou a cabeça para os guardas da porta, que estava mais afastados. Ele segurou o token com uma das mãos e levou à outra à maçaneta da porta. Girou com a facilidade de sempre e entrou decidido na sala escura, fechando a porta em seguida.

— Olá, voltei, meu caro Lorde Culverden.

Lá dentro, a vela estava apagada, e Durant foi até a cornija da lareira para reacendê-la.

— Deixe assim. — Ele escutou um suspiro vindo da cama.

Durant acendeu mesmo assim. Ele a levou até a cama de dossel do Lorde. O Lorde estava virado de frente para a janela fechada. Mas Durant logo viu as bolhas vermelhas em suas costas, pela camisola aberta, e sorriu.

Ele se sentou no degrau comprido de madeira que bordeava as camas altas em todos aqueles quartos suntuosos e pousou a vela ao seu lado. A pequena poça de luz brilhou forte o suficiente a ponto de ele conseguir ver as bolhas, apesar de a visão ser dificultada pela luz em comparação com as sombras do resto do cômodo.

— Milorde. Estou vendo bolhas em você. A médica me disse se tratar de uma doença rara.

Ele não sabia bem por que insistia, mesmo àquela altura, em fingir que ninguém sabia que ele o havia envenenado. A médica e todo mundo importante do lado de fora deviam saber ou suspeitar, devido aos detalhes que devem ter escapado a respeito do Lorde e do gabinete. Mas ninguém tinha certeza de que o Lorde sabia. Por isso, era importante deixá-lo em dúvida. Durant precisava de toda a boa-vontade que pudesse conseguir. Se o Lorde recusasse seu primeiro pedido, então revelaria que o havia envenenado e que havia feito a mesma coisa com os outros. Deixaria claro que não havia antídoto e que o fim seria dali a uma hora, mais ou menos.

— Ela disse que sua hora deve chegar dentro de uma hora. Ela continua sentindo muito medo de entrar, assim como todos os outros, e com razão, Milorde. Só eu estou seguro, imune. Fui acometido por uma doença parecida quando era criança, e a doutora Oblar disse que tenho imunidade. Eu amaldiçoo o dia em que adoeci e abençoo o dia em que me recuperei, apesar de a doença ter levado muitos entes queridos, como... como... — Ele não conseguia encontrar uma maneira de chorar, mas ficou satisfeito com o tremor na voz. — E é por isso também que eu consigo estar aqui para que o senhor me nomeie seu sucessor. Lorde, eu sei que há muitos outros a quem o senhor preferiria passar seu manto. Mas a peste pegou todos eles. E ainda que haja outros lá fora, devemos encarar o fato de que sou a única pessoa que pode chegar perto do senhor sem contrair essa maldita doença que está levando a maior parte das pessoas. Ah, Milorde! Se as coisas fossem diferentes... mas não são.

Durant esperou uma reação, mas não houve. Espiou mais de perto. Sim, o homem ainda estava respirando.

— Então, Lorde, dado que seu tempo é curto e que estou aqui, e dado que a cidade toda e seus cidadãos desaparecerão se o senhor não nomear um sucessor antes de sua passagem, peço que pense em seu povo, Milorde, para fazer o que é necessário e... acho difícil sugerir isso agora... me nomear agora, seu humilde sucessor. E eu prometo passar o que resta de minha vida, senhor, mantendo a segurança da cidade e, principalmente, Milorde, procurar, o mais rápido possível, um sucessor mais digno a quem eu possa, com satisfação, passar esse cargo para poder me aposentar e viver a vida tranquila que eu sempre...

— Chega — disse o Lorde, sussurrando. — Sei muito bem o que você é, Durant, e o que fez. Só espero que meu povo não seja enganado por você.

— Milorde! Como disse?

— Eu disse que já chega. Você tem razão. Não tenho escolha. Preciso nomear você, e agora. — O sussurro estava mais fraco, aparentemente. — Depressa, Durant, sinto que o veneno está agindo depressa agora.

— Depressa? O que... o que o senhor quer que eu faça?

— Fique de costas e dê dois passos em direção à porta. Feche os olhos e aconteça o que acontecer, só os abra quando eu mandar.

— Esse é o ritual?

— Claro que é o maldito ritual, homem! — O sussurro de repente ficou mais forte.

Depressa, Durant se virou para a porta como o Lorde mandou, deu dois passos, apoiou os pés com firmeza e se preparou para o que não conhecia. Fechou os olhos. Deusa! Ele ouviu um movimento atrás de si na escuridão? Fechou as pálpebras com ainda mais força. Em seguida, mais sussurros começaram. Mas não era uma voz, exatamente, era... um cântico, sim, um cântico. Era difícil entender as palavras, e aquelas que ele acreditava conseguir escutar não faziam sentido. O sussurro aumentou em volume e, de repente, um vento soprou em seu pescoço, e ele quase abriu os olhos, surpreso. Quase parecia haver duas vozes no sussurro. Algo poderoso e intenso estava agindo, e ele estava com medo e animado em medidas idênticas.

De repente, ouviu uma batida forte e raios de luz verde e vermelha passaram por baixo de suas pálpebras. Ele gritou sem querer, mas conseguiu manter os olhos fechados e os pés firmes.

Os sussurros continuaram, mas aos poucos diminuíram em volume, até o silêncio acontecer de novo. Ele esperou. Nada.

— Milorde?

Não recebeu resposta e ficou tentando imaginar se alguma coisa tinha dado errado.

Então, veio o sussurro fraco e quase inaudível.

— Pronto, Durant. Você foi nomeado meu sucessor pelos poderes mágicos deste lugar. Agora, vá. Deixe-me morrer em paz. Não quero que morrer na sua frente.

Durant abriu os olhos. Ainda estava escuro, e a vela tinha sido apagada por um vento mágico. Ele teria que descobrir tudo sobre isso com os Professores e com os Sábios antes que muito tempo passasse. Havia muita coisa que precisava saber imediatamente. Olhou para as próprias mãos, que mal conseguia ver na escuridão. O poder que tinham agora. As riquezas.

Sem se virar, ele disse:

— Adeus. Durma bem e por muito tempo. — E saiu em direção à porta, deixando o que logo seria apenas um corpo para trás.

Abriu a porta e viu os olhos arregalados dos guardas à porta, dos acompanhantes e da médica. Eles estavam um pouco assustados, ele notou. Ser um Lorde era aquilo. Já estava diferente. Ele fechou a porta atrás de si e então se virou para um dos guardas da porta.

— Você. Corra ao castelo e diga para eles se prepararem para a chegada do novo Lorde. E você — disse ao outro —, procure meu servo em meus aposentos e diga para ele levar minhas coisas para o quarto do Lorde.

Ele ergueu os ombros e ficou encantado com a doçura no ar. Aproveitaria a caminhada de volta pelo corredor, passando pela Embaixada, voltando ao castelo como nunca antes havia aproveitado. Não teria pressa. Tudo já estava diferente, ele pensou ao olhar pelas janelas. Tudo parecia brilhar um pouco mais.

Atrás dele, surgiu a voz de uma mulher.

— Milorde.

Ele sentiu uma breve irritação, apesar da onda de prazer que acompanhava o fato de alguém se dirigir a ele usando o título certo.

— O que foi, Oblar?

— Milorde, me perdoe. Mas há a questão do velho Lorde.

— O que tem ele?

— Ele está morrendo, Milorde. Pode ser que já esteja morto. Mas alguém precisa entrar e cuidar dele mesmo assim. Ele não pode simplesmente ser deixado ali.

Durant não tinha pensado nisso. Poderia ser generoso e compreensivo agora.

— Sim, claro. Devemos tratá-lo com respeito. Pode cuidar disso, médica?

— Posso, senhor. Mas preciso do token.

Ele se sentiu um tolo, mas não havia necessidade de demonstrar isso a ela.

— Claro que sim. Eu estava prestes a entregá-lo ao este homem aqui para entregar a você. Veja — disse ele, e entregou o token a um de seus servos. — Entregue isto à doutora Oblar. E cuide para que ela receba toda a ajuda em tudo que precisar para honrar nosso falecido Lorde.

Depois de dizer isso, ele partiu, cercado por uma cacofonia de botas e armaduras.

Oblar olhou para o token que estava segurando e suspirou.

VOZES

O ataque aos guardas protegendo o portão da Embaixada não tinha sido bom. Timos tinha dado o comando geral à equipe que fora com ele para que nenhum dos guardas fosse morto e para que os ferimentos fossem os mais leves possível. Não tinham problema nenhum com aquelas pessoas que estavam apenas fazendo seu trabalho e que eram parte do povo que eles estavam tentando proteger com suas ações.

O plano era abordar um grupo casualmente, conversando e brincando um pouco para aparentar que eram apenas um grupo de pessoas comemorando. Eles passariam perto dos guardas e talvez tentassem fazer com que eles se unissem como modo de distrai-los um pouco e então, depois do sinal de Timos, saltar nos guardas, segurando adagas contra o pescoço deles. Então, eles seriam amarrados e amordaçados e presos dentro da Embaixada em uma das antessalas no fundo da construção. Tudo tinha que ser feito rápido e sem ser notado. Vários membros da equipe de Timos substituiriam os guardas, com ordens para ficarem de olho em Durant e seu grupo e, quando eles surgissem, para prendê-los um pouco, se possível. Era essencial que o resto deles se unissem à equipe de Zelkje do lado de dentro. Precisariam de todo o tempo que pudessem conseguir.

Correram até o começo da estrada da Embaixada e fizeram cena, como se fossem prisioneiros escoltados por guardas. O trajeto demorou demais para o gosto de Timos, mas não havia nada a se fazer. Os guardas viram-nos chegando, e o restante da estrada estava quase vazia. Eles se aproximaram e pararam para conversar com os guardas.

— Então, quando acaba o turno de vocês?

— Em duas horas, amigo.

— O quê? Por que estão guardando uma Embaixada vazia? Vamos à taverna conosco. A Sally tem uma chave. Quem vai ficar sabendo?

Uma piadinha sobre sair para beber ou outra fez com que eles se aproximassem, e então Timos gritou "Agora!", e os guardas foram rendidos. Rapidamente, arrancaram as espadas dos cintos deles e os amordaçaram, amarrando seus braços para trás. A equipe disse aos guardas que não pretendiam fazer nada de errado (e eles obviamente não acreditaram), e depois os levaram para a Embaixada, deixando emissários substitutos de pé no portão.

Como era esperado, não havia ninguém na Embaixada, e eles chegaram à antessala escolhida depressa. Timos guiou o guarda relutante com a ponta da espada para dentro da sala. Com um giro, o homem corajoso curvou-se abaixo da espada, empurrando-a para cima com o ombro. Em seguida, ele deu um pulo por cima das mãos amarradas que estavam à frente dele. E de alguma forma, elas agora mantinham uma adaga presa entre elas. Devia estar escondida nas costas dele ou talvez dentro da bota. O guarda deu um pulo em direção à porta, colidindo com Lauren, e quase conseguiu sair antes de Altur acertá-lo na lateral da cabeça, torcendo para ter aplicado força suficiente para atordoá-lo.

Lauren arfou. Soltou a adaga e levou as mãos à coxa. Timos viu sangue manchando sua túnica, e ela caiu. O sangue que jorrava foi uma energia renovada na tentativa feita pelos outros de dominar os guardas, enquanto Timos envolvia a coxa dela com o cinto, mas a peça se rompeu ao meio quando ele tentou apertar. Apesar de ele ter pressionado o joelho contra o ferimento, o sangue não parava de sair. Ele viu que a ferida era grave, e tinha rompido não apenas a artéria, mas outras veias. Lauren se agarrou ao braço dele e seu rosto empalideceu. Então, suas pálpebras tremeram, e ela perdeu a consciência. Altur tomou o controle, fez um torniquete melhor e com a ajuda de Timos, colocou Lauren sobre seu ombro e partiu depressa, tomando o caminho para sair da Embaixada enquanto seguia para o hospital mais próximo.

Timos teve que se concentrar, não em Lauren, ainda que quisesse desesperadamente seguir Altur, mas no próximo passo.

Tremendo, voltou sua atenção para os guardas. As mãos deles tinham sido amarradas nas costas de novo e então atadas a cordas ao redor dos pés. A equipe tentou deixá-los confortáveis. Timos inclinou-se para a frente e disse que eles ficariam em segurança e seriam soltos logo, que aquilo era pelo bem da cidade e que não havia escolha. Aquela traição estava sendo feita por Durant e eles estavam ali para impedi-la.

Um guarda cuspiu no rosto dele, e o outro fez cara de ódio. Eram homens que estavam realizando seu trabalho da melhor maneira e acreditavam que aqueles grupos eram formados por traidores da cidade e do Lorde. Não havia nada que ele pudesse fazer para convencê-los agora. Então, tudo bem.

— Vamos — disse ele. Dois deles foram deixados para trás para observar os guardas, e os outros quatro, incluindo Timos, correram para as escadas e para o corredor, onde tinham dito a eles que a suíte do Lorde ficava. Eles dobraram a esquina, e o soldado-chefe espiou ali.

— Dois deles — sussurrou ele para os outros. — Mas estão a vinte e poucas braças dali. A doutora Oblar está sentada no banco.

— Vamos tentar do jeito óbvio primeiro. Caminhamos até eles como se tivéssemos sido mandados por Durant, tudo igual. Marcha em formação. Wesley, você e eu estaremos na frente. Deixaremos nossas armas aqui. Não, ouça — disse Timos, quando Wesley começou a protestar. — Precisamos pegar os guardas depressa, mas sem feri-los. Sangue demais já foi derramado, e não temos rixa com esses homens corajosos. Agora, deixem as espadas embainhadas, mas mantenham as mãos próximas de suas adagas.

— E se isso não der certo? — perguntou Wesley, seu segundo-em-comando na missão.

— Se não der certo — disse Timos, depois que ele, também, deu uma boa olhada, assim como os outros, um por um. — Se eles não confiarem em nós, então Wesley, quando você se aproximar o suficiente, ataque o guarda mais próximo. Pegarei o outro. Mas não golpeie o corpo dele. Vá em seus pés. Abaixe-se e procure escorregar acertando os seus pés para derrubá-lo. Seu objetivo é aplicar esse golpe. Se você se mantiver de pé, ele vai acertar você com espada ou adaga. Não estará esperando um ataque tão baixo e, quando perceber o que está acontecendo, que as regras mudaram, terá perdido o equilíbrio e vai cair. Se isso não funcionar, pelo menos sua cabeça e seu corpo estarão fora de alcance. Talvez.

— Você também estará bem atrás de nós e terá que se organizar até Wesley e eu conseguirmos apoio.

— Ancestrais! Isso vai doer. É um chão de pedra.

— Tem razão. Vai doer muito, Wesley, mas sobreviveremos com essa armadura em nossos joelhos e coxas. E será o fim de toda a parte física, se tivermos a sorte da Deusa, então mesmo que quebremos um membro ou outro, não importa. Não precisa fazer essa cara, Wesley, estou brincando. Ficaremos bem. — Ele esperava que sim. — Perguntas?

Segundos depois, eles dobraram a esquina marchando em formação em direção aos guardas que ficaram atentos ao vê-los.

— Calma, calma — disse Timos. — O Mestre Durant virá daqui a pouco. Estamos aqui para liberar vocês.

— Já estava na hora. Vocês quatro?

— Sim, bem, o Mestre Durant quer segurança extra — disse Wesley, revirando os olhos.

— Está certo — disse o mais velho dos dois guardas, bocejando.

— Alguma coisa a relatar? — perguntou Wesley.

E foi fácil dessa maneira. Quando os dois guardas passaram por eles, foram agarrados por quatro na equipe e levados para dentro de uma suíte três quartos à frente no corredor, que, é claro, não tinha token de geas para proteção. Foram amarrados, amordaçados e ouviram as mesmas garantias dadas aos guardas do portão da Embaixada. A reação deles foi parecida.

Wesley desceu correndo as estradas para levar a equipe que havia ido com o Sábio Zetkje, enquanto Timos e Oblar mudavam o banco de posição, colocando-o na frente do quarto onde o Lorde estava preso, numa posição imediatamente oposta à sala ao lado. Os dois guardas restantes assumiram posições nessa porta.

A equipe de Zetkje chegou com sacos e caixas e entrou na sala, fechando a porta em seguida. Timos e Wesley se posicionaram na sala onde os velhos guardas estavam presos, e além dos poucos sons abafados vindos de dentro, havia pouco para perturbar a paz até Durant e seu grupo subirem a escada fazendo barulho no começo do corredor. Um guarda bateu três vezes, depressa, na porta às costas dele.

Durant abriu a porta, e todas as outras pessoas esperavam do lado de fora, o companheiro e os homens de Timos trocando piadas e histórias. De dentro da sala vinham barulhos abafados, e se ouviu um "bang" em determinado momento. Por fim, Durant saiu. Ele parecia encantado. Trocou algumas palavras com os guardas e, em seguida, com a médica, a quem tinha entregado o token, e ficou livre para ir triunfante aos aposentos do Lorde no castelo. A notícia tinha chegado antes dele, e ele foi recebido com comemorações e muitos cumprimentos. Em meio ao orgulho que sentia, não viu os olhares de raiva de algumas pessoas

Ele exigiu que um banho fosse preparado, apesar de ter tomado um banho logo depois de visitar os Dragões. Pareceu certo, de alguma maneira, como um tipo de ritual para começar sua nova vida. A banheira estava cheia de pétalas de flores e óleos dos pertences luxuosos do Lorde – que agora eram seus –, tomados em invasões aos vilarejos dos Yamato. Ele relaxou ali com uma serva despejando água quente e limpa dentro da banheira profunda com um balde de prata, acenou para dispensá-la e saiu, secou-se e vestiu-se com as roupas mais finas que encontrou e que serviam nele, nenhuma muito bem, já que o antigo Lorde era mais alto e mais magro do que Durant, que tinha ombros largos e membros avantajados devido à vida trabalhando na forja. Ainda assim, as roupas cobriam suas imperfeições. Em breve, encomendaria roupas novas.

Ele pegou uma corrente para usar no pescoço, o adereço de cabeça do Lorde e, depois de conferir sua imagem em um espelho, foi à porta principal dos aposentos e a abriu sorrindo, mais do que pronto para sua primeira aparição oficial nos banquetes. Enquanto Durant se preparava assim, na Embaixada, Timos e os outros estavam dentro do cômodo da Embaixada do qual Durant tinha saído.

Agora que as lamparinas estavam todas acesas, Timos pôde ver as engenhocas que tinham acabado de ser instaladas em cantos atrás de móveis, acionadas por Zetkje e sua equipe nos minutos anteriores à chegada de Durant.

Isso é algo que preciso fazer sozinho. Não, Wesley, não preciso de proteção. O resto de vocês deveriam esperar por mim no castelo. Haverá muito a fazer e muitas mãos necessárias se isso sair. Se não sair... bem, é melhor que vocês não sejam vistos por Durant para não serem castigados.

— Vou ficar — disse Oblar. — O Lorde ainda precisa de cuidados.

— Claro — disse Timos. — Vamos seguir com isso.

Enquanto o resto seguia pelo corredor, reunindo os guardas ainda amarrados e amordaçados pelo caminho, Oblar entregou o token a Timos, que respirou fundo, fechou os olhos e fez uma breve oração a seus ancestrais, incluindo seus pais e avós.

Caminhou mais pelo corredor até a porta seguinte. Parou com a mão a porta e olhou para Oblar, que assentiu e sorriu.

— Vá em frente — disse ela —, deixarei você fazer o que tem que fazer e então entrarei em seguida.

Timos girou a maçaneta e empurrou. A porta, que mais cedo estava trancada, abriu-se com facilidade. O quarto estava escuro, mas a luz do corredor cobria o lado mais distante da sala, e ele viu uma cama idêntica àquela no quarto ao lado, na qual Zetkje tinha se deitado, fingindo ser o Lorde Culverden minutos antes. As cortinas estavam fechadas, e um monte na cama sugeria um corpo embaixo das cobertas. Timos fechou a porta e foi até um armário que tinha visto e encontrou a lanterna ali.

Ele tirou o isqueiro do bolso e o acionou. O fogo fez o óleo se acender imediatamente, e ele aparou o pavio com a roda para que a luz se mantivesse constante. Ele levou a lamparina para a cama e a colocou no degrau ao redor dela.

Pigarreou.

— Milorde — disse ele.

Não houve resposta vinda da cama.

— Milorde, sou eu, Timos. Um de seus Cavaleiros Reais.

Dessa vez, a figura embaixo da roupa de cama se remexeu. Timos esperou quando uma cabeça apareceu e se virou em sua direção. Era Lorde Culverden, mas quase irreconhecível. Seu rosto estava coberto por bolhas vermelhas das quais o sangue vazava, e sua esclera estava totalmente vermelha. Com base no que a médica tinha dito a eles, não demoraria muito.

— Como vocês entraram lá? Onde está Durant? — sussurrou o Lorde.

— Ele está no castelo, Milorde.

— Como? Ele não pode estar longe. Com certeza vai querer dizer adeus a seu velho Lorde. E ser nomeado o novo Lorde, como seu coração sombrio deseja.

— Ele não vai voltar, Milorde. Ele pensa que já é o Lorde de Culverden, senhor.

O Lorde arregalou os olhos.

— Timos? Eu me lembro de você. Eu observei sua evolução desde aquela noite em que nos encontramos na rua, quando Durant estava castigando você. Então, é você quem está dando uma lição nele agora? Muito adequado. — Ele riu, ou tentou, mas começou a tossir sem parar, uma risada que causava tanto barulho que Timos temeu que aquele fosse seu último momento. O sangue manchou sua boca. Mas ele se recuperou e disse: — Diga, Timos. O que aconteceu com Durant? Como ele passou a acreditar nisso?

— Bem, Milorde, precisávamos alcançar o senhor antes que Durant fosse nomeado. Mas ele estava com o token de geas neste cômodo. Teve que ser convencido a entregá-lo a nós por livre e espontânea vontade. Isso só aconteceria quando fosse nomeado o novo Lorde, pelo senhor. Então, organizamos as coisas para fazer com que ele pensasse que isso já tinha acontecido, fazendo com que ele fosse para o quarto errado, com o Sábio Zetkje fingindo ser o senhor. Com alguns fogos de artifício e um pouco de luz, ele partiu pensando que o ritual tinha sido realizado. Ele nos entregou o token e partiu. Neste momento, ele está no castelo, sem dúvida, coroando a si mesmo.

— Ah! Puxa, isso foi bem-feito, Timos! Bem-feito! Mas e o gabinete? Sobrou alguém? Preciso nomear um deles como o novo Lorde antes de minha morte, caso contrário, a cidade toda desaparecerá.

Timos olhou diretamente para ele.

— Milorde, Durant envenenou todos eles, cada um deles, exceto o Ministro dos Celeiros e outro que se escondeu em vez de enfrentar Durant. E Sir Daffyd e Sir Alexander e, como o senhor sabe, sua esposa e seu filho. Sinto muitíssimo. Não sabemos quem mais pode ter sido morto desse modo covarde.

Atrás de Timos, a porta se abriu.

— E assim, o senhor tem o melhor candidato bem aqui — disse uma voz familiar de mulher. — Alfred — porque este era o nome do Lorde quando ele era menino, e a Velha Mary havia sido sua tutora. — Timos é sua melhor opção e seria ainda que o gabinete todo não tivesse sido morto. — Ela disse isso claramente.

Atrás da Velha Mary, entraram Sábio Zetkje e a doutora Oblar.

— Os professores, os sábios e os médicos concordaram — continuou Velha Mary. — Os Cavaleiros Reais também. Ele não só é a única opção, mas a melhor em termos de personalidade, honra e integridade. Estamos todos aqui para ajudá-lo, e o que ele não tem de experiência, compensa em todas as melhores qualidades da humanidade. Está na hora, Alfred, Milorde Culverden, de realizar o ritual de nomeação.

— Ritual de nomeação? — o Lorde deu uma risada que fez com que ele voltasse a tossir. — Não tem ritual. Timos. Eu, com alegria, nomeio você meu sucessor como Lorde de Culverden. Governe bem e com sabedoria, filho.

A professora e o sábio franziram o cenho levemente e se entreolharam.

— Mas — disse a Velha Mary — deveria haver um ritual. Nós, Professores, nunca tivemos o privilégio de ver...

Mas Timos não escutou mais nada. A cena ao redor dele escureceu. E, em vez de ouvir a voz da Professora, ele ouviu suspiros sem forma que ficaram mais e mais altos até se tornarem vozes, dezenas, centenas, talvez milhares:

— Bem-vindo, Lorde!

— Parabéns, Lorde!

— Bem-vindo, Lorde Culverden!

— Felicitações, Timos, Lorde de Culverden!

E muitos, muitos outros cumprimentos em uma cacofonia que ele simplesmente não conseguia calar cobrindo os ouvidos com as mãos, como fez.

E então, entre eles, algumas outras mensagens, não tão amigáveis:

— Quem é você?

— Você e sua Aliança nunca nos derrotarão.

— Vamos pegar você!

E uma nova voz, um único grito de ira:

— Onde está Durant? Você? VOCÊ? Timos, o camponês maldito que me cegou? VOU ACABAR COM VOCÊ!

Dessa maneira, Timos sentiu, pela primeira vez, um dos poderes mais estranhos: a habilidade de trocar mensagens com outros Lordes de todos os reinos. Também soube, naquele momento, que Daniel estava enganado: não havia divisão nem inimizade automática entre as Civilizações. Enquanto algumas Alianças eram formadas apenas por um tipo de Civilização, milhares de cidades Dragon Born formavam Alianças e amizade com cidades Viking e Yamato também, enquanto lutavam contra Alianças de cidades compostas por diversas Civilizações. Era uma questão de valores, confiança e relação em comum, não de raça nem de religião.

Demoraria algum tempo até que ele pudesse controlar isso o suficiente para deixá-lo confortável. Por enquanto, era o que podia fazer para se manter são.

O velho Lorde estava falando com ele agora. Timos balançou a cabeça para tentar escutar.

— ...e concentre-se no que está a sua frente. As vozes se suavizarão e, ainda que elas sempre existam no fundo de sua mente, você sempre conseguirá atuar neste mundo. Elas se tornarão parte de você. Timos, você é o novo Lorde Culverden. Você verá que o papel é mais complexo do que pensou. Sei que você me vê como manipulador e político e que, às vezes, tomo decisões que parecem ser pobres e também desonrosas. Sempre existe mais do que os olhos veem, Timos. Você vai ter que equilibrar não só as coisas boas, mas as ruins que devem ser feitas pelo bem de mais pessoas. Perdi contato com os outros Lordes, pela primeira vez em tantas décadas, e me sinto estranho, sozinho neste corpo. É muito triste e, ao mesmo tempo, muito feliz ser apenas eu, apenas Alfred de novo. Estou completo e pronto para partir.

— Shh... — disse Oblar, que havia se aproximado e agora limpava a cabeça do Lorde. A toalha úmida estava pesada devido ao sangue. Timos, por um instante, viu sangue começar a cair como lágrimas dos olhos do senhor antes de sua vista escurecer.

— Vá agora — disse a Velha Mary, puxando o braço dele. — Ficaremos com Alfred e ajudaremos enquanto ele faz a passagem ao mundo de seus ancestrais. Você precisa ir ao castelo para impedir que Durant faça mais mal.

Mas primeiro, Timos foi à Torre dos Sábios e mandou que eles imediatamente ativassem um teletransporte para longe dali, para um lugar, qualquer lugar, desde que Kollsvik e seus aliados não conseguissem invadir imediatamente.

Vinte minutos depois, quando Durant surgiu sorrindo dos aposentos do Lorde, seu rosto se congelou, chocado, e em seguida foi tomado pela raiva ao ver Timos e uma dúzia de soldados que o cumprimentaram.

— O que ele está fazendo aqui? Ele deveria estar indo a Kollsvik agora. Onde está o Capitão da Guarda?

— Comigo, Durant. Capitão, por favor, aproxime-se e prenda esse traidor — disse Timos.

By Stephen Leaton

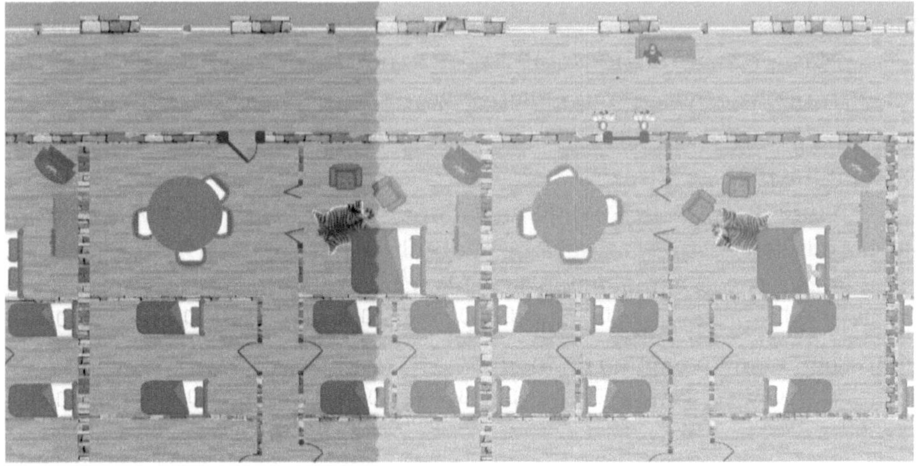

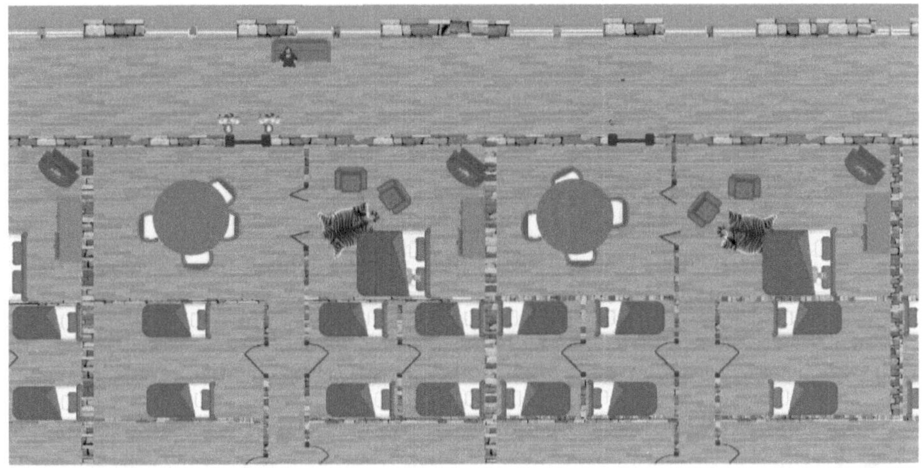

RECONSTRUÇÃO

Nas horas e nos dias seguintes, depois de pedir a prisão de todos que tinham ajudado Durant, incluindo Shaun e o Sábio Fram, que tinha, para decepção de todos os outros Professores e Sábios, admitido ter ajudado Durant a planejar o golpe, Timos estava quase esgotado.

Sofreu por Lauren de modo reservado. Nunca deveria ter cedido ao pedido dela de se unir à infiltração no castelo. Se ele não tivesse cedido, ela estaria separando tábulas e livros com Frank naquele momento. Mas agora, ele precisava deixar isso de lado, ou assim pensava, até se acostumar a seu novo papel e conseguir tempo para pensar. Era difícil para ele e para Daniel, e Joy se preocupava.

Ele teve dificuldade para colocar as vozes em um lugar de sua mente onde pudesse praticamente ignorá-las, mas aos poucos conseguiu.

Um dos primeiros assuntos a tratar foi a organização de uma boa cerimônia fúnebre para Alfred, o velho Lorde Culverden, que havia falecido menos de uma hora depois de nomear Timos. Imediatamente depois disso, no entanto, houve uma cerimônia privada com a presença de Timos, muitos Professores e Sábios e quase todos os apoiadores que tinham se envolvido no resgate de Timos e na derrubada de Durant e, claro de muitos dos amigos de Timos, incluindo Daniel e Joy.

Lauren parecia estar apenas dormindo. Sua pele estava pálida, com faces rosadas, e na cabeça, havia uma coroa de flores feita por Timos com a ajuda de Joy. Timos beijou seus lábios e colocou uma delicada corrente de ouro nas mãos dela, e disse adeus em meio a lágrimas. A Velha Mary e Beth apoiaram uma mão em cada ombro e permitiram que ele ficasse ali por um tempo, e então o levaram embora. O caixão dela, então, foi fechado, e Frank e um dos colegas de Lauren levaram a tocha à pira.

Então, ele teve que nomear seu novo gabinete. Todos os mestres de todas as guildas estavam nele por direito. Muitos tinham sido envenenados, e Durant, claro, não era mais o mestre da Fundição. As guildas nomeariam seus próprios mestres e, apesar de Timos ter a palavra final, era comum que o Lorde simplesmente aceitasse os votos. Mas ele tinha que nomear mais três ministros.   Ele se sentiu tentado a escolher seus amigos e aqueles que tinham sido leais a ele. Mas seguiu o conselho dos Professores e Sábios e pediu para fazer testes e entrevistas com aqueles com mais experiência em liderança em suas áreas. Eram dois homens e uma mulher que ele ainda não conhecia, mas tinham servido em posições oficiais na cidade. Ficou feliz ao ver que, entre os novos indicados pelas guildas que tinham perdido seus mestres, estava o velho mercador Rufus, que era o único dos envenenados que tinham se recuperado, apesar de ter perdido muito peso e o uso do lado esquerdo do corpo. Com todos eles posicionados, a cidade começou a funcionar direito de novo.

Durant foi julgado, não na cidade, mas, por ordem de Timos, na cidade da Aliança chamada Remes, para garantir um julgamento justo, mesmo com objeções de alguns membros do novo gabinete. Testemunhas de Culverden estavam presentes, incluindo Timos, para dar depoimentos e, no momento oportuno, o juiz de Remes condenou Durant à morte. Ele foi levado de volta a Culverden e sua pena foi mudada por Timos, tornando-se uma prisão perpétua, tendo que quebrar rochas para procurar minério, acorrentado, juntamente com cúmplices, incluindo o sobrinho de Durant, Shaun, apesar de a pena destes ter sido mais breve. Ele não tolerava mais mortes.

Mandou Daniel a uma expedição secreta para as ruínas mais distantes com muitos soldados, veículos e Professores, incluindo Frank. Eles voltavam em turnos que duravam muitas semanas e, com o tesouro que trouxeram, ele encheu os cofres muitas vezes com ouro, ferro, prata, mithril, pedras preciosas e objetos valiosos de todos os tipos, alguns que sentia que eram poderosos, mas dos quais não sabia muito. Os Professores e Sábios estudavam esses objetos e livros antigos e principalmente as tábulas que tinham sido encontradas e trocavam informações entre si sobre muitos assuntos.

— Os Sábios têm certeza de que as tábulas têm mais da poderosa magia do Deus do Céu que eles sempre desejaram. Não sei como sabem disso se não é possível entender nada do que está escrito — disse Frank a Timos em uma visita para ver como o estudo estava progredindo.

O ouro foi usado para realizar reparos caros, reformas nas paredes prejudicadas e também nas construções e para recrutar mais soldados para substituir aqueles que tinham sido mortos. Melhorou os moinhos, as minas e as tendas militares. Incentivou muitos cidadãos a se matricularem em cursos na Faculdade e lentamente esse conhecimento chegou aos vilarejos agrícolas, e a produtividade em todos os setores passou a aumentar.

Timos passava muito tempo com a Velha Mary e Zetkje na armaria. Ali, aprendeu sobre as propriedades de cada capacete, conjunto de botas, espadas e outros itens e, em pouco tempo, tornou-se razoavelmente hábil em trocar esses itens de uso pessoal para satisfazer as necessidades imediatas e de longo prazo da cidade e das Alianças. Isso foi o mais problemático de tudo. Timos demoraria muito tempo, e sabia disso, para entender quais membros de quais Alianças eram confiáveis e com quais ele deveria cortar laços. Também não estava claro quais dos aliados, além de Morven, Durant já tinha entregado a Kollsvik. Durant não dizia nada.

No fim, não teve escolha a não ser dizer a todos eles que poderiam estar comprometidos. Alguns ficaram irados com ele – injustamente, mas ele entendia. Alguns imediatamente cortaram todos os laços e deixaram a Aliança.

A maioria, passado o choque, usou isso como oportunidade para desenvolver planos e instalações e começaram a pensar em maneiras de pegar Kollsvik quando ela atacasse. Não foi de uma vez, porque se ele cortasse laços com uma cidade, isso afetava os acordos de outras cidades com ela e, assim, com Culverden e todas as outras na Aliança em questão.

Apesar de Timos deixar muito desse trabalho ao seu Ministro de Estado e aos Embaixadores e outros diplomatas, pessoalmente aprovava o máximo de determinações e documentos e insistia em se reunir com os Lordes pessoalmente ao dar notícias boas ou ruins.

Uma parte do ouro ele usou para melhorar o máximo que pôde dos hospitais para a doutora Oblar e sua guilda. Ele visitava os hospitais com regularidade e falava pessoalmente com o máximo de homens que conseguia, e sua popularidade se tornou ainda maior por causa disso.

Também usou ouro para melhorar as acomodações onde viviam os escravos da cidade. Montou um sistema de escolas gratuitas e determinou que todas as crianças da cidade e dos vilarejos ao redor tinham que frequentar as aulas, incluindo as crianças encontradas nas florestas enquanto eles se teletransportavam. Formalizou o sistema de defesa civil.

Assim que todo mundo foi auxiliado durante meses, começou um projeto ambicioso para melhorar o castelo. O estoque de ouro ficou baixo por um tempo, mas, com boas permutas e administração cuidadosa da indústria, conseguiu ganhar mais e em pouco tempo, Culverden tinha se recuperado e se tornado mais poderosa e rica do que nunca.

Ofertas para que Timos trocasse de Aliança, às vezes para algumas imensamente mais poderosas, abundavam, mas ele decidiu que tinha que ficar com que tinha permanecido ao lado de Culverden no passado.

Certa tarde, ele estava lendo mais um relatório sobre as necessidades de reconstrução da cidade quando a porta se abriu de repente, batendo na parede de pedra dentro do cômodo. Era Frank e, atrás dele, muitos Professores da Faculdade, todos animados.

— Milorde!

Timos ainda se retraía quando escutava essa palavra.

— Frank, entrem. Todos vocês. O que foi?

— Isto — disse Frank. Ele mostrou livros de capa de couro de veado que eles tinham resgatado das ruínas. — Veja, aqui e aqui. Essa página tem o idioma antigo do Dragon Born... e aqui, nesta página, há um parágrafo escrito no idioma dos Deuses do Céu!

— Entendo — disse Timos, apesar de não entender. — Do que fala esse parágrafo?

— O de idioma antigo é uma história a respeito de um velho que treinou um cachorro.

— E isso está animando vocês?

— Exatamente! — O sorriso de Frank era tão amplo que quase tomava seu rosto todo.

— Milorde. — Era um Professor idoso que Timos não conhecia. — O que Frank está tentando explicar é que o parágrafo no idioma antigo e os símbolos do idioma do Deus do Céu parecem estar discutindo a mesma coisa.

Timos ainda estava confuso, e sua expressão deve ter mostrado isso, porque a explicação foi dada por outro Professor, um jovem chamado Zax, que estava quase tão animado quanto Frank. Timos se lembrava da Velha Mary falando sobre ele. Um gênio, aparentemente, que poderia surgir para liderar a Faculdade um dia.

— Não temos certeza desse símbolo, nem desse e nem desse, é um cachorro, um velho e este, um homem. O tamanho dos parágrafos é parecido. Se eles contam a mesma história, então...

— Esse será o código que permitirá que vocês traduzam o idioma do Deus do Céu!

Timos ficou de pé e bateu palmas, animado.

— Sim! Apesar de haver muito trabalho a ser feito antes de conseguirmos comparar esses parágrafos e mesmo assim eles nos dão apenas algumas palavras, mas sim, Timos, é o começo — disse Frank.

Alguns minutos depois, Timos concordou com um novo orçamento definido para ser dado à Faculdade e à Torre dos Sábios para permitir que mais recursos fossem alocados a esse trabalho. O conhecimento acerca dos Deuses do Céu provavelmente seria revelado, mas aos poucos.

Como saber quais maravilhas poderiam surgir disso?

Ele mandou uma equipe de comandantes e professores para realizar a tarefa de mapear as últimas informações a respeito do paradeiro de Kollsvik, e também de Yamato e outras cidades que tinham se envolvido no último ataque. Quando o momento certo chegasse, ele usaria a rede de comunicação mente a mente dos Lordes para saber de todas as posições.

Em meio a tudo isso, a decisão mais difícil que teve que tomar foi levar em consideração uma pergunta levantada por Altur.

— As passagens escondidas em todo o castelo, Milorde. O senhor vai bloqueá-las?

Ele não sabia o que fazer. Deixá-las poderia ser perigoso. Bloqueá-las também poderia ser perigoso. No fim, decidiu que elas ficariam. Tinham sido a única maneira pela qual os homens do resgate tinham conseguido derrubar os traidores. A Velha Mary e os Professores nunca disseram a Timos que não tinham registrado o uso das passagens.

A decisão mais fácil depois que tudo se acalmou foi esta: instruir um determinado teletransporte.

* * *

Em uma bela manhã de primavera, no meio da manhã, os agricultores de um determinado vilarejo viram três cavalos, cada um com um cavaleiro de armadura, caminhando lentamente em direção a eles no campo. Um campo que margeava a floresta e o rio, a partir da direção onde, muito tempo atrás, uma incrível e brilhante cidade já havia aparecido misteriosamente por um curto tempo no Monte Sedgeway e então desaparecido juntamente com os invasores que tinham destruído os vilarejos da planície e metade de sua população. Os agricultores, fortes, morenos e cansados do trabalho, observaram os cavalos se aproximarem com cuidado. Um garoto foi mandado ao vilarejo da fazenda sem aviso para fechar os portões das cercas de madeira que agora cercavam o vilarejo, apesar de esses agricultores, então, terem sido deixados do lado de fora. Daquele vilarejo, os mensageiros iriam a outros vilarejos e fogueiras para sinalizar nas torres altas seriam acesas.

Rapidamente, membros do conselho do vilarejo foram chamados. Eles já estavam em alerta porque o aparecimento repentino de uma cidade no monte tinha sido relatado logo depois do amanhecer. Ninguém sabia que cidade era, se era a mesma que havia aparecido da outra vez ou uma nova ou até, que os Ancestrais e as Deusas não permitissem, a cidade dos invasores que os haviam atacado. Eles concordaram com os agricultores que não pareciam ser invasores. Eram poucos e não havia ninguém atrás deles. Suas espadas estavam guardadas, os cavalos eram lentos. Mas eles podiam ter certeza?

A um campo de distância, os cavalos pararam. Os cavaleiros apearam e colocaram espadas e adagas na grama ao lado dos cavalos antes de caminharem em direção aos agricultores.

Os agricultores observaram seus forcados e pensaram nas adagas que agora tinham o hábito de levar no cinto, depois que as terríveis matanças ensinaram a eles lições importantes.

O soldado líder, usando uma roupa fina sob a armadura, com um adereço de ouro na cabeça, foi até eles. Fez uma reverência e manteve a cabeça baixa até eles fazerem a mesma coisa. Então, ergueu a cabeça e sorriu. Seus olhos brilhavam de um jeito que um agricultor o reconheceu, pelo menos um pouco, mas poderia ter jurado nunca ter visto aquele homem forte e belo.

— Pare onde está — disse o agricultor mais à frente. — Quem é você? O que quer? Saiba que nossos vilarejos são muito bem defendidos. Se tentarem atacar, vamos causar grandes perdas a vocês. É melhor partirem agora e encontrarem alvos mais fáceis.

— Olá — disse o homem com uma voz profunda, observando as cercas altivas mas fracas, que pareciam estar em todos os lados e ao redor do vilarejo e suas construções visíveis a grandes distâncias. — Vim prestar meu respeito aos meus pais e aos meus avós e a todos que morreram aqui. Vim honrar meus Ancestrais. Nosso Ancestrais. Vim perguntar de meu irmão. Vejo que você está bem, Angela, e que vocês são prósperos, Simeon e Jasper. Meu nome é Timos, Lorde Culverden e filho de seu vilarejo. Este é meu companheiro Daniel, e essa jovem moça é minha tutelada, a Lorde de Calaisy, Athena. Estou aqui para encontrar meu irmão e colocar o vilarejo de vocês sob a permanente proteção de nossa cidade. E é minha missão unir todas as cidades deste Reino sob minha bandeira, com prosperidade a todos.

SOBRE O AUTOR

Stephen Leaton é advogado com mais de trinta anos de experiência. É professor de talentosos alunos em uma escola internacional e foi nomeado Professor Astro pela New Zealand Association for Gifted Children. Tem várias títulos, incluindo doutorado em escrita criativa. Publicou muitos artigos em jornais e revistas. Entre seus trabalhos publicados estão livros desta série, *Vivienne's Blog* e *The Several Minds of Richard*. É coautor do livro *The Bitter Sweet Philosophies*. Atualmente está finalizando mais três títulos de ficção, e, claro, está ocupado com mais volumes da série *Clash of Kings*. Stephen vive em Auckland, Nova Zelândia, com sua esposa e família. Em 2017, Stephen teve a honra de receber o Special Book Award da China, em uma cerimônia no Grande Salão do Povo em Beijing.

By Stephen Leaton

SOBRE OS TRADUTORES

Carolina Caires Coelho é tradutora há 16 anos. É tradutora, revisora e parecerista, e lida com diversos tipos de texto desde a avaliação de originais à revisão final. Em seu currículo, traz a tradução de obras muito especiais, como "Kindred" e a duologia "Semente da Terra", de Octavia Butler, a edição de 40 anos de "O Exorcista", de William Peter Blatty, "Por que ética é mais importante do que religião", do Dalai Lama, além da participação na produção dos livros da série "Outlander".

Carolina vive em São Bernardo do Campo, São Paulo.

Petê Rissatti é tradutor, escritor, preparador de textos e parecerista há 15 anos, com 10 anos de experiência no mercado editorial. Também dá aulas de tradução literária em nível de pós-graduação. Já traduziu obras do idioma alemão de Franz Kafka, Friedrich Dürrenmatt, Stefan Zweig, Judith Schalansky, Nina George; e do idioma inglês traduziu George R. R. Martin, Veronica Roth, John Scalzi, Tomi Adeyemi e Christopher Vogler.

Petê vive em São Paulo, Capital. Para mais informações, acesse https://peterissatti.com.br

AGRADECIMENTOS

Meu eterno agradecimento a minha esposa e as minhas filhas, que sempre me deram apoio. Aos funcionários da Eunoia Publishing Limited – Karen Breen, Hillary Fee, Ann Glamuzina, Katie Henderson. Às pobres pessoas que sofreram lendo o rascunho deste livro, especialmente Karen Breen, Daniel Tang e Katie Henderson, todos que fizeram ótimas sugestões que foram totalmente certeiras. A Katie Henderson, mais uma vez, por sua revisão. A todos os funcionários, à administração e aos diretores da China Media e Universal Holdings, principalmente Wu Di, Xu Jiangua, Jenny You e Daniel Tang, que juntos formam minha maravilhosa família chinesa. Gudmann Thor, da Mink Vintage, Reykjavík, Islândia (http://www.mink.is), que não só ofereceu retratos do autor, mas que generosamente deu todos os tipos de conselho sobre armaduras, armas e informações de guerra viking. Ao pessoal incrível da Elex Technology e empresas relacionadas, que trabalhou muito para desenvolver um dos jogos mais agradáveis do mundo e que me permitiu criar essas histórias.

O próximo volume da série *Clash of Kings* é o Livro Dois: *The Changeling.*

A série *Clash of Kings* é uma história oficial baseada no jogo internacionalmente popular *Clash of Kings*, da Elex Wireless.

É licenciado por seu criador e detentor de direitos autorais. Todos os direitos relacionados ao jogo e toda a propriedade intelectual continuam reservados a seus proprietários.

Faça o download e jogue o jogo de estratégia multi-player de social networking gratuitamente em seu telefone celular ou em outro aparelho visitando o Google Play e a Apple Store. Crie sua própria cidade, converse com outros Lordes, entre em Alianças e lute pelo direito de ser coroado Rei de seu Reino.

www.ingramcontent.com/pod-product-compliance
Lightning Source LLC
Chambersburg PA
CBHW030909060726
47591CB00005B/1475